✷

아투안의 무덤

✷

어스시 전집 제2권

아투안의
무덤

어슐러 르 귄 장편소설

최준영 · 이지연 옮김

황금가지

THE TOMBS OF ATUAN

by Ursula K. Le Guin

차례

앞 이야기

"집에 오너라, 테나! 그만 돌아오렴!"

골짜기 깊숙한 곳, 어스름 무렵이었다. 사과나무들은 내일이면 꽃필 듯했다. 어둑어둑 그늘진 가지에는 일찍 벌어진 꽃 한 송이가 장밋빛 어린 흰빛을 띠고 희미한 별처럼 빛났다. 비탈진 과수원 길 저 아래쪽, 습기에 젖어 있는 빽빽한 새 풀 위를 어린 여자아이 하나가 달음질에 취해 신나게 달리고 있었다. 아이는 부르는 소리를 듣고도 바로 돌아서지 않고 크게 반원을 그리며 달려서 집 쪽으로 방향을 돌렸다. 어머니는 오두막집 문간에 화로 불빛을 등지고 서서 조그만 아이의 모습을 바라보았다. 아이는 사과나무들 아래 땅거미 진 풀밭을 바람에 날리는 엉겅퀴의 작은 갓털인 양 팔랑팔랑 가볍게 뛰어왔다.

오두막집 모퉁이께에서 괭이에 묻은 흙을 떼 내고 있던 아버지가 말했다.

"왜 그렇게 저 애한테 정을 두지? 다음 달이면 데리러 올 텐데. 영원히 말이야. 될 수 있는 대로 맘을 끊고 잊어버리는 게 나아. 잃어버릴 애한테 매달려서 어쩌겠다는 거야? 저 앤 있어 봤자 소용없어. 저 애를 데려갈 때 몸값이라도 치러 준다면야 제몫을 했다고 하겠지만, 그러지도 않을 거 아냐. 그이들은 애를 데려갈 테고 그걸로 끝이라고."

어머니는 아무 말도 하지 않은 채, 달리다 말고 우뚝 서서 나무 사이를 올려다보는 어린애를 지켜보기만 했다. 과수원 위 높은 산언덕 너머의 하늘에서 저녁 별이 사무치게 맑은 빛을 던지고 있었다.

"저 앤 우리 딸이 아니야. 그 사람들이 와서 저 애가 무덤의 무녀가 틀림없다고 말했을 때부터 결코 우리 애가 아니었다고. 당신은 왜 그걸 모르지?"

불만스러움과 서글픈 심정으로 해서 사내의 목소리는 거칠었다.

"애들은 저 애 말고도 넷이나 있잖아. 그 애들은 쭉 집에 있을 테지만 저 앤 달라. 그러니 저 애한테 마음 쏟지 마. 보내란 말이야!"

"보낼 거예요, 때가 오면요."

여자는 말하고 몸을 숙여 희고 조그만 맨발로 진흙땅을 가로질러 달려온 어린애를 맞아 주었다. 그녀는 아이를 두 팔에 껴안았다. 그러고는 돌아서서 오두막으로 들어가며 고개를 숙여 아이의 머리카락에 입을 맞췄다. 그 머리카락은 까맸다. 그러나 여자의 머리카락은 어른어른 비쳐 오는 화덕의 불빛 속에 밝은 금빛을 띠고 있었다.

사나이는 바깥에 서 있었다. 그 역시 맨발이었고 땅을 딛은 발은 차가웠다. 봄날의 맑은 하늘이 머리 위에서 어두워 갔다. 어스름 속에 그의 얼굴은 시름으로 가득 차 있었다. 둔하고도 쓰라린, 분노 어린 시름이었다. 하지만 그런 감정을 표현할 만한 말은 도무지 생각해 낼 수 없었다.

결국 그는 어깨를 한번 움츠린 다음, 아내의 뒤를 따라 불빛 비치는 방 안으로 들어갔다. 이이들이 띠드는 소리가 울려 퍼시고 있었다.

먹힌 자

한 줄기 높다란 뿔나팔 소리가 날카롭게 울리다 그쳤다. 뒤따른 고요를 흔드는 것은 느린 맥박처럼 둔중히 울리는 북소리와 그에 박자를 맞춘 수많은 발소리뿐이었다. 옥좌관 지붕의 금간 곳들이며 돌벽과 기와가 죄다 무너져 내린 기둥과 기둥 사이 빈곳을 통하여 불안정한 햇살이 비껴들었다. 일출로부터 한 시간이 지난 때였다. 공기는 차디차게 정지해 있었다. 대리석 포석 사이를 힘겹게 뚫고 자라났다가 죽은 잡초들은 서리를 맞아 잎 가장자리에 하얀 테를 두른 채 무녀들의 길고 검은 옷자락에 휘말려 바스라졌다.

무녀들은 넷씩 줄을 맞춰서 몹시 널찍한 회랑 안 두 겹으로

줄지은 기둥들 사이를 걸어갔다. 북소리는 무디게 울렸다. 아무
도 소리 내어 말하지 않고 눈을 들어 쳐다보는 이 하나 없었다.
검은 옷에 감싸인 무녀들이 든 횃불은 햇살 속에 들어가면 벌겋
게 죽었다가 중간중간 그늘진 데를 지날 때면 환하게 살아 올랐
다. 옥좌관의 바깥쪽 계단참에는 남자들이 서 있었다. 호위병과
나팔수, 북잡이들이었다. 그러나 그 커다란 문 안쪽으로는 오로
지 여자들만 들어설 수 있었다. 여인들은 시커먼 옷으로 온몸을
감싸고 두건을 덮어쓴 채 네 명씩 열을 지어 느린 걸음으로 텅
빈 옥좌를 향해 나아갔다.

두 여인이 나섰다. 온통 검은 옷을 입은 무리 가운데서 불쑥
두드러져 보이는 훤칠한 여인들이었다. 한 명은 마르고 완고한
인상이었고, 다른 하나는 육중한 몸집을 지녀 한 발 한 발 내디
딜 때마다 몸이 출렁거렸다. 그 두 사람 사이에 여섯 살쯤 돼 보
이는 어린애가 걷고 있었다. 어깨에서 밑단까지 새하얀 통옷을
입은 아이였다. 머리와 팔다리엔 아무것도 걸치지 않았고 발도
맨발이었다. 그 모습은 너무나 보잘것없어 보였다. 옥좌로 이르
는 층계의 맨 아랫단에 이르자 키 큰 두 여인이 발을 멈췄다. 나
머지는 검은 옷의 열을 이루고 기다렸다. 두 여인은 아이를 앞
으로 조금 밀어냈다.

높은 단 위에 놓인 옥좌는 어둑어둑한 천장 양쪽에서 드리워
진 커다랗고 검은 휘장에 감싸여 있는 듯했다. 그것이 정말 휘

장인지 아니면 한결 짙은 그림자일 뿐인지 눈으로는 확실히 분간할 수 없었다. 옥좌 자체는 검은빛이었지만 등받이와 팔걸이에 아로새겨진 값진 보석이며 황금이 둔한 광채를 흘렸고, 몹시도 컸다. 거기에 누군가가 앉아 있다면 난쟁이처럼 보일 터이다. 인간에게 맞춘 의자가 아니었다. 자리는 비어 있었다. 거기엔 어둠뿐 아무도 앉아 있지 않았다.

아이는 혼자서 네 계단을 올랐다. 실핏줄처럼 가는 붉은 맥이 달리는 대리석 층계는 모두 일곱 단으로 이루어져 있었다. 계단이 퍽이나 넓고 높았으므로 아이는 한 단 한 단 두 발을 모두 뒤에야 다음 단을 오를 수 있었다. 가운데 단 옥좌 정면 위치에 크고 거친 나무토막 하나가 놓여 있었다. 위쪽이 움푹 팬 나무토막이었다. 아이는 두 무릎을 꿇고 그 우묵한 곳에 머리를 맞추었다. 그러기 위해서는 약간 고개를 돌려야 했다. 아이는 거기 무릎 꿇은 채 움직이지 않았다.

옥좌 오른쪽의 그늘로부터 흰 모직 옷에 허리띠를 맨 사람 하나가 불쑥 나타나 아이 쪽으로 성큼성큼 계단을 내려왔다. 하얀 가면으로 얼굴을 가리고, 손에는 번쩍번쩍하는 다섯 자 길이의 강철 검 한 자루를 든 채였다. 그는 한마디 말도 머뭇거림도 없이 검을 양손으로 잡고 작은 소녀의 목 위로 휘둘러 올렸다. 북소리가 멎었다.

칼날이 높이 쳐들려 멈춘 순간, 옥좌 왼쪽에서 검은 형상 하나가 튀어나와 계단을 쏜살같이 뛰어내려선 가는 팔로 제관의 팔을 멈추게 했다. 날카로운 칼끝이 허공에 번뜩였다. 그렇게 그들은 잠깐 동안 균형을 이루었다. 양쪽 다 얼굴이 없는 흰 형상과 검은 형상이 마치 무용수처럼, 양갈래진 검은 머리카락 사이로 흰 목을 드러낸 채 꼼짝도 하지 않는 어린아이 위에 정지해 있었다.

두 형상은 침묵 속에 저마다 훌쩍 뛰어 비켜나 계단을 올라가 거대한 옥좌 뒤편의 어둠 속으로 사라져 버렸다. 무녀 한 사람이 앞으로 나와 무릎 꿇은 아이 옆 계단에 그릇에 담아 온 무슨 액체를 쏟았다. 어둑한 옥좌관 안에서 흘러내린 얼룩은 검게 보였다.

아이는 일어서서 네 개의 계단을 힘들여 내려섰다. 바닥까지 내려오자 키 큰 두 무녀가 아이에게 검은 옷을 입히고 두건을 씌우고 망토를 걸쳐 준 다음 돌려세워서 다시 한번 계단과 검은 얼룩과 옥좌를 마주보게 했다.

"오, 이름 없는 존재들은 그들에게 바쳐진 이 소녀를 보시라. 영영 이름 없이 태어나는 사람이로다. 이 아이의 생명을, 죽음에 이르기까지 그 일생을 받으시라. 그 죽음도 그들의 것이로다. 이제 이 아이가 합당함을 보시라. 그리고 먹어 치우시라!"

나팔 소리처럼 날카롭고 거친 다른 목소리들이 응답했다.

"먹혔도다! 먹혔도다!"

작은 소녀는 검은 두건 밑으로 옥좌를 내다보며 서 있었다. 발톱 모양을 한 어마어마한 팔걸이며 등받이에 박힌 보석들은 먼지로 뿌옇게 흐려졌고, 조각된 등받이에는 거미줄이 엉키고 희끗희끗 올빼미 똥 자국들이 나 있었다. 옥좌 앞에서 세 계단, 즉 소녀가 무릎 꿇었던 계단보다 더 위쪽 계단에 죽을 운명을 지닌 존재가 발을 올린 적은 한번도 없었다. 거기엔 어찌나 두껍게 먼지가 쌓였는지 계단 셋이 하나의 잿빛 흙비탈 같았다. 붉은 맥이 진 대리석 판은 몇 년 몇 세기인지 모를 기나긴 세월 동안 누구 하나 건드리거나 밟지 않은 먼지층으로 완전히 가려졌다.

"먹혔도다! 먹혔도다!"

이제 북이 느닷없이 다시 소리 내기 시작했다. 한층 빠르게 북소리는 울렸다.

여인들은 소리 없이 위치를 고쳐 행렬을 지은 다음 옥좌 앞을 떠났다. 행렬은 멀찍이 동쪽 끝에 환한 사각형을 그리고 있는 문간을 향하여 갔다. 양옆에 두 겹씩 줄지어 늘어선 굵은 원주들은 엄청나게 큰 허여스름한 다리의 장딴지 같았고, 그 끝은 천장 밑의 어둠 속에 묻혔다. 무녀들 가운데 이제 다른 이들처럼 온통 검은 옷에 감싸인 아이가 걸어갔다. 그 조그만 맨발은 얼어붙은 잡초와 차디찬 돌 위를 엄숙하게 딛고 갔다. 무너진 지붕 틈으로 비껴든 햇살이 가는 길에 반짝여도 올려다보지 않왔다.

호위병들이 거대한 두쪽문을 활짝 열어젖히고 있었다. 검은 옷의 행렬은 차갑고 희박한 햇살과 이른 아침의 바람 속으로 나섰다. 태양은 광활한 동편 대지 위로 솟아올라 눈부신 빛을 뿜었다. 서편으로는 산맥이 그 노란 광선을 받아 안았으며, 옥좌관의 정면도 마찬가지였다. 언덕 낮은 곳에 위치한 다른 건물들은 아직도 자줏빛 그늘에 잠긴 채였으나, 길 저편 작은 둔덕 위에 지어진 형제신의 사원만은 달랐다. 새로 금을 입힌 지붕이 찬란한 광채를 되쏘고 있었다. 넷씩 줄을 맞춘 무녀들의 검은 대열이 무덤 언덕의 비탈을 돌아 내려갔다. 그들은 걸으면서 나직하게 영창을 시작했다. 가락은 단 세 가지 음만으로 이루어져 있었다. 끝없이 되풀이되는 그 가사는 너무도 오래되어 이미 의미를 잃어버린 채 흡사 길이 사라져 버린 뒤까지 남아 서 있는 이정표처럼 공허했다. 대무녀의 재림일인 그날, 여자들의 낮은 영창이, 그 그칠 줄 모르는 메마르고 단조로운 소리가 하루를 가득 채웠다.

작은 소녀는 이 방 저 방, 이 사원 저 사원으로 이끌려 다녔다. 어떤 곳에서는 아이의 혀 위에 소금을 얹었고 또 어떤 곳에서는 서쪽을 향해 무릎 꿇고 앉도록 한 다음 머리카락을 짧게 자르고 기름과 향을 낸 초(醋)로 감겼다. 또 다른 곳에서는 날카로운 목소리들이 죽음의 송가를 부르는 동안 제단 뒤에 깔린 검은 대리석 판에 얼굴을 대고 있어야 했다. 소녀도 다른 무녀들 중 누구도 그날 하루종일 음식을 먹거나 물을 마시지 않았다. 저녁 별이 뜰 무렵 그들은 소녀를 침상에 들게 했다. 한번도 자 본 적이 없는 방 안에서, 양가죽으로 된 요와 이불 사이에 아이 는 발가벗은 몸을 뉘었다. 몇 년 동안이나 잠겨 있다가 바로 그 날 자물쇠를 벗긴 건물에 있는 방이었다. 방은 바닥에서 천장까 지가 가로 폭보다 훨씬 긴데 벽에 창문은 하나도 없었다. 그 안 의 공기는 죽은 듯이 가라앉아 있어 퀴퀴한 냄새가 났다. 말없 는 여인들은 아이를 어둠 속에 혼자 남겨 두고 떠나갔다.

아이는 그들이 침상에 넣어 준 대로 움직이지 않고 가만히 있었다. 두 눈은 커다랗게 뜬 채였다. 아이는 한참 동안이나 그 렇게 누워 있었다.

높은 벽 위에 아른아른 흔들리는 빛이 보였다. 누군가가 조용 히 복도를 따라 다가왔다. 골풀 양초의 불빛을 가리고 다가왔기 때문에 반딧불이만 한 빛밖에 새지 않았다. 쉰 듯한 속삭임이 다가왔다.

"얘야, 거기 있니, 테나?"

아이는 대답하지 않았다.

괴상하게 생긴 머리 하나가 문간으로 불쑥 들이밀어졌다. 껍 질 벗긴 감자처럼 머리털이 하나도 없는 데다 색깔조차 그와 비 슷하게 누르께했다. 눈은 감자 싹눈처럼 조그맣고 갈색이었다.

16

크고 넓적한 뺨 때문에 코는 변변찮게 쪼그라져 보이고 입은 입
술이 거의 없이 죽 째져 있었다. 아이는 움찔도 않고 말끄러미
이 얼굴을 바라보았다. 커다랗게 뜬 어두운 눈을 한곳에 못 박
은 채였다.

"그래, 테나야, 우리 꼬마 귀염둥이야. 거기 있었구나!"

그 목쉰 음성은 여자 목소리처럼 높았지만 여자의 목소리가
아니었다.

"난 여기 있으면 안 돼. 문 밖에 있어야 하거든. 현관에 있어
야지, 이제 그리 갈 게다. 그렇지만 우리 꼬맹이 테나가 어쩌하
고 있는지 봐야겠더라고. 긴 하루 동안 그 온갖 일들을 겪고 났
으니 말이다. 그래, 우리 불쌍한 꼬마 귀염둥이, 기분이 좀 어떠
냐?"

그는 어설픈 태도로 살그머니 아이에게 다가갔다. 그러고는
머리카락을 쓸어 주려는 듯이 손을 뻗었다.

"난 이제 테나가 아냐."

아이가 올려다보며 말했다. 그의 손이 멎었다. 그는 아이를
건드리지 않았다.

잠시 후에 그가 말했다. 속삭이는 소리였다.

"아니지. 안다. 알아. 이제 넌 작은 '먹힌 자'이지. 하지만 나
는……."

아이는 아무 말도 하지 않았다.

17

"꼬마에겐 힘든 하루였겠지."

그는 그렇게 얼버무렸고, 크고 누르스름한 손 안에서 연약한 불빛이 팔락였다.

"이 집에 들어오면 안 돼, 마난."

"그래, 그래. 안단다. 난 들어오면 안 되지. 알았다. 잘 자렴, 꼬마야……. 잘 자."

아이는 아무 말이 없었다. 마난은 느릿느릿 돌아서서 떠나갔다. 천장 높은 방의 벽에 아른거리던 불빛도 사그라졌다. 아르하, 곧 '먹힌 자'라는 이름 말고는 아무 이름도 없는 어린 소녀는 똑바로 누운 채 지그시 어둠을 바라보고 있었다.

묘역 담장

　나이가 들면서 소녀는 어머니에 대한 기억을 모조리 잃어 갔
다. 기억들은 잊는 줄도 모르게 사라져 갔다. 그녀는 여기 속해
있었다, 이곳 '묘역'에. 그녀는 처음부터 줄곧 이곳 사람이었다.

　단지 7월의 긴 저녁녘 해 진 후 남은 빛 속에 사자 털 색깔을
띤 메마른 서쪽 산들을 바라볼 때면 문득문득 오래전 화덕 속에
서 바로 그렇게 선명한 노란빛으로 타오르던 불이 떠오르곤 했
다. 그와 함께 누군가에게 안겼던 기억도 떠올랐다. 이상한 기
억이었다. 이곳에서는 그 누구든 그녀의 몸에 손끝 하나 대지
않았다. 그리고 향기로운 냄새의 기억도 있었다. 새로 감아서
샐비어 향을 낸 물로 헹군 머리카락의 향기였다. 긴 금발머리,

석양빛이나 화덕의 불빛 같은 색깔을 띤……. 그것이 남은 기억의 전부였다.

물론 그녀는 기억에 남아 있는 것보다 더 많은 것을 알고 있었다. 처음부터 끝까지 자초지종을 들었던 것이다. 일곱 살인가 여덟 살이 되어 아르하라고 불리는 이가 대체 누구였던지에 대해 처음으로 궁금증이 일었을 때 그녀는 자기 호위인 시종관 마난에게 가서 물었다.

"어떻게 해서 내가 뽑혔는지 얘기해 줘, 마난."

"오, 다 알면서 그러는구나, 꼬맹아."

사실 전부 알고 있었다. 키 크고 목소리가 꼬장꼬장한 무녀 사르가 그 얘기를 귀에 못이 박히도록 일러 주어서 이미 다 외울 정도였다.

"그래, 알고 있어. 아투안 무덤의 유일 무녀가 죽음을 맞이할 때 상례와 성화의 의식은 태음력으로 한 달 안에 전부 마치게 되지. 그런 다음 묘역의 무녀들과 시종관들 몇몇이 사막을 가로질러 나아가 아투안의 마을과 성읍들을 두루 다니면서 찾고 수소문을 해. 유일 무녀가 죽은 밤에 태어난 여자애를 찾는 거지. 그런 애를 찾으면 기다리면서 지켜보는 거야. 그 아이는 심신이 모두 잘못된 곳 없이 건강해야 하고 자라나면서 뼈가 굽거나 마마를 앓거나 결함이 생겨나도 안 돼. 눈이 멀어도 안 되고. 그 애가 다섯 살이 될 때까지 아무 흠 없이 크면 비로소 그 애의 몸이 죽은 무녀의 새로운 몸이라는 게 밝혀지지. 그리고 그 사실이 아와바스의 신왕(神王)께 알려지게 되고, 그 애는 이곳 사원으로 오게 되지. 와서는 1년 동안 교육을 받아. 그렇게 해서 그 해가 다할 무렵 그 애는 옥좌관으로 끌려가 주어졌던 이름을 자기 주인이신 이름 없는 존재들께 돌려 드리는 거야. 왜냐하면 그 애는 이름 없는 사람이며 영영 환생하는 무녀이니까."

이 이야기는 한 단어 한 단어 모두 사르가 얘기해 준 그대로였다. 아르하는 그 이상으로 한마디라도 더 물어볼 엄두가 나지 않았다. 그 빼빼 마른 무녀는 잔혹한 사람은 아니었지만 몹시 쌀쌀맞았고 철석같은 율법 속에 살고 있었으며, 아르하는 그녀 앞에 기를 펴지 못했다. 하지만 마난이 상대라면 꺼릴 게 없었다. 마난은 아무렇지도 않았다. 그래서 그녀는 번번이 "내가 어떻게 뽑힌 건지 얘기해 줘!" 하고 명령했고 마난은 몇 번이고 기듭 얘기를 들려주었다.

"우린 여기를 떠나서 북서쪽으로 갔지. 달이 이울기 시작한 지 사흘째 되는 날이었어. 이전 아르하가 돌아가신 것이 그 전 달 사흘째 날이었거든. 제일 먼저 테낙바를 찾아갔지. 거긴 큰 성읍이란다. 아와바스를 본 사람들 말로는 거기에 대면 테낙바쯤은 소 잔등의 벼룩이라고 말하긴 하지만 말이다. 하지만 나한텐 정말이지 크더라. 테낙바엔 아마 집이 천 채쯤은 있었을걸! 그 다음으론 가르에 갔단다. 하지만 테낙바에도 가르에도 한 달

21

전 셋째 날에 태어난 여자 아기를 가진 집은 없었어. 사내애를 낳은 사람은 더러 있었지만, 사내애야 소용없지……. 그래서 우린 가르 북쪽의 나지막한 산간 지역으로 접어들어 마을과 성읍들을 찾아다녔단다. 거긴 원래 내 고향이다. 난 그곳 산지에서 태어났어. 강물이 흐르고 땅이 푸른 곳이지, 이런 황무지가 아니라."

그 말을 할 때면 마난의 쉰 목소리는 이상한 음색을 띠었고 바늘구멍 같은 눈은 두 눈꺼풀 사이로 거의 파묻혔다. 마난은 잠깐 사이를 두었다가 말을 이었다.

"그래서 우린 그 전달에 아이를 얻은 부모들을 찾아내서 일일이 물어보았지. 몇몇은 거짓말을 했단다. '예, 그렇고말고요, 우리 딸애는 지난달 셋째 날에 났습죠!' 너도 알겠지만, 가난한 촌사람들은 종종 계집애들을 치워 버리고 싶어하거든. 게다가 정말 찢어지게 가난해서 산골짝 외딴 움막집에서 사는 사람들도 있는데, 그이들 같으면 날짜를 헤아리질 않으니까 시절이 어떻게 가는지 날이 얼마나 지났는지 도무지 모른단 말이야. 그러니 어린애가 난 지 얼마나 됐는지 똑바로 얘기할 수가 없지. 그래도 항상 결국엔 진실을 밝혀낸단다. 끈질기게 물어보는 거야. 한데 그게 참 늘어지는 일이지.

마침내 우린 한 계집애를 찾았어. 엔타트 서쪽의 과수원 골짜기에 박힌 집 열 채짜리 마을에서였지. 아기는 난 지 여덟 달이었어. 그만큼 오래 찾아다녔던 거야. 그렇지만 그 애는 무덤의 무녀가 숨을 거둔 날 밤에 태어났고 게다가 시간까지 딱 맞더란 말이야. 튼튼한 아기였어. 엄마 무릎 위에 앉아선 똘망똘망한 눈망울로 사람들을 쳐다보았지. 우리는 일행이 전부 동굴 속의 박쥐들처럼 그 집의 하나뿐인 방 안에 우글우글 몰려들어 있었단다.

애 아버지는 가난뱅이더군. 부잣집 과수원에서 사과나무를 돌봐주고 사는데 자기 소유라곤 애 다섯하고 염소 한 마리뿐이었어. 집도 자기 집이 아니더라고. 하여튼 그 집에 우리 모두가 몰려들어 갔고, 무녀들이 아기를 살펴보곤 마침내 환생자를 찾은 것 같다고 서로서로 이야기를 나눴지. 어땠는지 짐작이 갈 거야. 그리고 아기 엄마도 짐작했겠지. 아기를 안고선 한마디도 않더군.

음, 그래서, 우린 다음 날 다시 그 집에 갔어. 그랬더니 글쎄! 그 눈 초롱초롱하던 작은 아기가 골풀 침대에 누워선 앙앙 울고 있는 거야. 몸뚱이엔 온통 열꽃이 피고 발긋발긋 발진이 돋았고 말이야. 아기 엄마가 어린애보다 더 큰 소리로 울어 댔어. '아이고, 아이고! 우리 아기한테 마녀손이 걸렸네!' 그 여자는 그런 식으로 말했어. 마녀손이란 건 마마 얘기지. 우리 고향에서도 마녀손이라고들 했어.

그런데 코실이, 지금은 신왕의 최고 무녀가 됐지만, 그 여자

가 아기 침대 쪽으로 가선 애를 안아 올렸어. 딴 사람들은 전부
뒤로 물러서는데 말이야. 나도 물러섰지. 내 목숨이 대단할 거
야 없어도 마마가 든 집에 들어갈 사람이 어디 있겠나? 한데도
코실 그 여자만은 전혀 겁을 내지 않더군. 애를 안고선 '이건 열
병이 아니야.' 그러더라고. 그러곤 손가락에 침을 묻혀 빨간 반
점을 문지르니까, 글쎄 그게 지워지지 뭐겠냐! 그냥 딸기즙이었
던 거야. 그 한심한 촌마누라가 우릴 속이고 애를 빼돌리려고
그런 거지!"

이 대목에서 마난은 실컷 웃어 댔다. 그 누르께한 얼굴은 웃
어도 별 변화가 없었지만 옆구리가 출렁거렸다.

"그래서 남편이 그 여잘 두들겨 팼지. 무녀들의 노여움을 사
는 게 무서웠거든. 우리는 곧 황무지로 돌아왔시만 해마다 묘역
사람 하나가 그 사과밭 사이에 있는 마을에 가서 아이가 잘 크
는지 실피고 왔지. 그렇게 다섯 해가 흘렀고, 때가 되자 사르와
코실이 사원의 호위들이며 신왕께서 무녀들을 안전하게 수행하
게끔 파견해 주신 붉은 투구의 병사들을 거느리고 길을 나섰지.
그렇게 해서 어린애를 이리로 데리고 왔어. 그 애는 참말로 무
덤의 무녀 환생이고 여기에 속한 사람이었으니까. 그 애가 누구
였게, 응, 꼬마야?"

"나야."

아르하는 그렇게 말했다. 시야에서 꺼져 버려 더 이상 볼 수

24

없는 뭔가를 바라보듯이 눈길을 먼 곳에 둔 채였다.

한번은 아르하가 이렇게 물었다.

"그……, 그 엄마는 어떻게 했어? 무녀들이 아이를 데려갈 적에?"

그렇지만 마난은 어쨌는지 몰랐다. 무녀들이 최종적으로 아이를 데리러 갔던 때에는 따라가지 않았던 것이다.

그리고 아르하는 기억이 나지 않았다. 기억해 봤자 어쩌겠는가? 지난 일이고 다 가 버린 일이었다. 그녀는 와야 할 곳에 왔다. 온 세상에서 그녀가 아는 곳은 단 한 곳뿐이었다, 아투안의 묘역.

그곳에 온 후, 첫해에는 큰 숙소에서 다른 견습생들과 함께 잠을 잤다. 견습생들은 네 살에서 열네 살까지의 소녀들이었다. 그때에도 마난은 10대 시종관 중에서 아르하의 호위로 특별히 구별돼 있었고, 그녀의 작은 침상은 낮은 서까래를 인 대관(大館)의 기다란 숙소 한끝, 반쯤 격리된 작은 골방에 자리 잡고 있었다. 대관에서 소녀들은 잠들기 전 키득거리고 소곤소곤 이야기를 했으며 잿빛 아침 빛 아래 하품을 하면서 서로 머리를 빗겨 주곤 했다.

이름을 빼앗기고 아르하가 된 뒤로 그녀는 소관(小館)에서 혼자 잤다. 그 방과 그 침대는 남은 평생 그녀가 머물고 잘 곳이었다. 그 집은 그녀의 것, 유일 무녀의 것이었으며 허락 없인 아무도 들어올 수 없었다. 아직 몹시 어렸던 시절 아르하는 사람들이 공손하게 방문을 두드리는 소리를 듣고 "들어와도 좋아."라고 말하는 것을 기분좋게 생각했다. 그리고 두 명의 고위 무녀 코실과 사르에겐 문을 두드리는 절차 없이 당연히 들어올 권리가 있다는 게 불만스러웠다.

날이 가고 해가 갔다. 늘 똑같았다. 묘역의 소녀들은 수업과 수련으로 날을 보냈다. 무슨 놀이를 하는 일도 없었다. 놀고 있을 시간이 없었던 것이다. 소녀들은 신성한 노래와 춤을 배우고 카르그의 역사를 배웠으며 각자 자신이 바쳐진 신의 신비에 관하여 배웠다. 바로 아와바스를 다스리는 신왕이나, 쌍둥이 형제 신 아트와와 울루아다. 소녀들 중에서 오직 아르하만이 이름 없는 존재들의 의례를 배웠고, 쌍둥이 신의 최고 무녀인 사르가 혼자서 그것들을 가르쳤다. 이 수업이 날마다 한 시간 이상씩 그녀를 다른 소녀들로부터 떼어 놓았다. 그러나 일과 중 내부분의 시간은 그녀도 다른 아이들처럼 단순한 노동을 하며 보냈다. 소녀들은 가축 떼에서 얻은 털로 실을 잣고 모직 천을 짜는 법, 씨 뿌리고 수확하고 나날의 먹을거리를 마련하는 법을 배웠다. 렌즈콩, 죽 끓이기 용으로 거칠게 빻은 메밀과 무발효 빵을 만들기 위해 곱게 빻은 메밀 가루, 양파, 양배추, 염소젖 치즈, 사과, 벌꿀 등이 그들의 식량이었다.

있음직한 일 중에서 가장 좋은 일은 낚시하러 가도 좋다는

허락을 받는 것이었다. 묘역으로부터 북동쪽으로 두 마장 떨어
진 곳에 황무지를 가로질러 흐르는 짙은 초록빛 강이 있었다.
사과 한 개나 차가운 메밀 빵을 점심으로 챙겨 가 온종일 따가
운 햇빛을 받으며 갈대 숲 사이에 앉아 있을 수 있다. 그런 채
느릿하게 흘러가는 녹색 강물과 천천히 모양을 바꾸는 산맥 위
의 구름 그림자들을 바라보는 것이다. 그러나 낚싯줄이 팽팽해
지고, 흥분으로 소리를 지르며 낚싯대를 잡아채 반짝거리는 납
작한 물고기를 강둑 위로 낚아 올려 공기에 질식시킬 때면 멥베
스가 방울뱀처럼 쉭쉭거리곤 했다.

"조용히해, 이 꽥꽥대는 바보들아!"

신왕의 사원에서 봉사하는 멥베스는 살결이 가무잡잡하고
아직 젊은 여인이었지만 흑옥처럼 딱딱하고 날카로웠다. 그녀
는 낚시에 미쳐 있었다. 멥베스에게 잘 보이고 쥐 죽은 듯이 조
용해야지, 그렇지 않으면 다시 낚시에 데려가 주지 않을 터였
다. 그렇게 되면 우물물이 줄어드는 여름철 물을 길으러 갈 때
말고는 아예 강에 갈 수가 없게 된다.

물 긷기는 끔찍한 일이었다. 하얗게 이글거리는 열기 속을 강
에 이를 때까지 터벅터벅 두 마장이나 걸어 내려가서 멜대에 건
들통 두 개에다 물을 채워 가지고 한껏 발걸음을 빨리해 언덕
위의 묘역으로 돌아오는 것이다. 처음 반 마장쯤은 쉽다. 하지
만 그때부터 들통은 점점 더 무거워지고 젊어진 멜대가 달아오

른 쇠막대처럼 어깨를 지져 댄다. 바싹 마른 길 위에 햇볕은 뜨
겁게 타오르고, 한 발짝 한 발짝이 더욱 힘겨워지고 느려진다.
마침내 채소밭 옆 대관 뒤뜰에 다다라 시원한 그늘에 들어서면
곧 들통의 물을 커다란 수조에다 좌악 쏟아 붓는다. 그런 다음
에는 발길을 돌려 그 과정을 되풀이해야 하는 것이다, 몇 번이
고 몇 번이고.

　묘역. 이곳은 오로지 이렇게만 불렸고 그 외의 다른 명칭이
필요 없었다. 이곳이야말로 카르그 제국의 네 땅을 통틀어 가장
오래되고 가장 신성한 장소인 것이다. 묘역 경내에는 사람이
200명쯤 살고 있었고 건물도 여러 채였다. 세 채의 사원, 대관
과 소관, 거세남인 시종관들의 거처, 그리고 담 밖 가까운 곳에
호위대 막사며 노에 오두막이 즐비하고 창고, 양 우리, 염소 우
리, 농원 건물들이 있었다. 얼마만큼 떨어져서 보면, 그러니까
샐비어와 헝클어진 바랭이 덤불, 자잘한 잡초며 황무지에 나는
풀 이외엔 아무것도 자라지 않는 메마른 서쪽 구릉지에 올라서
서 바라보면 그곳은 작은 마을처럼 보였다. 그리고 동쪽 평원에
서는 아주 멀리에서도 암반 속에 박혀 있는 운모 조각인 양 산
맥 아래 반짝이며 빛을 뿜는 쌍둥이 신 사원의 황금 지붕이 우
러러보였다.

　그 사원은 통째로 석제 정육면체를 이루고 있었다. 하얗게 회
를 칠한 외벽엔 창문이 없고 현관과 문도 나지막했다. 약간 아

래쪽에 위치한 신왕의 사원은 좀 더 근사했으며 훨씬 더 새 건
물임이 확연했다. 거기엔 기둥 받친 높직한 현관이 있고, 기둥
머리를 채색한 굵고 흰 기둥들이 열지어 있었다. 하나하나가 단
단한 삼나무 한 그루씩을 다듬어 만든 것으로서, 그 나무들은
숲이 있는 후랏후르로부터 선편으로 가져다가 짐 끄는 노예가
스물씩 붙어서 빈들을 건너 묘역까지 운반해 온 것이다.

　동쪽에서 접근하는 여행자라면 우선 황금 지붕과 환히 빛나
는 기둥들을 본 뒤에야 그 모든 것들 위로 묘역 언덕 좀 더 높은
곳에 자리 잡은, 둘러싼 황무지처럼 쇠락한 채 갈색을 띤 민족
최고(最古)의 사원을 발견할 수 있을 것이다. 거대하고 나지막
한 옥좌관의 벽은 낡아 얼룩졌으며 둥근 지붕은 군데군데 푹푹
꺼져 납작하게 내려앉은 모습이었다.

　육중한 돌담이 옥좌관 뒤켠에서 시작되어 언덕 전체를 둥글
게 감싸며 달렸다. 이겨 붙이는 진흙을 쓰지 않고 쌓아 올린 담
벼락은 곳곳에서 반쯤 무너진 채였다. 이 담장이 둥글게 에워싼
안쪽으로 높이 열여덟 자에서 스무 자에 이르는 검은 돌들이 몇
개나 땅에서 솟아오른 거대한 손가락들인 양 곧추서 있었다. 일
단 한번 그것을 본 사람은 다시 돌아보게 되고야 말았다. 그것
들이 거기 서 있는 데에는 뚜렷한 의미가 있었지만, 무엇을 의
미하는지는 아무도 몰랐다. 돌은 모두 아홉 개였다. 하나는 똑
바로 서 있고 다른 것들은 약간씩 기울었으며 두 개는 이미 쓰

러져 있었다. 단 하나만 빼고는 도료를 바른 듯 얼룩덜룩하게 회색과 주황색 돌이끼가 끼어 있었다. 유일하게 벌거벗은 기둥은 까맸고 둔한 광택을 띠었다. 그 기둥은 감촉이 매끄러웠지만, 다른 것들은 달라붙은 돌이끼 밑으로 알아보기 힘든 새김자국이 드러나 보이거나 뭔가 형체며 기호 같은 것들이 더듬는 손끝에 느껴졌다.

이 아홉 돌기둥이 바로 '아투안의 무덤'이었다. 전해지기로 그 돌들은 첫 인간들의 시대 이래, 어스시가 창조된 이래 내내 존재해 왔다고 했다. 땅들이 대양의 심연으로부터 솟아올랐던 그때 그 돌들은 암흑에 뿌리를 박았다. 카르그의 신왕들보다도 오래고 쌍둥이 신보다도 오래며 빛보다도 더 오랜 존재들이었다. 그것들은 인간 세상이 있기 전에 지배하던 자들의 무덤이었다. 그들은 이름 지어지지 않은 자들이며, 그들을 섬기는 그녀 역시 이름이 없었다.

아르하도 돌기둥들 사이를 자주 찾지는 않았다. 그리고 그녀 외의 다른 사람은 어느 누구도 그것들이 서 있는 땅에 발을 들여놓지 않았다. 옥좌관 뒤 돌담으로 둘러싸인 언덕 꼭대기 부분엔 인기척이 드물었다. 한 해에 두 차례, 춘분과 추분에 가장 가까운 보름날이면 옥좌 앞에 제물을 바쳤다. 아르하는 큼지막한 청동 대야 가득히 담긴 뜨끈한 염소 피를 들고서 나지막한 옥좌관 뒷문을 나섰다. 반은 검은 돌기둥의 뿌리께에, 나머지 반은 쓰러진 돌들 중 하나에 붓게 되어 있었다. 그 돌은 자갈투성이 흙먼지에 반쯤 묻힌 채 몇 백 년 동안 계속된 생혈 공양으로 얼룩져 있었다.

때로 아르하는 이른 아침에 혼자 나와서 돌 사이를 거닐며 희미하게 튀어나온 부분들이며 새김들을 읽으려 했다. 비스듬한 빛에서는 좀 더 또렷하게 보였던 것이다. 아니면 거기에 앉아서 서쪽의 산들을 올려다보든가 아래로 펼쳐진 묘역 안의 지붕들이며 담을 내려다보고, 대관 주변과 호위대 막사에서 막 일어나기 시작한 사람들의 움직임이나 풀이 듬성듬성 난 강가의 초지로 몰려 나가는 염소와 양 무리들을 지켜보곤 했다.

돌들 사이에 무슨 용건이 있는 건 아니었다. 거기에 가는 것은 갈 권리가 있고, 혼자가 될 수 있기 때문이었다. 그곳은 섬뜩한 장소였다. 여름 한낮 황무지의 더위 속에서도 그 근방에는 한기가 돌았다. 간혹 가장 가깝게 선 두 돌 사이를 바람이 작게 휘파람 소리를 내며 지나갔다. 그 둘은 흡사 비밀을 이야기하는 것처럼 서로를 향해 기울어 있었다. 하지만 아무 비밀도 들려오지 않았다.

묘소 담으로부터는 또 하나의 좀 더 낮은 돌담이 갈라져 나와 묘역 언덕 주위로 길고 불규칙한 반원을 그리곤 강을 향해 북쪽으로 죽 이어졌다. 그 담은 묘역을 보호하는 구실은 그다지 못했다. 그것은 묘역 전체를 둘로 갈라 놓고 있었는데, 그 한쪽

엔 사원들이며 무녀와 시종관들이 머무는 집들이 있고 다른 쪽
은 호위대와 농사짓고 짐승 치고 채집을 하며 묘역에 봉사하는
노예들의 구역이었다. 이들 중엔 누구도 담장을 건너지를 수 없
었다. 특히 성스러운 몇몇 축제 때에만 호위대와 그들의 북잡이
및 나팔수가 무녀들의 의례에 참가할 수 있을 뿐이었다. 하지만
그때에도 사원 정문으로 들어서지는 못했다. 그리고 그 밖에는
그 어떤 남자도 묘역 내부의 땅에 발을 디딜 수 없었다. 한때는
순례자들과 왕과 족장들이 4대도로부터 참배하러 오곤 했다.
한 세기 반 전에 초대 신왕은 자신의 사원을 건립하고자 찾아왔
더랬다. 그러나 그조차도 무덤돌들 사이에 들어설 수는 없었고,
다른 사람들과 마찬가지로 묘역을 둘러싼 담 밖에서 식사를 하
고 밤을 보내야 했다.

그 담을 기어오르는 일은 간단했다. 돌틈에 발가락을 걸고 오
르면 되었다. 어느 늦은 봄날 오후, 먹힌 자는 펜드라는 소녀와
함께 담 위에 앉아 있었다. 두 아이는 열두 살 동갑이었다. 원래
는 둘 다 대관의 널찍한 돌 다락방인 직조실에 있었어야 했다.
1년 내내 우중충한 검은색 양털이 걸려 있는 그 큰 방에서 긴
옷을 만들기 위한 검은 천을 짜기로 되어 있었던 것이다. 그들
은 텃밭의 우물에서 물을 마신다는 핑계로 빠져나왔고 아르하
가 말했다.

"자, 이리 와!"

32

아르하는 펜드를 이끌고 대관에서 보이지 않는 언덕 아래 담으로 갔다. 이제 둘은 열 자나 되는 담 꼭대기에 올라앉아 바깥쪽으로 맨다리를 드리우고 동쪽과 북쪽에 끝없이 펼쳐진 밋밋한 평원을 바라보고 있었다.

펜드가 말했다.

"바다가 보고 싶어."

"뭐하러?"

아르하는 담에서 흰 즙이 나는 쓴 풀줄기를 뜯어 잘근거리고 있었다. 황무지는 꽃피는 시기를 막 넘긴 참이었다. 마른땅에 피는 자잘한 꽃무지들, 나지막이 자라 재빨리 꽃을 피우는 노란빛, 장밋빛, 흰빛의 식물들은 이제 씨앗을 맺으려 하고 있었다. 풀들은 저마다 조그만 털 송이며 우산꼴의 회백색 솜털 씨앗을 바람결에 흩날리는가 하면 갈고리가 달리고 교묘하게 생긴 깔깔이 씨앗을 떨구었다. 과수원의 사과나무들 아래 땅은 흰빛과 분홍빛으로 얼룩져 있었다. 나뭇가지는 초록빛이었다. 묘역 주변 몇 십 리 안에 푸른 나무라곤 그것들뿐이었다. 다른 것들은 지평선에서 지평선까지 모조리 둔하고 누르께한 황무지의 빛깔을 띠었다. 산들만이 예외로, 막 꽃망울이 진 샐비어 때문에 은청색이 어려 있었다.

"아니, 뭘 어쩌겠다는 건 아냐. 그냥 뭔가 다른 게 보고 싶어. 여긴 만날 똑같잖아. 아무 일도 안 일어나고."

"세상에서 일어나는 모든 일들이 이곳에서 시작돼."

아르하가 말했다.

"으응, 알아……. 그치만 그런 일들이 일어나는 걸 봤으면 좋겠어."

생긋 웃음 짓는 펜드는 상냥하고 편한 인상을 가진 소녀였다. 그녀는 햇살에 따뜻하게 달구어진 돌에다 맨발바닥을 문질렀다. 그러곤 잠시 후에 말을 이었다.

"말이지, 난 조그마할 때 바닷가에 살았거든. 우리 마을은 모래언덕 바로 뒤에 있어서 가끔씩 바닷가에 내려가 놀곤 했어. 언젠가 바다 멀리 나가는 선단이 지나가는 걸 봤던 기억이 있어. 빨간 날개를 가진 용처럼 생긴 배들이었지. 어떤 건 진짜로 목까지 있었다고, 앞에 용머리가 달려 있고 말이야. 아투인을 지나쳐 갔는데, 카르그 배들이 아니었어. 서쪽의 내지(內地)에서 온 배라고 촌장님이 그랬어. 그때 다들 그걸 구경하러 바닷가로 내려갔지. 아마 그자들이 배를 댈까 봐 걱정했던 것 같아. 그렇지만 배들은 그냥 지나가 버렸고 그것들이 어디로 가는지 아무도 몰랐어. 어쩌면 카레고앗에 전쟁을 걸러 갔는지도 몰라. 그런데 생각해 봐, 그들은 진짜로 마법사들의 섬에서 온 거라고. 사람들이 죄다 흙먼지 색깔이고 누구나 눈 깜박이듯 쉽사리 남에게 주문을 건다는 땅에서 말이야."

"나한테는 못 걸어."

아르하는 냉정하게 대꾸했다.

"난 그자들을 구경하지 않았을 거니까. 그들은 사악하고 저주받을 마법사들이야. 어떻게 감히 성스러운 땅에 그렇게 가까이 항해해 왔담?"

"음, 글쎄. 신왕께서 언젠가는 그 사람들을 정복해 전부 노예로 만들어 버리시겠지. 그렇지만 난 다시 바다를 볼 수 있었으면 해. 썰물 때 웅덩이엔 작은 문어들이 들어 있곤 했단다. 그 녀석들한테 '에비!' 하고 소리 지르면 온몸이 새하얗게 변해 버리지……. 저기 마난 늙은이가 온다. 널 찾는 거야."

아르하의 호위이자 하인인 마난이 담장 안쪽에서 벽을 따라 천천히 다가왔다. 그는 중간중간 들양파를 뽑느라 몸을 굽히곤 했는데, 손에는 벌써 큼지막하니 축 처진 양파들을 한 다발 쥐고 있었다. 그는 양파를 뽑고선 윗몸을 쭉 펴서 조그맣고 둔한 갈색 눈으로 주위를 둘러보았다. 마난은 해가 갈수록 더 뚱뚱해져서 털 없는 노란 살갗이 햇빛에 번들거렸다.

"남자들 쪽으로 조금 내려가."

아르하가 일렀다. 두 소녀는 도마뱀처럼 날쌔게 몸을 틀어 바깥쪽으로 내려가서 담장 꼭대기 바로 밑에 매달렸다. 그러면 안에서는 보이지 않았다. 마난의 느린 발소리가 가까워 왔다.

"우우우, 감자 대가리!"

아르하가 나지막하게 야유를 보냈다. 풀숲에 부는 바람만큼이나 희미한 속삭임이었다.

묵직한 발걸음 소리가 멈췄다. 자신 없는 목소리가 그녀를 불렀다.

"어이, 거기? ……꼬맹이냐? 아르하?"

고요.

마난은 좀 더 나아왔다.

"우우우우! 감자 대가리!"

"우, 감자 배때기!"

펜드가 흉내를 내어 속삭였고 둘은 치밀어 오르는 키득거림을 참느라 끙끙댔다.

"거기 누구 있니?"

고요.

"아, 음, 음, 흐음."

거세된 사나이는 한숨을 쉬곤 느린 발걸음을 뗴었다. 그가 비탈목을 넘어 가 버리고 나자 소녀들은 도로 담 꼭대기에 기어올랐다. 펜드는 발갛게 상기되어 땀을 흘리며 킬킬거렸지만 아르하는 매정한 얼굴이었다.

"머저리 같은 늙다리 몰이꾼 숫양 같으니. 어딜 가도 날 쫓아다닌다니까!"

펜드가 분별 있게 말했다.

"어쩔 수 없잖아. 그게 그의 일인걸. 널 보살펴 주는 게."

"내가 섬기는 분들이 날 보살펴 줘. 난 그들을 기쁘게 하면
돼. 다른 누구의 비위도 맞출 필요가 없다고. 저 노파들이랑 반
쪽 사내들은 날 그냥 내버려 둬야 해. 난 유일 무녀란 말이야!"

펜드는 상대방 소녀를 물끄러미 보았다. 그러고는 약하게 말
했다.

"으응……, 그래. 나도 알아, 아르하……."

"그러면 날 내버려 둬야지. 시시때때로 이래라저래라 명령하
지 말고 말이야!"

펜드는 한동안 아무 말도 하지 않았다. 다만 한숨을 짓곤 통
통한 다리를 흔들며 저 아래 펼쳐진 광활하고 희끄무레한 대지
를 응시했다. 높고 흐릿하고 광대하게 압도해 오는 지평선을 향
하여 땅은 몹시도 완만히 솟아올라 갔다.

마침내 펜드가 조용히 말했다.

"너 이제 금방 명령을 내리는 입장에 서게 될 거야. 알
잖아. 앞으로 2년만 지나면 우린 더 이상 아이가 아니야. 열네
살이 된다고. 난 신왕 사원에 들어갈 거고, 나한텐 별로 달라질
일이 없어. 그치만 그때 넌 진짜로 최고 무녀가 되지. 코실하고
사르도 네게 복종해야 해."

먹힌 자는 아무 말이 없었다. 그녀의 얼굴은 딱딱하게 굳어
있었고 검은 눈썹 밑의 눈은 하늘 빛을 받아 창백한 반짝임을
띠었다. 펜드가 말했다.

"우리 가야지."

"싫어."

"베짜기 감독이 사르한테 이를 텐데. 그리고 조금 있으면 '아홉 성가' 시간인걸."

"난 여기 있을 거야. 너도 있어."

"너는 벌 받지 않겠지만 난 벌 받아."

펜드는 그녀다운 완곡한 방식으로 말했다. 아르하는 대답하지 않았다. 펜드는 한숨을 쉬곤 그대로 머물러 있었다.

태양은 평원 높이 걸린 아지랑이 속으로 잠겨 들었다. 길고 완만한 경사지 멀리서 희미한 양방울 소리와 매매 우는 새끼양 소리가 들려왔다. 달착지근한 냄새를 품은 봄바람이 건조한 실바람으로 길게 불어 지나곤 했다.

두 소녀가 돌아온 것은 아홉 성가가 거의 끝날 무렵이었다. 그들이 '남자들의 담'에 올라앉아 있는 것을 본 멥베스가 자기 윗사람이며 신왕의 최고 무녀인 코실에게 보고한 터였다.

코실은 발걸음과 얼굴이 모두 묵직했다. 두 소녀에게 말할 때에도 얼굴에나 목소리에나 감정을 드러내지 않았다. 그녀는 소녀들에게 따라오라고 이른 다음, 그들을 이끌고 대관의 돌 회랑을 지나 정문을 나가서 둔덕 위에 위치한 아트와와 울루아의 사원으로 갔다. 거기서 코실은 그 사원의 최고 무녀인 사르를 만나 사슴의 다리뼈처럼 여윈 그 키 큰 여인과 이야기했다.

코실이 펜드에게 말했다.

"옷을 벗어라."

그런 뒤 코실은 다발 지은 억새 회초리로 펜드를 매질했다. 회초리는 살갗을 조금씩 베어 들었다. 펜드는 소리 없이 눈물을 흘리며 참아 냈다. 매질이 끝나자 펜드는 저녁밥도 먹지 못한 채 직조실로 돌려보내졌고, 다음 날도 하루 종일 굶게 되었다. 코실이 말했다.

"만약 다시 또 사내들 담장에 올라가는 게 발견되면 이보다 훨씬 심한 꼴을 겪을 게다. 알겠느냐, 펜드?"

코실의 목소리는 차분했지만 상냥한 빛이라곤 없었다. 펜드는 "예."라고 대답하곤, 등에 난 상처가 무거운 옷에 쓸리는 바람에 몸을 움츠리며 풀이 죽어 방을 나갔다.

아르하는 사르 옆에 서서 매질하는 걸 보고 있었다. 이제 그녀는 회초리를 깨끗이 갈무리하는 코실을 쳐다보았다. 사르가 말했다.

"딴 아이들과 기어오르고 달리고 하는 모습을 보이는 건 온당치 못해요. 당신은 아르하입니다."

아르하는 뚱한 얼굴로 서서 대답하지 않았다.

"해야 하는 일만을 하는 것이 좋습니다. 당신은 아르하니까요."

잠시 동안 소녀는 눈을 들어 사르의 얼굴을 보고 다시 코실

의 얼굴을 보았다. 그녀의 눈 속엔 보기 끔찍할 만큼 깊은 증오
와 분노가 깃들어 있었다. 그러나 깡마른 무녀는 조금도 개의치
않았다. 그녀는 외려 앞으로 살짝 몸을 굽히면서 날이 선 음성
으로 딱 부러지게 말했다.

"당신은 아르하예요. 아무것도 남아 있지 않지요. 전부 먹혔
습니다."

"전부 먹혔습니다."

소녀는 따라했다. 여섯 살 이후로 살아오면서 하루도 빠짐없
이 날마다 되풀이해 온 말이었다.

사르는 가볍게 머리를 숙였다. 코실도 회초리 다발을 치우며
같은 동작을 했다. 소녀는 고개를 숙이지 않고 잠자코 돌아서서
방을 나갔다.

좁고 어두운 식당에서 침묵 속에 감자와 봄 양파로 저녁 식
사를 마치고, 저녁 성가를 영창하고, 문들 위에 신성한 단어를
쓰고, 짤막한 무언의 제식까지 지내고 나자 일과가 끝났다. 이
제 소녀들은 숙소로 올라가서 골풀 화촉 하나가 다 탈 시간 동
안만 주사위와 나뭇가지들로 하는 놀이를 할 터였다. 그런 뒤엔
어둠 속에서 옆 침대의 소녀들과 서로 속닥거릴 것이다. 그러나
아르하는 매일 밤 그러듯이 묘역 뜰을 지나고 비탈길을 올라 자
기 혼자 잠자는 소관으로 향했다.

밤바람은 달콤했다. 봄밤의 별들이 무성하게 빛을 냈다. 흡사

봄 초원에 무리 지어 핀 데이지 같기도 하고 4월의 바다 위에
반짝이는 빛무리 같기도 했다. 그러나 소녀에겐 초원이나 바다
의 기억이 없었다. 그녀는 위를 보지 않았다.

"여, 왔구나, 우리 꼬맹이!"

"마난."

그녀의 어조는 무감각했다.

커다란 그림자가 서둘러 그녀 곁으로 다가섰다. 대머리진 머
리 거죽에 별빛이 비쳐 번들거렸다.

"벌 받았니?"

"난 벌 받을 수 없어."

"그렇지……. 그야……."

"날 벌줄 수는 없어. 감히 못하지."

그는 큼지막한 두 손을 늘어뜨린 채 둔하고 어정쩡하게 서
있었디. 이르하는 들양파 냄새를 맡았다. 마난의 낡은 검정색
옷에는 땀내와 샐비어 냄새가 배어 있고, 단이 해어진 데다 키
에 비해 너무 짧았다.

"나한텐 손끝 하나 대지 못해. 난 아르하니까."

새되고 모진 목소리로 이렇게 내뱉은 다음 그녀는 눈물을 터
뜨리고 말았다.

기다리고 있던 그 커다란 손이 올라와 그녀를 끌어당겨 부드
럽게 끌어안고는 땋은 머리를 어루만졌다.

41

"그래, 그래. 꼬마 귀염둥이, 우리 꼬맹이야……."

아르하는 그의 가슴팍 움푹 팬 곳에 깊이 파묻혀 그 쉰 듯한 속삭임을 들었다. 그러고는 그에게 달라붙었다. 눈물은 곧 그쳤지만 그녀는 자기 발로 설 수 없기라도 한 듯 마난에게 매달려 있었다.

"가엾은 어린것."

마난은 속삭였고 아이를 안아 올려 혼자 자는 집의 문간까지 데려다 주었다. 거기서 그는 그녀를 내려놓았다.

"이제 괜찮니, 꼬맹이야?"

아르하는 끄덕였고, 마난에게서 돌아선 다음 어두운 집 안으로 들어갔다.

죄수들

규칙적이고 육중한 코실의 발소리가 소관 복도를 따라 울렸다. 키 크고 덩치 좋은 사람 형체가 문간을 꽉 메우더니 무녀가 한 무릎을 바닥에 디며 절함에 따라 움츠러들었다가 그녀가 몸을 펴고 자기 키대로 일어서자 도로 부풀어 올랐다.

"대무녀님."

"무슨 일이지, 코실?"

"지금까지는 이름 없는 존재들의 영역에 속한 특정한 일들을 제가 돌보도록 허락받아 왔습니다. 그러나 바라신다면 이제 당신이 이런 일들에 관하여 보고 배워서 책임을 맡으실 때입니다. 이번 생에서는 아직 기억 못하실 테니까요."

소녀는 창 없는 자기 방에 앉아 있었다. 명상에 잠겨 있는 것처럼 보였지만 실은 아무것도 하지 않고 넋 놓고 있던 터였다. 딱딱하고 둔감하게 굳어 있던 오만한 표정이 바뀌는 데엔 좀 시간이 걸렸다. 그러나 드러내지 않으려고 애쓰긴 했어도 그녀의 표정은 확실히 변하여 영악한 흥미를 뚜렷이 비쳤다.

"미궁 말인가?"

"미궁엔 들어가지 않아요. 하지만 지하 무덤은 가로질러야 할 겁니다."

코실의 목소리엔 두려운 기색이 있었다. 하지만 어쩌면 아르하를 겁주려고 짐짓 꾸며 보인 것일지도 몰랐다. 소녀는 서두름 없이 일어서서 무감정하게 말했다.

"좋아, 그러지."

그러나 신왕 사원 무녀의 육중한 그림자를 따라나설 때 그녀는 마음 깊숙이 기뻐 날뛰고 있었다. 드디어, 드디어! 이제야 드디어 내 영토를 보게 되는구나!

아르하는 열다섯 살이었다. 성인식을 치르고 아투안 무덤의 유일 무녀로서 모든 권력을 갖게 된 지도 1년이 지났다. 카르그 땅의 모든 고위 무녀들 중에서도 가장 높은 자이자 신왕조차도 명령을 내릴 수 없는 사람이 된 것이다. 이제는 모든 이들이 그녀 앞에 무릎을 꿇고 절했다. 심지어는 엄격한 사르나 코실조차도 그랬다. 말을 할 때도 모두들 신경 써서 말투를 바꿨다. 하지만 달라진 것은 없었다. 아무 일도 일어나지 않았다. 신성한 취임 의식이 끝나자 세월은 옛날과 다름없이 항상 그랬던 것처럼 흘러갔다. 털실을 잣고, 검은 천을 짜고, 곡식을 빻고, 의식을 집행했다. 밤마다 아홉 성가를 불러야 했으며 문마다 축성을 하고 1년에 두 번씩 돌들에 염소 피를 먹이고 빈 옥좌 앞에서 그믐의 춤을 추어야 했다. 그렇게 꼬박 한 해가 지나갔다, 이전의 해들과 똑같이. 일생이 그렇게 흘러가 버리는 걸까?

지루함은 때때로 너무나도 강하게 솟구쳐 올라 거의 공포처럼 느껴졌다. 그 감정이 숨통을 죄었다. 얼마 전 아르하는 누군가와 이야기하지 않고는 견딜 수 없는 지경에 이르렀다. 말해야 한다고, 그렇지 않으면 미쳐 버릴 거라고 그녀는 생각했다. 그녀가 고른 말상대는 마난이었다. 다른 소녀들에게는 자존심 때문에 털어놓을 수 없고, 나이 든 여자들에게는 노파심 때문에 고백할 수가 없었다. 하지만 충실한 늙은 숫양 마난, 그는 아무 것도 아니었다. 그에게 털어놓는 건 문제가 되지 않았다. 그런데 놀랍게도 마난은 해결책을 갖고 있었다.

"오래전 일입죠. 아시겠죠, 꼬마 아가씨? 4대도가 하나의 제국으로 합쳐지기 전, 신왕이 우리 모두 위에 군림하기 전에는 그보다 못한 왕들이며 제후나 족장들이 잔뜩 있었습니다. 밤낮으로 서로 싸우고들 있었지요. 그들이 싸움을 끝내려고 이곳을 찾았더랬습죠. 바로 그래요, 우리 아투안 땅에서뿐만 아니라 카레고앗, 앗니니, 후랏후르에서까지도 찾아왔던 겁니다요. 족장들이며 제후들이 죄다 하인과 군사를 거느리고 왔어요. 와서는 아가씨께 어떻게 해야 할지 물었지요. 그러면 아가씬 빈 옥좌 앞으로 가서 그들에게 이름 없는 존재들의 신탁을 내려 주곤 했습죠. 어지간히도 오래전의 일입니다요.

얼마 후 사제왕들이 온 카레고앗을 다스리게 됐고, 오래잖아 아투안도 다스리게 됐지요. 이제는 사람 수명 너더댓 배에 이르는 세월 동안 신왕이 네 땅을 통틀어 다스리면서 하나의 제국으로 만들었고요. 그렇게 세상 일이 바뀌었습죠. 신왕은 말을 듣지 않는 족장들을 쓰러뜨리고 자기 힘으로 모든 싸움을 가라앉힐 수 있어요. 그리고 아시다시피 그분 자신이 신이니까, 이름 없는 존재들에게 조언을 구하는 일이 그렇게 잦진 않지요."

아르하는 그 문제를 골똘히 생각하지 않았다. 여기 황량한 땅 변함없는 그 돌들 아래 시간이란 큰 의미가 없었다. 세상이 시작된 이래 이곳에서의 삶은 늘 똑같았다. 뭔가가 변화한다는 것, 옛 방식이 스러지고 새로운 것들이 대두된다는 생각은 아르하에게 익숙지 않았다. 그러한 관점에서 사물을 바라본다는 것은 편치 못했다. 그녀는 찌푸린 얼굴로 말했다.

"신왕의 힘은 내가 섬기는 분들의 힘보다 훨씬 못해."

"그야 물론……, 물론입지요……. 하지만 신 앞에서 그런 말을 할 사람은 없을 겁니다, 작은 귀염둥이 아씨님. 신의 무녀 앞에서도 마찬가지굽쇼."

작고 누르스름하게 반짝이는 마난의 눈을 보며 그녀는 코실을 떠올렸다. 신왕의 최고 무녀인 코실을 아르하는 묘역에 처음 온 날부터 줄곧 두려워하고 있었다. 아르하는 마난의 말뜻을 알아들었다.

"하지만 신왕도 신왕의 백성들도 더 이상 무덤에 참배하지 않아. 아무도 안 오잖아."

"흐음. 신왕께선 희생 제물로 쓸 죄수들을 이리로 보내잖습니까. 그 점에선 무시하지 않습죠. 이름 없는 존재들에게 바치는 희사를 잊지도 않고요."

"희사라고! 신왕의 사원은 해마다 새로 칠해. 제단엔 황금이 수백 근이나 얹혀 있고 말이야. 등불에는 장미 기름을 쓰잖아! 그런데 옥좌관을 보라고. 천장엔 구멍이 났고 둥근 지붕은 주저앉았지. 벽엔 생쥐랑 올빼미랑 박쥐가 득실거려……. 하지만 그래도 옥좌관은 신왕이나 그의 모든 사원들, 그리고 신왕 이후에 올 어떤 왕들보다도 오래갈 거야. 그것들이 있기 전에 존재했고 그것들이 다 사라진 뒤에도 존재할 테니까. 옥좌관이야말로 만물의 중심이야."

"만물의 중심입지요."

"거기엔 부가 있어. 사르가 가끔 말해 줬지. 신왕의 사원을 열 번이나 채우고도 남을 만큼 있다고 말이야. 수백 년, 백 세대도 더 된 묵은 황금과 전리품들……. 얼마나 오래되었는지는 아무도 모를걸? 그런 보물이 저 지하의 구덩이와 땅굴 속에 자물쇠 채워져 있어. 그런데 아직도 날 그리 데려가 주질 않아. 한없이 기다리게만 할 뿐이야. 그래도 난 그곳이 어떻게 생겼는지 알지. 옥좌관 밑에 방들이 있어. 지하에, 묘역 전체에 걸쳐서 말이야. 우리가 지금 서 있는 이 자리 밑에도 있지. 거기엔 어마어마한 미로가, 미궁이 있어. 산 밑에 크나큰 어둠의 도시가 있는 거야. 황금으로 가득한 곳, 옛 영웅들의 검이며 오래된 왕관으로 가득한 곳……. 뼈와 세월과 침묵으로 가득한 곳."

아르하는 신들린 듯 넋을 잃고 말했다. 마난은 그녀를 쳐다보았다. 둔하고 소심한 처량함 이외에 그 넙적한 얼굴에 드러나는 감성은 거의 없었다. 지금은 여느 때보다도 더욱 처량해 보였다. 그가 말했다.

"그래요, 그리고 아가씬 그 모든 것의 주인이시지요. 침묵, 그리고 어둠."

"맞아. 하지만 그들은 나에게 아무것도 보여 주려 하지 않아. 옥좌 뒤에 있는 지상의 방들만 보여 줬을 뿐이야. 지하로 들어가는 입구조차도 보여 주지 않았어. 어쩌다 우물우물 말만 하고. 나의 영토를 나와 갈라 놓고 있다고! 어째서 한없이 기다리게만 하는 거지?"

마난은 그의 쉰 듯한 부드러운 음성으로 말했다.

"아가씬 아직 어리잖습니까요. 또 아마……, 겁내는 건지도 모릅죠, 꼬마 아가씨. 어쨌든 그곳은 그이들 영역이 아니니까요. 거긴 아가씨의 영역이에요. 그이들한텐 거기 들어가는 게 안전치 못해요. 살아 있는 사람치고 이름 없는 존재들을 겁내지 않을 자는 없습니다요."

아르하는 아무 말이 없었다. 하지만 그녀의 눈은 번뜩였다. 마난은 다시 한번 새로운 관점을 일깨워 주었다. 사르와 코실은 너무도 엄하고 차갑고 강해 보였기에 아르하는 그들이 뭔가를 두려워한다는 걸 상상조차 해 본 적이 없었다. 그러나 마난이 옳았다. 그들은 그 장소들을 겁냈고 아르하가 속해 있는 힘들을 두려워했다. 그들은 암흑의 성소로 걸어 들어가기를 겁낸다, 먹혀 버릴 것이 두려우니까.

지금 코실과 함께 소관 계단을 내려와 가파르고 구불구불한 옥좌관 길을 오르면서 아르히는 마닌과 나눴던 대화를 상기하고 또다시 의기 양양한 기분이 들었다. 어디로 데려가든 무엇을 보여 주든 그녀는 조금도 겁내지 않을 터였다. 어떻게 행동해야 할지 알 수 있을 것이다.

약간 뒤에서 걸어오던 코실이 말했다.

"당신께서도 아시겠지만 대무녀의 의무 중 하나는 특정한 죄수들을 희생으로 바치는 일입니다. 귀족 태생의 범죄자들로서 우리의 지배자이신 신왕을 거역하여 모독이나 반역의 죄를 저

지른 자들을 말씀입니다."

"아니면 이름 없는 분들께 거역한 자들을 말이지."

아르하가 말했다.

"옳습니다. 먹힌 자께서 아직 어린애였을 적에는 그 의무를 수행하기에 적당치 못했죠. 하지만 대무녀께선 이제 아이가 아니십니다. '사슬의 방'에 죄수들이 있습니다. 우리의 지배자이신 신왕께서 은총을 베풀어 한 달 전 그분의 도읍 아와바스로부터 보내오셨습니다."

"난 죄수들이 온 줄 몰랐어. 어째서 내가 몰랐지?"

"죄수들은 밤에 호송되었습니다. 예로부터 정해진 무덤의 제식에 맞추어 비밀 통로로요. 벽을 따라가는 길로 가시면 대무녀님도 그 통로를 이용하게 되실 겁니다."

아르하는 옆길로 빠져 둥근 지붕의 건물 뒤로 묘역의 경계를 이루는 거대한 돌담을 따라갔다. 담을 쌓은 돌들은 엄청난 크기였다. 가장 작은 것이라도 사람의 몸무게를 뛰어넘었고 가장 큰 것은 짐마차만큼이나 컸다. 돌들은 비록 다듬어지진 않았지만 신경을 써서 서로 맞물리게 배치되어 있었다. 그럼에도 여기저기 담 꼭대기 부분이 허물어져 아무렇게나 쌓인 돌더미로 변해 있곤 했다. 오로지 광대한 세월의 흐름만이 그런 일을 할 수 있었다. 수백 년을 두고 거듭된 황무지의 타는 듯한 낮과 얼어붙는 밤, 그리고 천 년의 세월에 걸쳐 느낄 수 없을 만큼 조금씩 이동한 언덕들 그 자체만이.

"무덤 담장에 기어오르기는 정말 쉽겠어."

담 아래를 걸으며 아르하가 말했다. 코실이 대답했다.

"담을 다시 쌓을 만한 인원이 없습니다."

"보초를 세울 만큼은 있잖아."

"노예들뿐이죠. 그들은 믿을 수가 없습니다."

"겁을 주면 믿을 수 있어. 낯선 자가 담 안의 성스러운 땅에 발을 들이도록 놔둔다면 그자와 똑같은 죗값을 치르게 해."

"죗값은 어떤 것이죠?"

몰라서 물어보는 게 아니었다. 오래전 코실이 직접 아르하에게 그 답을 가르쳤더랬다.

"옥좌 앞에서 목을 베는 것."

"무덤 담장에 보초를 세우는 것이 대무녀님의 뜻입니까?"

"그래."

소녀는 대답을 하며 득의 양양해서 길고 검은 옷소매 안에서 손가락을 꼭 말아 쥐었다. 코실이 담을 지키는 일에 노예 한 명을 내놓고 싶어하지 않는다는 것은 알고 있었다. 아무튼 그건 정말로 쓸데없는 일이었다. 대체 어떤 낯선 자가 이곳에 온단 말인가? 우연이든 고의든 남자가 묘역 주위 네 마장 안의 어떤 곳에 눈에 띄지 않고 얼씬거린다는 것은 있을 법도 하지 않았다. 무덤 근처에도 이를 수 없을 게 뻔했다. 하지만 보초를 세운

다는 것은 무덤에 합당한 경의를 표하는 것이었고, 그래서 코실은 그에 무어라 이의를 달기가 쉽지 않았다. 그녀는 아르하에게 복종해야 했다.

"이쪽입니다."

코실이 차가운 목소리로 말했다.

아르하는 멈춰 섰다. 그녀는 전에도 무덤 담 곁의 이 길을 걷곤 했다. 묘역을 한 발짝 한 발짝, 돌멩이나 가시덤불 엉겅퀴 하나조차도 모두 알고 있는 만큼 이곳 또한 샅샅이 알고 있는 터였다. 왼편으로 높이가 그녀 키의 세 배나 되는 거대한 돌담이 치솟아 있고, 오른편으로는 언덕이 멀리 얕은 물이 흐르는 보잘 것없는 골짜기를 향하여 층져 내려갔다가 다시 서쪽 산기슭을 향해 기어오른다. 아르하는 근처의 땅 전체를 둘러보았지만 본적이 없는 것은 아무것도 없었다.

"붉은 바위 밑입니다, 대무녀님."

비탈을 몇 걸음 내려간 곳에 땅에서 튀어나온 붉은 화산암 하나가 있었다. 그것은 언덕에 묻혀 계단이나 작은 낭떠러지 같은 모양을 이루었다. 그쪽으로 내려가 같은 높이에 서서 바위를 마주하자, 아르하는 그것이 넉 자 높이의 거칠게 만든 출입구처럼 보인다는 것을 깨달았다.

"뭘 해야 하지?"

신성한 장소의 문들은 어떻게 열리는지 모르는 한 열려고 해

봐야 소용없다는 것을 오래전에 배운 터였다.

"대무녀님은 암흑 성소의 모든 열쇠를 가지고 계십니다."

나이가 되어 의식을 치른 후로 아르하는 작은 단검 한 자루와 열쇠 열세 개가 달린 무쇠 고리를 허리띠에 찼다. 어떤 열쇠는 길고 무거웠으며 낚싯바늘처럼 조그만 것도 있었다. 그녀는 쇠고리를 들어 올려 열쇠들을 펼쳤다.

"그겁니다."

코실이 가리키며 말했다. 그러고 나서 두툼한 집게손가락으로 붉고 우둘투둘한 바위와 바위 사이의 틈을 짚었다.

복잡한 요철이 있는 돌기가 둘 달린 기다란 쇠막대 모양의 열쇠가 틈새로 들어갔다. 꽂을 때 뻑뻑했기 때문에 아르하는 양손으로 잡고 왼쪽으로 돌렸다. 열쇠는 뜻밖에도 부드럽게 돌아갔다.

"이젠?"

"저와 함께……."

둘은 함께 열쇠 구멍 왼쪽의 거친 바위 면을 밀었다. 붉은 바위의 울퉁불퉁한 한 부분이 묵직하지만 매끄럽게 소리도 조금밖에 내지 않고 안쪽으로 움직여 들어가고 거기엔 좁은 틈이 벌어졌다. 안쪽은 깜깜했다.

아르하는 윗몸을 숙이며 안으로 들어섰다.

코실은 뚱뚱한 데다 옷마저 껴입었기 때문에 그 좁은 틈을

낄 듯이 지나야 했다. 그녀는 안에 들어서자마자 등을 대고 힘주어 밀어서 문을 닫았다.

한 점의 빛도 없는 완벽한 어둠이었다. 어둠이 젖은 모직물처럼 뜨고 있는 눈 위를 내리누르는 것만 같았다.

두 사람은 몸을 굽힌 채 거의 포개지다시피 되어 있었다. 그들이 서 있는 곳은 높이가 넉 자도 안 되었기 때문이다. 게다가 너무나 좁아서 아르하의 더듬는 손길이 양쪽의 축축한 바위에 한꺼번에 가 닿을 정도였다.

"불을 가져왔나?"

어둠 속에 있으면 누구나 그렇게 되듯 속삭이는 소리로 아르하가 말했다.

"가져오지 않았습니다."

코실이 뒤에서 대답했다. 코실의 목소리 또한 나지막했다. 그러나 그 목소리엔 흡사 웃는 것 같은 묘한 기색이 있었다. 절대로 웃는 법이 없는 코실이었다. 아르하의 심장은 쿵쿵 뛰었다. 피가 숨통으로 치받는 느낌이었다. 그녀는 단호하게 자신을 타일렀다. '여긴 내 영역이야. 난 여기에 속해 있어. 무서워하지 않을 거야!'

입 밖으로는 아무 말도 하지 않았다. 아르하는 앞으로 나아가기 시작했다. 길은 외가닥으로 밑을 향해 경사져 언덕의 내부로 파고들어 갔다.

코실이 숨을 쌕쌕거리며 따라왔다. 그녀가 차려입은 옷의 자락이 바위와 땅바닥에 쓸리고 끌렸다.

느닷없이 천장이 높아졌다. 아르하는 똑바로 섰다. 뻗친 손엔 벽이 만져지지 않았다. 텁텁하고 흙내 나던 공기가 한층 서늘한 습기를 품고 얼굴을 건드렸다. 그 미약한 움직임이 커다란 공간이라는 느낌을 주었다. 완벽한 암흑 속으로 아르하는 조심스럽게 몇 걸음을 디뎠다.

조약돌 하나가 끈신 신은 발 밑에서 미끄러지며 다른 조약돌을 쳤다. 그 조그만 소리가 반향음을 만들어 냈다. 가까운 곳, 먼 곳, 훨씬 먼 곳에서 수많은 메아리가 되돌아왔다. 이 굴은 대단히 크고 높고 넓은 게 분명했다. 그러나 비어 있지는 않았다. 어둠 속에 가로막고 있는 보이지 않는 뭔가가 메아리를 수천의 파편으로 흩어놓고 있었다.

"여긴 무덤돌들 밑인 거로군."

소녀의 속삭임은 공허한 암흑 속으로 퍼져 나가 거미줄처럼 가는 소리가 되어 낱낱이 흩어졌다. 그 여운이 오랫동안 귓가에 매달려 있었다.

"그래요. 여기가 지하 무덤입니다. 계속 가세요. 전 이곳에 머물러 있을 수 없습니다. 왼쪽으로 벽을 따라가세요. 입구를 세 개 지나쳐요."

코실의 속삭임이 신경질적인 숨소리를 품었다.(미미한 메아

리들이 곧바로 신경질적인 숨소리로 응답했다.) 겁을 내고 있다,
그녀는 확실히 겁내고 있었다. 코실은 여기 이름 없는 존재들
사이에 있고 싶지 않은 것이다. 여기 그들의 무덤에, 그들의 동
굴에, 어둠 속에 있고 싶지 않은 것이다. 이곳은 그녀의 영역이
아니며 그녀는 여기에 속해 있지 않았다.

"횃불을 가지고 와야겠어."

손가락으로 동굴의 벽을 더듬어 나가면서 아르하가 말했다.
바위 벽의 기묘한 형태들에 궁금증이 일어서였다. 움푹 패거나
솟아오른 것이 절묘한 곡선과 각을 이루고 있었다. 여기는 레이
스처럼 까끌까끌한가 하면 저기는 놋쇠처럼 매끈하다. 분명 사
람이 조각해 넣은 것이다. 어쩌면 이 굴 전체가 먼 옛날 석공들
의 작품이 아닐까?

"이곳에 빛은 금지되어 있습니다."

코실의 속삭임은 날카로웠다. 아르하 자신도 말을 하면서 벌
써 그럴 줄 알고 있었다. 이곳이야말로 어둠의 고향이자 밤의
핵심이었다.

아르하의 손가락들은 암흑 속에서 세 차례 복잡하게 얽힌 바
위들 사이 빈 틈새를 뛰어넘었다. 네 번째로 빈 공간에 마주치
자 그녀는 입구의 높이와 너비를 가늠해 본 뒤 그리로 들어섰
다. 코실이 뒤따랐다.

다시 살짝 오르막이 진 굴에서 왼쪽에 난 입구 하나를 지나

치자 오른쪽으로 갈림길이 나왔다. 지면 아래의 어둠과 땅 속의 침묵 속에 모든 것은 손어림의 감각으로밖에 확인할 수 없었다. 이런 통로에서는 계속 굴 양쪽 벽을 만지면서 가야 했다. 그러지 않으면 입구 중 하나를 놓쳐 버린다든가 갈라진 길을 알아차리지 못하고 지나쳐 버릴지 몰랐다. 손의 감각만이 유일한 안내인이었다. 눈으로 볼 수는 없지만 길을 잃지 않게끔 손으로 붙잡고 갈 수는 있다.

"여기가 미궁인가?"

"아니오. 여기는 좀 덜 복잡한 미로입니다. 옥좌 밑이죠."

"미궁의 입구는 어디지?"

아르하는 이 어둠 속의 놀이가 마음에 들었다. 더 복잡한 문제가 주어졌으면 싶었다.

"지하 무덤에서 두 번째로 지나쳐 온 입구입니다. 이제 오른쪽에 문을 찾아보세요. 나무로 된 문이에요. 어쩌면 이미 지나쳐 버렸을지도 모르겠군요……."

코실이 두 손으로 불안하게 벽을 더듬는 소리가 들렸다. 거친 바위 표면을 스치는 소리였다. 아르하는 손끝을 살짝 돌에 스치며 걸었다. 문득 손끝 아래 부드러운 나뭇결이 만져졌다. 그것을 밀자 문은 끼이익 소리를 내며 간단히 열렸다. 그녀는 불빛에 눈이 먼 채 잠시 그대로 서 있었다.

두 사람은 천장이 나지막한 커다란 방으로 들어섰다. 반듯하게 자른 돌로 벽을 쌓은 방 안에 횃불 한 자루가 사슬에 매달려 연기를 뿜어내며 주위를 밝히고 있었다. 횃불 연기가 빠져나갈 구멍이 없어 공기가 매캐했다. 눈이 따끔거리고 눈물이 맺혔다.

"죄수들은 어디 있지?"

"저기에요."

방의 반대쪽 끝에 있는 뭔지 모를 덩어리 세 개가 사람이라는 것을 아르하는 가까스로 알아보았다.

"문이 잠기지 않았네. 간수도 없어?"

"필요 없습니다."

아르하는 흐릿한 연기 저편을 살피면서 머뭇머뭇 좀 더 안쪽으로 나아갔다. 바위 벽에 큼직한 고리들이 박혀 있어서 양발목과 한쪽 손목에 쇠가 채워진 죄수들이 거기 묶여 있었다. 누우려고 한다면 사슬 채워진 팔이 수갑에 매달리듯 쳐들리게 되어 있었다. 머리카락과 수염은 마구 헝클어져 그들 위로 드리워진 그늘과 함께 그들의 얼굴을 가렸다. 한 명은 반쯤 누워 있고 다른 둘은 앉고 웅크린 자세였다. 모두 벌거벗은 채였다. 그들에게서 나는 냄새가 코를 찌르는 연기보다도 지독했다.

그중 한 명이 아르하를 죽 쳐다보고 있던 것 같았다. 아르하는 눈알이 번득인 것을 보았다고 생각했지만 곧 의심스러워졌다. 다른 둘은 꼼짝도 하지 않고 머리를 들지도 않았다.

아르하는 돌아섰다.

"이미 사람도 아니로군."

"사람이었던 적도 없습니다. 이들은 악마요, 짐승의 혼을 가진 놈들이지요! 신왕 폐하의 신성한 생명을 노려 음모를 꾸민 자들입니다."

불그레한 횃불 빛에 코실의 눈이 빛을 뿜었다.

아르하는 놀라움과 호기심으로 다시 한번 죄수들을 쳐다보았다.

"어떻게 인간이 신을 칠 수 있는가? 어떤 음모였지? 너, 말해 봐라. 어찌 감히 살아 있는 신을 칠 생각을 했느냐?"

그 사람은 헝클어진 검은 머리카락 사이로 그녀를 응시할 뿐 말이 없었다. 코실이 말했다.

"아와바스에서 호송되기 전에 혀가 잘렸습니다. 이자들을 상대로 얘기하지 마세요, 대무녀님. 이자들은 더러운 존재입니다. 이사들은 당신께 맡겨졌지만, 이야기를 하거나 쳐다보게끔 맡겨진 것이 아니고 생각조차 해선 안 됩니다. 이자들은 이름 없는 존재들께 넘기도록 당신께 맡겨진 겁니다."

"어떤 식으로 희생시켜야 하지?"

아르하는 더 이상 죄수들을 보지 않았다. 그 대신 그 중후한 몸집에서 힘을 끌어올려 냉혹하게 내뱉는 코실을 마주했다. 아르하는 어지러웠고 독한 연기와 불결함 때문에 메스꺼웠지만 겉으로는 완벽히 침착하게 생각하고 말하는 것처럼 굴었다. 이

전에도 많이 해 본 일이 아니었던가?

"무덤의 무녀께서는 어떤 죽음이 그 주인들을 기쁘시게 할지 아실 테지요. 당신께서 선택하실 일입니다. 방법은 많아요."

"호위 대장 고바르를 시켜 그들의 머리를 자르게 해. 피는 옥좌 앞에 쏟아 붓고."

"염소를 희생시킬 때처럼요?"

코실은 상상력이 없는 아르하를 비웃는 것 같았다. 아르하는 우두커니 서 있었다. 코실이 계속했다.

"게다가 고바르는 남자입니다. 어떤 사내도 무덤의 암흑 성소에 들어올 수 없습니다. 대무녀께서는 분명 그걸 기억하고 계시겠지요? 일단 들어오면, 고바르는 나갈 수 없어요……."

"누가 이들을 여기로 끌어 왔지? 누가 먹을것을 주고 있나?"

"제 사원에 봉사하는 시종관들, 두비와 우아토지요. 그들은 내시들이니 이름 없는 존재들을 섬기는 용무로 여기 들어와도 되겠지요. 저나 마찬가지로 말입니다. 신왕의 병사들이 죄수들을 결박해 담 바깥에 남겨두고 간 뒤 제가 시종관들과 함께 죄수의 문을 통해 이자들을 이리로 들여왔습니다. 그 붉은 바위의 문으로요. 늘 그렇게 합니다. 음식과 물은 옥좌 뒤편 방들 중 하나에서 내려 줍니다."

아르하는 위를 보았다. 횃불을 매단 사슬 옆 돌천장에 나무로 된 네모진 게 보였다. 작아서 사람이 통과한다는 건 어림도 없었지만, 거기서 밧줄을 드리우면 세 죄수 중 가운데 사람에게 얼추 닿을 것 같았다. 그녀는 얼른 시선을 돌렸다.

"그럼 먹을것과 물을 더 이상 주지 마. 횃불을 내가고."

코실이 절했다.

"그리고 시체는요? 죽은 다음에 말입니다."

"두비와 우아토를 시켜서 우리가 지나온 대공동(大空洞)에 파묻으라고 해, 지하 무덤에."

소녀의 목소리는 빨라지고 높아졌다.

"그 일은 암흑 속에서 이루어지도록. 내 주인들께서 시체를 먹을 것이다."

"그렇게 거행하겠습니다."

"이제 됐어, 코실?"

"됐습니다, 대무녀님."

"그럼 가지."

아르하는 말했다. 아주 새된 소리였다. 그녀는 돌아서서 서둘러 나무 문으로 향했고 사슬의 방을 나와 굴길의 암흑 속으로 들어섰다. 별 없는 밤처럼 서늘하고 평화로운 느낌이었다. 보이는 것도 빛도 생명도 없는 적막함. 아르하는 그 깨끗한 어둠 속에 뛰어들어 헤엄꾼이 물을 헤치고 나아가듯 빠르게 앞으로 뚫고 나아갔다. 코실이 허둥거리며 뒤따라왔다. 그녀는 갈수록 뒤떨어져서 헐떡이는 숨소리와 쿵쿵대는 발소리가 점점 멀어졌다. 아르하는 그냥 지나치거나 꺾어야 할 곳들을 주저 없이 되짚어갔다. 커다랗게 메아리가 지는 지하 무덤을 빙 둘러 지난 뒤 허리를 숙여 자세를 낮추고 닫힌 바위 문으로 향하는 마지막 긴 굴길을 기어올랐다. 거기서 아르하는 몸을 구부려 허리에 찬 고리에 달려 있던 긴 열쇠를 더듬었다. 열쇠는 찾아냈지만 열쇠 구멍을 찾을 수 없었다. 보이지 않는 눈앞의 바위로부터는 바늘 끝만 한 빛도 새 나오지 않았다. 자물쇠나 빗장이나 손잡이가 없나 손가락으로 바위를 더듬어 봐도 아무것도 찾을 수 없었다. 어디에 열쇠를 꽂아야 한단 말인가? 어떻게 나갈 수 있을까?

"대무녀님!"

등 뒤 멀리로부터 들려온 코실의 음성은 메아리로 증폭되어 경고하는 듯한 소리로 쿵 울렸다.

"대무녀님, 그 문은 안에서는 열리지 않아요. 거기엔 나가는 길이 없습니다. 돌아가는 길은 없어요."

아르하는 몸을 웅크려 바위에 찰싹 달라붙었다. 그녀는 아무 말도 하지 않았다.

"아르하!"

"여기야."

"이리 와요!"

아르하는 갔다. 통로를 따라 개처럼 손과 무릎으로 바닥을 짚으며 코실의 치맛자락을 향해 기어갔다.

62

"오른쪽입니다. 서두르세요! 전 여기서 머뭇거릴 수 없어요. 여긴 제가 있을 곳이 아니에요. 따라와요."

아르하는 일어서서 코실의 옷자락을 붙잡았다. 그들은 전진했다. 기묘한 조각들이 새겨진 대공동의 벽을 따라 한참 동안 오른쪽으로 나아간 뒤, 암흑 속에 암흑으로 나 있는 틈새에 들어섰다. 이제는 오르막이었다. 굴길 속에 층계가 있었다. 소녀는 여전히 여인의 옷자락에 매달려 있었다. 눈은 꼭 감은 채였다.

눈꺼풀을 통해 붉게 느껴지는 빛이 있었다. 아르하는 연기로 가득 찬 횃불 켜진 방에 다시 돌아온 거라 여기고 눈을 뜨지 않았다. 그러나 공기에서는 달콤하고 건조하며 케케묵은, 낯익은 냄새가 났다. 그리고 그녀의 발은 거의 사다리만큼 가파른 층계를 디디고 있었다.

아르하는 코실의 옷자락을 놓고 눈을 떠서 보았다. 머리 위에서 뚜껑문이 열렸다. 그녀는 코실에 뒤이어 기어올라 좁은 문을 통과해 익히 알고 있는 방으로 들어섰다. 나무 옷궤와 쇠상자 두어 개가 놓인 작은 석실로, 옥좌관의 옥좌실 뒤편에 빼곡히 들어찬 방들 중 하나였다. 낮의 빛이 문 밖 복도에 희미한 잿빛으로 비치고 있었다.

"저쪽 문, 죄수의 문은 안으로 들어갈 때만 쓸 수 있어요. 밖으로 나올 수는 없습니다. 나오는 길은 여기뿐이지요. 다른 길이 있다고 하더라도 저는 모릅니다. 사르도 마찬가지고요. 만약 있다면 당신 스스로 기억해 내셔야 합니다. 하지만 있을 거라고 생각하진 않아요."

코실은 아직까지도 숨죽인 목소리로 말하고 있었고, 거기엔 심술궂은 악의 같은 것이 비쳤다. 검은 두건 속에 묻힌 그녀의 묵직한 얼굴은 창백한 데다 땀에 푹 젖어 있었다.

"이쪽 나오는 길의 꺾어진 곳들은 기억 못해."

"가르쳐 드릴 겁니다. 한 번만요. 당신은 기억하셔야 합니다. 다음번엔 함께 가지 않을 거니까요. 여긴 제가 있을 곳이 아닙니다. 당신 혼자 가셔야 해요."

소녀는 고개를 끄덕였다. 그녀는 손위 여인의 얼굴을 올려다보고 너무나 기묘하게 보인다고 생각했다. 간신히 공포를 정복했으면서도 승리감에 차 있는 창백한 일굴이었다. 마치 아르하의 약함을 엿보고 만족해하는 것 같았다.

"이 다음엔 혼자 가겠어."

아르하는 말했다. 그리고 코실로부터 돌아서려는 순간, 무릎이 꺾이고 방이 뒤집혔다. 그녀는 무녀의 발치에 작고 검은 무더기가 되어 까무러쳤다.

"배우게 될 겁니다."

여전히 거친 숨을 몰아쉬며, 코실은 움직이지 않고 서 있었다.

"배우게 될 거예요."

꿈과 이야기

아르하는 며칠간 앓았다. 사람들은 열병에 듣는 치료를 베풀었다. 그녀는 침대에 갇혀 있든가, 따사로운 가을볕을 받으며 소관 현관께에 앉아 서쪽의 언덕들을 올려다보았다. 자신이 약하고 어리석게 느껴졌다. 똑같은 생각이 끊임없이 떠올랐다. 까무러쳤던 것이 창피했다. 무덤 담장에는 보초가 세워지지 않았지만 이제는 결코 코실에게 그 일을 다그칠 수 없게 되었다. 아르하는 코실을 아예 만나고 싶지 않았다, 다시는! 수치스럽게도 기절을 했기 때문이다.

종종 아르하는 햇살 속에 앉아 다음번에 언덕 밑의 그 암흑 성소로 들어가게 되면 어떻게 행동할지 계획을 짜곤 했다. 다음

65

번 보내올 죄수들한테는 어떤 죽음을 내려야 할지에 대해 그녀
는 수없이 궁리했다. 더욱 그럴싸하고 빈 옥좌의 제식에 더 잘
어울리는 죽음을 생각해 내야 했다.

그러나 밤이면 어둠 속에서 비명을 지르며 깨어 일어났다.

"그들은 아직 죽지 않았어! 지금도 죽어 가고 있어!"

그녀는 한없이 꿈을 꾸었다. 음식을 만들어야 하는 꿈, 커다
란 솥 가득히 맛 좋은 죽을 쑤어서 그것을 전부 다 땅에 난 구멍
으로 쏟아 붓는 꿈을 꿨다. 물이 가득 담긴 그릇을 운반해야 하
는 꿈도 꾸었다. 깊은 놋쇠 그릇에 찰랑찰랑하도록 물을 채워
들고 어둠 속을 지나 목말라하는 누군가에게 가야 했다. 그러나
아무리 해도 가 닿을 수가 없다. 그녀는 잠이 깼고, 그녀 자신이
목말랐다. 하지만 가서 물을 들이켜지는 않았다. 아르하는 창
없는 방 안에 눈을 뜬 채 가만히 누워 있었다.

어느 날 아침 펜드가 찾아왔다. 아르하는 문간에 앉아 그녀가
오는 것을 보았다. 소관 쪽으로 걸어오는 펜드는 아무 생각 없
이 그냥 그 길로 와 봤다는 듯한 태도였다. 아마 아르하가 말을
붙이지 않았다면 계단을 올라오지 않았을 것이다. 하지만 아르
하는 외로웠고, 그래서 말을 걸었다.

펜드는 무덤의 무녀 앞에 나온 자라면 누구라도 그래야 하는
대로 깊은 절을 하고 나서 아르하 아래쪽 계단에 털썩 주저앉아
'어휴' 비슷한 소리를 냈다. 그녀는 키가 훌쩍 자랐고 통통하게

살이 올랐다. 무엇을 하든지 살갗이 버찌 같은 분홍빛으로 달아오르곤 했는데, 지금도 걸어오느라 홍조를 띠고 있었다.

"아프셨다고 들었어요. 사과를 좀 챙겨 왔답니다."

그렇게 말하면서 펜드는 갑자기 낙낙한 검은 옷자락 밑 어딘가에서 골풀로 엮은 망을 끄집어내 내밀었다. 그 안에는 흠집 하나 없이 노란 사과가 여섯인가 여덟 개쯤 들어 있었다. 그녀는 이제 신왕을 섬기는 몸이 되어 코실 밑에서 신왕의 사원에 봉직하고 있었다. 하지만 아직 무녀는 되지 못했고, 여전히 견습들과 함께 수업을 받고 성가를 불렀다.

"포피와 제가 올해 사과 가리는 일을 했지요. 그래서 제일 좋은 걸 따로 골라 뒀답니다. 진짜 좋은 사과는 꼭 말리잖아요? 물론 그런 게 보관이 잘되긴 하지만, 그래도 참 아깝다는 생각이 들어요. 예쁘지 않아요?"

아르하는 연한 금빛 비단 같은 사과 껍질들을 만져 보고 갈색 이파리들이 아직 붙어 있는 꼭지를 바라보았다.

"예쁘네."

"하나 드세요."

"지금은 싫어. 네가 먹으렴."

펜드는 예의를 차려 제일 작은 것을 골라선 즙이 흐르는 과일을 아주 맛있어하며 솜씨 좋게 열 입 만에 다 먹어 치웠다.

"하루 종일 먹어도 성에 안 차요. 늘 속이 헛헛하고요. 무녀

말고 요리사가 됐으면 좋았을걸. 전 쩨쩨한 나삽바 할망구보다 더 잘할 수 있다고요. 게다가 요리 담당이면 냄비 바닥을 핥을 수 있을 거 아녜요……? 아, 무니스 얘기 들으셨어요? 장미 기름을 담아 두는 놋쇠 병 아시죠, 마개 달린 길고 늘씬한 병 말이에요. 무니스한테 그걸 닦는 일을 시켰더래요. 그런데 걔 생각에 속도 닦아야겠다 싶어서 손을 쑥 집어넣었다죠. 걸레를 손에 감고요, 아시겠죠. 근데 그러고 나서 뺄 수가 없게 된 거예요. 그러고는 너무 힘을 쓰는 바람에 손이 온통 붓고 손목까지 부어올라서 아주 진짜로 껴 버린 거죠. 그 앤 온 숙사를 헤집고 길길이 뛰면서 소리를 질러 댔죠. '안 빠져! 안 빠진다고!' 한데 푼티는 이제 너무 귀가 어두워서 불이 난 줄로 생각한 거예요. 그래서 와서 견습생들을 구하라고 나른 시종관들한테 고함을 쳐 대기 시작했어요. 우아토는 가축 우리에서 젖을 짜고 있다가 무슨 일인가 싶어 달려왔는데, 우리 문을 열어 둔 채 왔지 뭐예요. 젖염소들이 죄다 우리를 탈출해 뜰로 몰려나와선 푼티랑 시종관들이랑 어린 계집애들한테 덤벼들었답니다. 무니스는 팔 끝에 매달린 놋쇠 항아리를 마구 휘두르면서 난리를 치고, 온통 난장판이었죠. 그때 코실이 사원에서 내려와 말했어요. '무슨 일이냐? 무슨 일이야?'"

펜드의 둥글고 고운 낯이 냉정한 질책의 빛을 띠자 코실의 차디찬 표정과는 전혀 달랐지만, 그러면서도 한편으로는 너무

나 닮아 보이기도 해서 아르하는 겁먹은 웃음 같은 '풋' 소리를
냈다.

"'무슨 일이냐? 이게 다 뭐야?' 코실이 그렇게 말했지요. 그
런데……, 그런데 갈색 염소가 코실을 받아 버렸지 뭐예요!"

펜드는 웃음으로 흐드러졌다. 눈물이 고일 정도였다.

"그리고 그때 무, 무니스가 염소를 내리쳤어요. 벼, 벼, 병으
로 말이에요……!"

소녀들은 양쪽 다 무릎을 껴안고 허리를 꺾었다 폈다 하며
정신없이 깔깔댔다. 웃다 못해 숨이 막혔다.

"그러니까 코실이 뒤돌아보고 이러잖아요, '무슨 일이냐? 뭔
일이야?' 여, 염소한테 말예요……."

이야기의 끄트머리는 웃음 속에 녹아 버렸다. 펜드는 이윽고
눈물을 닦고 코를 풀더니 아무 생각 없이 두 개째 사과를 집어
들어 먹기 시작했다.

너무 심하게 웃은 까닭에 아르하는 몸이 오소소한 느낌이 들
었다. 그녀는 마음을 가라앉히고 잠시 후에 물었다.

"넌 어떻게 여기 오게 됐어, 펜드?"

"아, 전요, 여섯째 딸이었거든요. 우리 부모는 그렇게 많은 딸
들을 다 키워 내 시집 보낼 여력이 없었어요. 그래서 제가 일곱
살이 되었을 때 신왕의 사원으로 데려다 바쳤죠. 웃사와에 있는
사원이었어요. 그런데 그쪽엔 견습생이 너무 많았나 봐요. 왜냐

면 전 금방 이리로 보내졌거든요. 아님 제가 특별히 훌륭한 무녀나 뭐가 될 줄로 알았는지도 모르죠. 그치만 그건 정말 틀렸어요!"

쾌활하면서도 딱한 얼굴로 펜드는 사과를 깨물었다.

"무녀가 되지 않았더라면 싫니?"

"되지 않았더라면 싫냐고요? 물론이죠! 차라리 돼지치기하고 결혼해서 흙구렁에서 사는 게 나을 거예요. 뭐라도 이보단 나아요. 여자들 한 떼거리랑 함께, 딴 사람은 아무도 오는 법이 없는 이 케케묵어 망해 가는 황무지에 산 채로 파묻혀서 일평생 따분한 날을 보내야 하는데요! 하지만 소원해 봤자 소용도 없죠. 이젠 헌신 의식을 해서 묶여 버렸으니까. 그렇지만 다음 생에선 아와바스의 무희가 됐으면 좋겠어요! 다음번엔 그 정도 자격은 될 테죠."

이르히는 어두운 눈길을 내리깔아 펜드를 빤히 보았다. 이해할 수 없었다. 이전에는 한번도 이 애를 본 적이 없었던 듯한 느낌이 들었다. 보려고 한 적도 본 적도 없었다는 느낌이었다. 펜드는 자기가 가지고 온 금빛 사과들 중 한 알처럼 둥글고 생기와 싱싱함으로 충만해 보기 좋았다.

"사원이 너한텐 아무것도 아니니?"

아르하는 약간 쌀쌀맞게 물었다.

언제고 순순히 쉽게 숙이고 드는 펜드였지만 이때에는 눈치를 채지 못했다.

"아, 저도 당신께 당신 주인님들이 아주 중요한 줄은 알아요."

아르하는 그 대수롭지 않은 어조에 충격을 받았다.

"그거야 얘기가 되죠. 아무튼 말예요. 당신은 그들에게 하나
밖에 없는 특별한 하인이잖아요. 당신은 그냥 바쳐진 게 아니고
특별하게 태어난 분이에요. 하지만 절 보세요. 제가 신왕 전하
에 대해서 그렇게 대단한 경외심 같은 걸 느낄 수 있겠어요? 뭐
가 어찌 됐든 그분도 그냥 사람인걸요. 아와바스에 둘레가 40리
나 되는 궁전에다 황금 지붕을 올리고 살더라도 말이에요. 그분
은 쉰 살쯤 먹었고 대머리예요. 조상(彫像)들을 보면 알 수 있지
요. 딴 사람들이랑 똑같이 발톱을 깎는다는 데 내기라도 걸겠어
요. 그분이 신이기도 하시다는 거야 저도 잘 알아요. 하지만 제
생각에는요, 돌아가신 다음이 되면 훨씬 신성하게 느껴질 것 같
아요."

아르하도 같은 생각이었다. 그녀도 은연중에 자칭 카르그의
신황제라는 자들을 벼락치기 신이요, 진정하고 영속하는 힘들
에게 돌아가야 할 숭배를 새치기하려는 가짜 신들로 여기게 되
었기 때문이다. 하지만 펜드의 말 아래 깔려 있는 어떤 것에는
동감할 수가 없었다. 그것은 완전히 낯선 무엇으로서 그녀를 두
렵게 했다.

아르하는 사람들이 얼마나 다르며 인생을 얼마나 다르게 바

라보는지 실감하지 못하고 지내 왔다. 마치 문득 눈을 들어 위를 보자 창 바로 바깥쪽에 사람들로 북적거리는 완전히 새로운 행성 하나가 커다랗게 걸려 있는 걸 본 느낌이었다. 그곳은 철두철미하게 낯선 세계로서 거기서는 신들이 아무것도 아니었다. 아르하는 펜드의 멀쩡한 불신에 두려움을 느꼈다. 두려움 때문에 그녀는 치고 나갔다.

"그 말이 맞아. 나의 주인님들은 돌아가신 지 오래, 아주 오래되었지. 또 그분들은 아예 인간이 아니었어……. 어떠니, 펜드. 내가 널 무덤의 무녀로 불러들일 수 있어."

친구에게 더 좋은 것을 권해 준다는 마음에서 기쁘게 건넨 말이었다. 그런데 한순간 펜드의 볼에서 분홍빛 홍조가 가셨다.

"예……, 그럴 수 있지요. 그치만 전……, 진 그런 일을 잘할 사람이 못 돼요."

"어째시?"

"전 어둠이 무서워요."

펜드가 나지막한 소리로 말했다.

아르하는 조그맣게 코웃음을 쳤지만 기분이 좋았다. 생각했던 대로다. 펜드가 신들을 안 믿을지는 몰라도 이름 붙일 수 없는 어둠의 힘들을 무서워하는 건 다른 모든 필멸의 영혼과 마찬가지였다.

"네가 원하지 않으면 부르지 않을 거야, 물론."

긴 침묵이 내렸다.

"당신은 점점 더 사르하고 비슷해져 가요."

꿈꾸듯 부드러운 특유의 어조로 펜드가 말했다.

"코실을 닮아 가지 않는 건 정말이지 다행이에요! 하지만 정말로 강하시군요. 저도 강했으면 좋겠어요. 전 먹기나 좋아하고……."

"더 들렴."

우쭐한 느낌으로 기분이 좋아서 아르하가 권했다. 펜드는 세 개째 사과를 집어 천천히 씨만 남을 때까지 먹어 치웠다.

이틀쯤 지나자 끝없이 이어지는 묘역의 의식이 아르하를 혼자만의 시간에서 끌어냈다. 암염소 한 마리가 철이 지나서 쌍둥이 새끼를 낳았고, 새끼들은 관습대로 쌍둥이 신들에게 제물로 바쳐질 예정이었다. 제1무녀가 참석하지 않으면 안 되는 중요한 제식이었다. 그런 뒤엔 그믐이 되었으므로 빈 옥좌 앞에서 암흑의 의식을 치러야 했다. 옥좌 앞에 놓인 커다란 청동 쟁반 위에서 향초가 타고, 아르하는 취할 듯 짙은 향내 속에 숨쉬며 검은 옷을 입고 홀로 춤을 추었다. 그녀는 죽은 혼과 태어나지 않은 혼들을 위해 춤추었다. 혼령들이 주위의 공기 속에 떼지어 감돌며 아르하의 발이 내딛고 도는 움직임을 취할 때마다, 그녀의 두 팔이 느리지만 뚜렷한 동작을 취할 때마다 그 궤적을 쫓았다. 아르하는 사람이 이해할 수 없는 가사로 된 노래를 불렀다. 오래전 사르로부터 한 음절 한 음절씩 배운 노래였다. 양쪽으로 겹 지은 거대한 기둥들 뒤편 어스름 속에 묻힌 무녀들의 합창이 메아리처럼 아르하를 따라 그 이상한 가사를 읊조렸다. 커다랗고 황폐한 옥좌관 안의 공기는 마치 몰려든 혼령들이 무한히 그 성가를 되풀이하기라도 하듯 낮게 웅웅거렸다.

*

아와바스의 신왕은 더 이상 묘역으로 죄수를 보내오지 않았고, 아르하도 차츰 세 죄수의 꿈을 꾸지 않게 되었다. 그 사람들은 이미 오래전에 죽어서 무덤돌들 아래 대공동에 파인 야트막한 구덩이에 파묻혔을 터였다.

그 동굴을 다시 찾아가기까지 아르하는 용기를 쥐어짜야 했다. 안 갈 수는 없었다. 부덤의 부녀라면 두려움 없이 자신의 영역에 드나들 수 있어야 하고 그 속의 길들을 알아야만 한다.

맨 처음 뚜껑문을 들어서기는 힘이 들었지만, 겁냈던 것만큼 힘들지는 않았다. 아르하는 혼자서 그곳에 갈 것이며 벌벌 떨지 않겠다고 마음을 정하고 확실히 자신을 다잡았기에 실제로 갔을 때는 무서워할 게 없다는 사실에 거의 실망할 지경이었다. 거기에 죽은 사람들이 묻혀 있긴 하겠지만 눈으로 볼 수는 없었다. 사실 아무것도 볼 수 없었다. 그곳은 새카맸다. 그리고 조용했다. 그뿐이었다.

아르하는 날마다 그곳을 찾아갔다. 언제나 옥좌 뒤편 방에 있는 뚜껑문을 통해서 갔고, 벽에 기괴한 조각이 새겨진 대공동의 길 전체를 완전히 알게 될 때까지 멈추지 않았다. 아무튼 안 보이는 것을 알 수 있는 한계까지는 알게 되었다. 아르하는 결코 벽에서 떨어지지 않았다. 벽을 떠나서 거대한 빈 공간 속으로 나가 버리면 암흑 속에서 곧 방향 감각을 잃고 말 것이고, 그러면 어떻게든 더듬거리며 다시 벽을 찾았을 때엔 자기가 어디에 있는지 알 수 없게 될 것이다. 처음 들어갔을 때에 배운 대로, 암흑 성소에서 중요한 것은 어떤 굽이와 입구들을 지나쳤으며 앞에는 어떤 길이 나올지를 아는 일이었다. 세면서 가야 했다. 더듬는 손에는 모든 게 비슷하게 느껴지기 때문이다.

아르하의 기억력은 잘 훈련되어 있었고, 눈과 일반적인 감각 대신 촉각과 숫자로 길을 찾는 이 묘한 속임수가 그녀에겐 하나도 어렵지 않았다. 그녀는 이내 지하 무덤에 뚫려 있는 모든 굴길을 철저히 파악했다. 그 길들은 옥좌관과 언덕 꼭대기의 땅 밑에 위치하여 작은 미로를 이루었다. 단 하나 가 보지 않은 굴길이 있었다. 붉은 바위 입구에서 왼쪽으로 두 번째 길이었는데, 혹시라도 그 길을 아는 길로 착각하고 들어선다면 두 번 다시 빠져나오지 못할 터였다.

그리로 들어가 대미궁을 탐색하고 싶은 소망은 점점 커져 갔다. 그러나 아르하는 그런 마음을 눌렀다. 지상에서 그곳에 대해 알아낼 수 있는 대로 전부 알아내기 전까지는 참을 생각이었다.

사르는 미궁에 관해서 별로 아는 것이 없었다. 특정한 방들의 이름과 방향, 그리로 갈 때 어디서 꺾고 어디는 그냥 지나쳐야 하는지가 다였다. 그녀는 아르하에게 입으로는 말해 주었지만 먼지 위에 그려 보인다거나 허공에 손짓이라도 하는 적은 결코 없었다. 사르 자신은 그 길을 가 본 적이 없었고 미궁에 발을 들여놓은 적도 없었다. 하지만 아르하가 "열린 철문에서 벽화실로 가는 길을 알려줘." 또는 "뼈의 방에서 강가의 통로로 난 길은 어떻게 되지?" 하고 물으면 잠깐 입을 다물었다가 낯선 방향들을 외워 주곤 했다. 얼마나 많은 갈림길을 지나야 하고, 몇 번이나 왼쪽으로 돌아야 하는지 등등……. 모두 오래전 그 당시의 아르하로부터 배운 것이있다. 그 모든 것들을 아르하는 사르가 그랬듯이 머릿속에 새겨 넣었으며 종종 한번만 듣고서도 기억했다. 밤이 되어 침상에 누우면 아르하는 혼자 그 길들을 되짚어 보면서 그 장소와 방들과 모퉁이들을 상상했다.

사르는 미로를 들여다볼 수 있는 엿보기 구멍들을 여러 개 알려 주었다. 묘역의 건물과 사원들마다 그런 것이 있었고 심지어는 옥외의 바윗돌 아래에도 있었다. 돌벽의 굴길들은 거미줄처럼 묘역 지하 전역에 걸쳐 깔려 있으며 묘역 벽 너머까지 뻗어 있다. 몇 십 리나 되는 굴길이 어둠 속에 잠겨 있는 것이다. 아르하와 두 명의 최고 무녀, 그리고 그들의 특별한 하인들인 내시 마난, 우아토, 두비를 제외하고는 아무도 자신들이 디디고 선 곳 아래에 온통 이러한 지하 미로가 펼쳐져 있다는 사실을 알지 못했다. 막연한 소문이 있기는 했다. 동굴인지 지하실인지 뭐 그런 것이 무덤돌들 밑에 있다는 것까지는 모두 알고 있었다. 하지만 누구도 이름 없는 존재들이나 자신들에게 허락되지 않은 성역과 관련된 일에 대단한 호기심을 보이지는 않았다. 될 수록 모르는 편이 속 편하다고 생각하는지도 모른다. 아르하는 물론 몹시 호기심에 차 있었고, 엿보는 구멍들이 있다는 것을 알고 찾으려고 해 본 적도 있었다. 하지만 구멍들은 바닥돌 아래며 메마른 땅에 아주 잘 감춰져 있어서 하나도 찾지 못했다. 자기가 살고 있는 소관의 엿보기 구멍조차도 사르가 일러 주기 전까지는 찾지 못했을 정도였다.

어느 이른 봄날 밤 아르하는 지하로 내려가면서 양초를 넣게 돼 있는 손등잔을 가지고 갔다. 그러곤 불을 끈 채 지하 무덤을 지나 붉은 바위 문 통로에서 왼쪽으로 두 번째인 그 굴길에 접어들었다.

그녀는 어둠 속에서 길을 따라 서른 걸음쯤 내려가 문턱을 지났다. 바위에 짜 넣은 쇠 문틀이 느껴졌다. 여기까지가 지금까지 탐색해 본 한계였다. 아르하는 철문을 지난 다음 굴길을 따라 한참 걸었다. 마침내 길이 오른쪽으로 굽기 시작하는 곳에 다다르자 초에 불을 붙이고 주위를 살펴보았다. 이곳에서는 불을 켜도 되었다. 여기는 지하 무덤이 아니었다. 그보다 덜 신성하지만 아마도 더 공포스러울 장소에 아르하는 와 있었다. 바로 미궁이었다.

촛불 빛이 그리는 작은 구 안으로 다듬어지지 않은 편편한 벽과 돌로 된 바닥, 둥근 천장이 그녀를 둘러쌌다. 공기는 죽은 듯 가라앉아 있었다. 앞뒤로 뻗어 나간 굴길은 어둠 속으로 잠겨 들었다.

하나같이 똑같은 길이 이어지며 몇 번이고 갈려 나가고 합쳐 들었다. 아르하는 방향을 꺾거나 그냥 지나쳐 간 횟수를 주의 깊게 세었고, 이제는 완벽하게 외우고 있었음에도 사르가 알려준 방위를 혼잣말로 읊으며 나아갔다. 미궁에서 길을 잃어선 안 된다. 지하 무덤이나 그 주변의 짧은 통로들에서라면 코실이나 사르가 그녀를 발견하든가 마난이 찾아나설 수 있을 것이다. 아르하는 몇 번인가 마난을 거기 데리고 갔다. 하나 여기는 그들 중 누구도 들어와 보지 못한, 그녀 외엔 그 누구도 와 보지 못한 장소였다. 그들이 지하 무덤에 와서 소리를 지른들 그녀가 두어 마장 떨어진 배배 꼬인 복잡한 굴길 속을 헤매고 있다면 별 도움이 못 될 터였다. 아르하는 그들이 부르는 소리의 메아리를 듣는 광경을 머릿속에 그려 보았다. 통로마다 그 소리가 울려

78

퍼질 것이고, 그녀는 그들한테 가려고 애를 쓰겠지만 길을 잃고 더욱 멀어지기만 할 것이다. 너무나도 선명하게 상상이 되었던 탓에 아르하는 걸음을 멈췄다. 흡사 멀리서 부르는 목소리를 들은 것만 같았다.

하지만 소리는 없었다. 그리고 길을 잃는 일도 없을 것이다. 아르하는 대단히 조심스러웠고 여기는 그녀가 속한 곳, 그녀의 영토였다. 여기 어둠의 힘들, 이름 없는 존재들이 그녀의 발걸음을 지킬 터였다. 그녀 외에 감히 무덤의 미궁에 들어선 인간을 그들이 틀린 길로 인도할 것이듯이.

처음 시도해 본 이날은 그리 깊숙이까지 들어가지 않았다. 그래도 단 혼자이며 아무도 필요 없다는 느낌이 낯설고 모질지만 만족스러운 확신으로 마음속에 강하게 솟아오를 만큼은 들어갔다. 그 확신은 아르하를 또다시 끌어당겨 연거푸 그곳으로 돌아가게 만들었고, 그녀는 매번 좀 더 멀리씩 나아갔다. 그렇게 벽화실에 도달하고 '여섯 갈래 길'에 다다랐으며, 길고긴 외곽 통로를 걷고 '뼈의 방'에 이르는 괴상하게 뒤엉킨 굴길을 지났다.

"미궁은 언제 만들어졌지?"

그녀의 질문에 여위고 엄격한 무녀 사르는 대답했다.

"모릅니다, 대무녀님. 아무도 모르지요."

"왜 만들어진 거지?"

"무덤의 보물을 깊숙이 숨기기 위해서입니다. 그리고 그 보물을 도둑질하려는 자들을 징벌하기 위해서지요."

"내가 본 보물이라곤 옥좌 뒤에 있는 방들이랑 그 아래 지하실에 있는 것뿐이야. 미궁엔 무엇이 있지?"

"훨씬 막대하고 더욱 오래된 보배랍니다. 보고 싶으십니까?"

"그래."

"당신 이외에는 누구도 무덤의 보고에 들어가면 안 됩니다. 하인들을 미궁으로 데려가시더라도 절대로 보고에는 데려가지 마십시오. 설사 마난이라 하더라도 그곳에 들어간다면 암흑의 분노가 깨어 일어날 것입니다. 그는 살아서 미궁을 떠날 수 없어요. 그곳에는 오로지 당신 혼자만 가셔야 합니다, 영원히 말입니다. 전 대재보가 있는 장소를 압니다. 15년 전 당신이 돌아가시기에 앞서 가르쳐 주셨지요. 기억해 두었다가 당신이 다시오셨을 때에 알려 드리도록요. 벽화실에서부터 미궁을 헤치고찾아갈 길을 알려 드릴 수 있습니다. 보고의 열쇠는 그 고리에걸려 있는 은빛 열쇠예요. 손잡이에 용이 새겨져 있는 그것 말씀입니다. 하지만 반드시 혼자서 가셔야 합니다."

"길을 알려 줘."

사르는 가르쳐 주었고 아르하는 기억했다. 아르하는 들은 것은 모조리 기억에 새겼다. 하지만 무덤의 대재보를 보러 가지는않았다. 아직 자신의 지식이나 의지가 완전하지 못한 것 같다는느낌이 그녀를 붙잡았다. 아니면 무엇인가 아껴 두고 싶었던 것인지도 몰랐다. 무엇인가 기대할 만한 것, 결국엔 언제나 맨벽이나 먼지 쌓인 빈방에 다다르곤 하던 그 끝없는 굴길의 어둠 사이로 마법의 빛을 던지는 그 무엇인가를. 자신의 보물을 보기까지 아르하는 얼마간 기다릴 작정이었다.

아무튼 과거에도 봤던 것들이 아닌가?

자신이 죽기 전에 본 것이며 말한 것에 대하여 사르나 코실이 언급할 때면 아르하는 아직까지도 묘한 기분이 들었다. 자신이 죽었던 것은 확실히 알고 있었다. 나이 든 몸이 죽은 그때에 새로운 몸으로 다시 태어났다. 한 번뿐이 아니다. 15년 전의 그때뿐 아니라 50년 전에도 그랬고, 그 전에도 다시 더 전에도, 세월을 거슬러 그 수백 곱에 이르기까지 앞 세대의 앞 세대로 거슬러 올라 미궁이 파이고 돌들이 세워지고 이름 없는 존재들을 위한 최초의 대무녀가 묘역에 살며 빈 옥좌 앞에서 춤을 추었던 그 첫 시대로부터 줄곧 그래 왔다. 그 모든 삶과 자신의 삶은 하나였다. 자신이 바로 최초의 대무녀였다. 모든 인간은 영원히 환생하지만 오직 한 사람 아르하만이 영원히 자기 자신으로 환생한다. 그녀는 수백 번이나 거듭 미궁의 길과 모퉁이들을 배워 마침내 감춰진 방에 도달하곤 했던 것이다.

간혹 기억이 나는 듯한 느낌도 들었다. 언덕 아래 암흑의 성소들은 너무나도 친숙해서 그녀에게 영토일 뿐 아니라 고향 같았다. 그믐에 약초 연기를 들이마시며 춤출 때면 머리가 가벼워지고 몸은 자기 자신의 것이 아닌 듯했다. 여러 세기를 통해 검은 옷을 걸치고 맨발로 추어 온 그녀의 춤은 결코 그치지 않을 터였다.

그럼에도 사르가 "당신이 돌아가시기 전에 말씀하셨습니다……."라고 말할 때면 언제나 이상하게 느껴졌다.

한번은 아르하가 물었다.

"무덤에 강도 짓을 하러 온 그자들은 누구였지? 그자들이 성공한 적이 있어?"

도둑이라는 것은 몹시 흥미롭긴 해도 잘 믿어지지 않았다. 도대체 어떻게 몰래 묘역으로 접근한단 말인가? 참배자는 거의 없다시피 해서 죄수들이 호송돼 오기보다도 드물었다. 간혹 4대도의 소사원들로부터 새 견습생이나 노예들이 온다거나 몇 명 안 되는 인원이 사원 중 한 곳에 희사하고자 황금과 진귀한 향료를 가져오는 일은 있었지만, 그저 그뿐이었다. 어쩌다 찾아오는 사람이라든가 물건을 사고 팔려는 사람, 구경꾼이나 도둑 따위는 아예 없었다. 명령을 받고 오는 사람들이 전부였다. 아르하는 가장 가까운 촌락이 묘역에서 얼마만큼 떨어져 있는지도 알지 못했다. 아마 80리쯤, 어쩌면 더 될 터였다. 그나마 조그마한 촌락이었다. 묘역은 공허함과 고독에 둘러싸여 보호받고 있었다. 묘역을 둘러싼 황무지를 건너오는 자가 있다면 눈밭의 까만 양만큼이나 사람 눈을 피하기 힘들 거라고 아르하는 생각했다.

　지금 아르하는 사르와 코실과 함께 있었다. 이즈음 그녀는 소
관에 있거나 혼자서 언덕 지하로 내려가 있을 때를 빼놓고는 주
로 이들과 시간을 보냈다. 비바람이 치고 쌀쌀한 4월의 밤이었
다. 그들은 신왕의 사원 뒤에 있는 코실의 방에 모여 샐비어로
작은 불을 지펴 놓은 화덕 곁에 앉아 있었다. 문 밖의 복도에서
는 마난과 두비가 막대기와 셈돌을 가지고 놀고 있었다. 한 움
큼의 막대기를 튀겨 올린 다음 될수록 많은 수를 손등으로 받아
내는 놀이였다. 마난과 아르하는 요즘도 소관 안뜰에서 몰래 이
놀이를 하곤 했다. 떨어뜨린 막대기가 달그락거리는 소리, 수가
나거나 못 났을 때의 기쁘고 풀 죽은 목쉰 웅얼거림들, 그리고
조그맣게 따닥거리는 불 소리가 다였다. 세 무녀는 침묵에 잠겨
있었다. 벽 너머 사방을 메운 황무지의 밤은 깊은 정적에 잠겨
있었다. 가끔씩 후드득 흩뿌리는 사나운 빗소리가 울렸다.

　"무덤을 털러 왔던 자들은 여럿 있었지요, 오래전 일입니다.
하지만 누구도 성공하진 못했어요."

　사르는 말수가 적었으나 가끔씩은 기꺼이 이야기를 했다. 주
로 아르하에게 가르침을 줄 일이 있을 때 그랬다. 이날 밤 사르
는 잘하면 이야기를 끄집어낼 수 있을 듯 보였다.

　"어떤 자들이 감히 그런 짓을 한담?"

　아르하의 말에 코실이 대답했다.

"놈들은 해요. 요술쟁이들, 내지에서 온 마법사 족속들이죠. 신왕께서 카르그 땅들을 다스리기 전의 일입니다. 그때 우리는 별로 강하지 못했어요. 마법사들은 서쪽에서부터 배를 타고 카레고앗과 아투안으로 와서 해안의 마을들을 노략하고 농장을 털곤 했답니다. 심지어는 성도(聖都) 아와바스까지 기어들어 왔지요. 놈들은 용을 잡으러 왔다고 말했지만 마을과 사원들을 약탈하고 앉았더랬죠."

사르가 그 말을 이었다.

"그리고 그들의 대영웅들이 우리 땅에 뛰어들곤 했습니다. 검을 빼어 무용을 시험하고, 신을 무시하는 불경한 마법들을 행하려고 말씀입니다. 그자들 중 하나로서 강대한 요술사이자 용을 부리는 자이며 가장 위대했던 자가 이곳에 와서 참패했던 일이 있지요. 오래전, 아주 오래전의 일입니다. 하지만 그 이야기는 아직도 전해지고 있습니다, 여기뿐 아니라 다른 곳에서도요. 그 요술사는 에레삭베라고 불렸는데 서쪽 땅에선 왕인 동시에 마법사였어요. 그는 우리 땅에 발을 디뎌 아와바스에서 몇몇 카르그 반역 영주들과 결탁한 후 그 도시의 통치권을 놓고 쌍둥이 신 사원 본산의 사제장과 대결했습니다. 싸움은 오래 끌었지요. 그 사내의 마법이 신들의 벼락에 맞섰어요. 그 와중에 그들 주위의 사원은 파괴되고 말았고요. 하지만 끝내는 사제장이 그 요술사의 사술을 부리는 지팡이를 부러뜨리고 마법이 담긴 호부

84

(護符)도 동강내 버렸답니다. 그를 물리친 것이지요. 그자는 아와바스를 탈출해 카르그 인들의 땅을 뚫고 도망쳐 나가서 어스시를 횡단해 서쪽 끝까지 달아났지요. 거기에서 어떤 용이 그를 죽였습니다. 그자의 힘은 이미 사라지고 없었거든요. 그때 이후 내지의 힘과 위세는 점점 시들어 가고 있지요.

오늘날 사제장은 인타신이라는 칭호를 얻으셨으니 그분이 바로 타르브 가문의 시조이십니다. 여러 세기가 흐르고 예언들이 충족되어 그 혈통으로부터 카레고앗의 사제왕들이 나왔고, 다시 그들로부터 카르그 전역을 다스리는 신왕의 계보가 이어졌지요. 그리하여 인타신의 시대로부터 카르그 땅들의 힘과 위세는 점점 커져 온 것입니다. 강도 짓을 하러 무덤에 왔던 자들, 그자들은 요술사들이었습니다. 에레삭베의 동강난 호부를 되찾으려는 시도를 그칠 줄 몰랐죠. 하지만 그 물건은 아직도 이곳에 있습니다. 안전하게 지켜지도록 사제장이 여기 두신 겁니다. 그와 함께 도적들의 뼈도……."

그렇게 말하며 사르는 발아래 땅을 가리켜 보였다. 코실이 말했다.

"호부의 반쪽은 여기 있습니다. 또 다른 반쪽은 영영 없어져 버렸어요."

"어떻게 없어졌지?"

"동강난 반쪽, 인타신이 손에 넣은 쪽은 무덤의 보고에 헌정

되었습니다. 영원토록 안전히 간직될 곳에 맡긴 겁니다. 다른 반 동강은 요술사의 수중에 남았던 것인데 그는 도망치기 전에 그걸 반역자들의 일원이었던 한 소왕(小王)에게 주었답니다. 후 푼의 소렉이라는 자이지요. 왜 주었는지는 모릅니다."

코실이 말을 이었다.

"분쟁을 일으키려고 그런 겁니다, 소렉을 교만하게 만들려고 요. 그리고 그건 제구실을 했지요. 타르브 가문의 치세에 소렉 의 후손은 다시 반란을 일으켰으니까요. 그리고 그자들은 또다 시 초대 신왕께도 반역하며 군사를 일으켰습니다. 그분을 신으 로도 왕으로도 인정 못하겠다는 거였죠. 그자들은 저주받은, 마 법에 젖은 족속들이었습니다. 이제는 모두 죽고 없습니다."

사르가 고개를 끄덕이고 말했다.

"지금 재위 중이신 신왕 전하의 아버님이 되시는 '부흥의 군 주'께서 후푼 일가를 꺾고 그 궁전을 부숴 버리셨어요. 그 일이 끝났을 때 호부의 반쪽은 간 곳을 알 수 없게 되었죠. 에레삭베 와 인타신의 시대로부터 죽 그 집안에 간직돼 왔던 것인데 말입 니다. 그것이 어떻게 되었는지 아는 이는 아무도 없습니다. 그 리고 이 일도 사람의 한평생만큼이나 옛일이에요."

"그건 쓰레기처럼 버려졌을 거예요, 틀림없이. 전해지길 그 에레삭베의 고리는 도무지 가치 있는 물건처럼 보이지 않는다 고 했으니까요. 그 물건에 저주가 있길, 마법사 족속들에 속한 모든 것에 저주가 있길!"

코실은 불 속에 침을 뱉었다. 아르하가 사르에게 물었다.

"이곳에 있는 반 조각을 본 적이 있어?"

여윈 여인은 고개를 저었다.

"그것은 유일 무녀 이외에는 아무도 갈 수 없는 그 보고에 있어요. 아마도 거기 있는 보물 가운데 가장 값진 것일지 모릅니다. 필경 그럴 거예요. 내지에선 수백 년에 걸쳐 도둑과 마법사들을 보내어 그것을 훔쳐 내려 했고, 그자들은 그것 하나를 찾고자 열려 있는 황금 궤짝을 그냥 지나칠 정도였으니까요. 에레삭베와 인타신이 살았던 때는 아주 오래전입니다. 하지만 그 이야기는 여전히 알려져 있고 전해지고 있습니다. 이곳에서도, 그리고 서쪽에서도요. 여러 세기에 다시 여러 세기가 지나면 만물이 낡아 가고 스러져 갑니다. 값진 물건이 여전히 값진 채 남아 있는 일은 정말로 드물지요. 어떤 이야기가 여전히 사람들 귀에 들리는 일 또한 드문 일이고요."

아르하는 한동안 골똘해 있다가 말했다.

"무덤에 들어서다니 그자들은 필경 몹시 용감한 자들이었겠군. 아니면 아주 어리석은 자들이었거나. 그들은 이름 없는 존재들의 힘을 모르나?"

"모릅니다."

코실이 차디찬 음성으로 말했다.

"그자들에겐 신이 없어요. 그들은 마법을 행하면서 자기들이 신이라고 생각합니다. 하지만 그자들은 신이 아니에요. 그자들은 죽은 뒤 다시 태어나지 않아요. 그저 먼지와 뼈로 화할 뿐이죠. 그자들의 넋은 잠깐 동안 슬피 울부짖다가 부는 바람에 날려가 버립니다. 그들은 불멸의 영혼을 가지고 있지 않아요."

"하지만 그들이 행한다는 마법이란 뭐지?"

아르하는 거기에 정신이 팔려 있었다. 그녀는 이전에 내지에서 온 배들 따위 쳐다보지도 않고 돌아서겠다고 말했던 걸 기억하지 못했다.

"그자들은 어떻게 마법을 쓰지? 마법으로 무엇을 하나?"

"속임수에, 사기예요. 손장난이죠."

코실이 대꾸했다. 그러나 시르는 말했다.

"그 이상이에요. 만약 그 이야기들이 세부적인 부분에서도 옳다고 한다면 말씀입니다. 서방의 마법사들은 바람을 일으키거나 가라앉힐 수 있고 자기가 원하는 곳으로 불게 할 수 있습니다. 그 점에서는 모두 동의하고 같은 이야기를 하고 있지요. 그게 그들이 훌륭한 항해자들인 이유입니다. 배의 돛에 마법풍을 불어 넣어서 원하는 곳으로 갈 수 있고 바다의 폭풍을 잠재울 수 있으니까요. 또 그들은 빛을 마음대로 만들어 낼 수 있다고 하더군요, 마음대로 어둡게 할 수도 있고요. 바위를 금강석으로 바꾸거나 납을 금으로 바꾸기도 한다지요. 웅장한 궁전이나 도시 하나를 한순간에 세울 수 있다고 해요, 적어도 눈으로 보기에는 그렇게 보인다더군요. 게다가 곰이든 용이든 물고기든 마음 내키는 대로 모습을 바꿀 수 있다고 합니다."

코실이 반박했다.

"난 그런 얘기 하나도 믿지 않아요. 그자들이 위험하고 속임수에 능란하고 뱀장어처럼 잘 빠져나간다는 건 옳겠지. 하지만 이야기하길 요술사에게서 나무 지팡이를 빼앗으면 아무 힘도 남지 않는다고 하잖소? 아마 그 지팡이에 사악한 룬이 적혀 있을 거예요."

사르는 다시금 고개를 저었다.

"그들이 지팡이를 가지고 다니는 건 사실이지만, 그건 내부에 간직하고 있는 힘을 끌어내기 위한 도구일 뿐이라오."

아르하가 물었다.

"그런데 그 힘은 어떻게 얻은 것이지? 그런 힘이 어디서 와?"

"거짓이에요."

코실이 말했다.

"말이랍니다."

사르의 말이었다.

"내지의 큰 요술사를 본 적이 있는 사람에게서 그렇게 들었어요. 그자들 쪽에선 현자라고 부른다더군요. 서방을 습격하던 중 그자를 포로로 잡았답니다. 그자는 사람들에게 마른 나뭇가지 하나를 보여 주고 그것을 향해 무슨 단어를 말했죠. 그러자 와! 거기에 꽃이 피었어요. 그가 다른 단어를 말하자 이번에는 와! 붉은 사과가 열렸습니다. 그리고 또다시 한 단어를 말하자 막대기, 꽃, 사과가 깡그리 사라지며 요술사의 모습도 사라져 버렸습니다. 한마디 말로 무지개가 사라지듯 사라져 버린 겁니다. 눈 한번 깜박이는 것처럼, 흔적 하나 남기지 않고 말이에요. 그 섬 위를 다 뒤져도 찾을 수 없었다고 해요. 그게 그저 손장난 일 뿐일까요?"

"바보들을 속이기란 쉬운 일이지."

코실이 말했다. 사르는 언쟁을 피하려고 더 이상 말하지 않았다. 그러나 아르하는 그 화제를 버리고 싶지 않았다.

"그 마법사 족속들은 어떻게 생겼나? 정말로 눈만 허옇고 온통 새까만 색깔이야?"

"그자들은 속이 검고 사익합니다. 실제로 본 적은 한번도 없어요."

코실이 잘난 척 말하곤 낮은 걸상에 괴어 두었던 육중한 체구를 움직여 양손을 불에 쬐었다.

"쌍둥이 신들께서 그들을 멀리해 두시기를."

사르가 중얼거렸다.

"그자들은 다시는 오지 않을 거예요."

코실이 말했고, 불은 따닥거리는 소리를 냈다. 빗방울이 지붕

에 후드득거렸다. 침침한 문간 바깥쪽에서는 마난이 새된 소리
로 목청을 높이고 있었다.

  "아하! 반은 내 거다. 내 거라고!"

언덕 지하의 빛

그해가 흘러 다시 겨울이 되어 갈 즈음 사르가 죽었다. 점점 여위고 삭아 가는 병이 여름에 그녀를 덮쳤던 것이다. 원래부터 말랐던 사르는 해골처럼 앙상해져 갔고 늘 진중하던 사람이 마침내 아예 입을 떼지 않게 되었다. 오로지 아르하에게만 가끔씩, 그것도 둘만 있을 때에 한해 말하곤 했는데 그것마저도 그쳐 버리고 조용히 어둠 속으로 들어가 버렸다. 사르가 떠나자 아르하는 몸서리칠 만큼 그녀가 그리웠다. 사르는 무뚝뚝했을지언정 잔인한 사람은 아니었다. 그녀가 아르하에게 가르쳐 준 것은 긍지였지 공포가 아니었다.

이제는 코실만이 남았다.

봄이 되면 아와바스로부터 쌍둥이 신 사원의 최고 무녀가 새로 올 터였다. 그때까지는 아르하와 코실이 묘역 사람들 중 우두머리였다. 나이 든 코실은 어린 아르하를 대무녀님이라 불렀고 아르하가 무엇을 지시하면 거기 따라야 했다. 하지만 아르하는 코실에게 명령을 하지 말아야 한다는 것을 배웠다. 그녀에겐 명령을 내릴 권리가 있었지만 그럴 만한 힘은 없었다. 자기보다 지위가 높은 사람, 자기 뜻대로 좌지우지할 수 없는 것에 대한 코실의 질시와 증오를 견뎌 내는 데는 엄청난 힘이 필요했다.

상냥한 펜드를 통해 세상에 불신자가 있다는 것을 배운 이래, 아르하는 설사 두렵고도 있을 수 없는 일이라 해도 사실을 받아들여 코실을 훨씬 더 냉정하게 바라보고 이해할 수 있게 되었다. 코실의 마음속엔 이름 없는 존재들에 대해서나 신들에 대해서나 참다운 신앙이 존재하지 않았다. 그녀가 신성하게 여기는 것은 단 하나, 권력이었다. 카르그 땅의 현 황제에게는 바로 그 권력이 있었고, 그런 까닭에 코실의 눈에 그는 과연 신왕이었으며, 그러니 코실은 착실하게 그를 섬길 터였다. 하지만 그녀에게 사원들은 그저 겉치레일 뿐이고 무덤돌들은 바윗덩어리일 뿐이며, 아투안의 무덤은 무섭긴 하지만 텅 빈, 땅 밑의 검은 구멍일 뿐이었다. 할 수만 있다면 그녀는 빈 옥좌에 바치는 경배를 폐지해 버릴 것이고, 감히 그럴 수 있다면 제1무녀라는 것도 없애 버릴 것이다.

그 마지막 사실조차도 아르하는 아무 동요 없이 직시했다. 비록 직접적으로 말한 적은 한번도 없지만, 아마도 그 사실을 깨우치도록 도운 것은 사르였을 것이다. 침묵에 빠져 들기 전 병의 초기 단계에 그녀는 아르하더러 며칠에 한번씩 찾아와 달라고 청하여 이야기를 나눴다. 사르는 지금의 신왕과 그 선대들의 치적이며 아와바스에서 일을 처리하는 방식에 관하여 많은 이야기를 들려주었다. 그것들은 중요한 위치의 무녀가 알아야 할 사실들이었으나 신왕이나 그 궁정을 칭송하는 내용은 드물었다. 그녀는 또한 자기가 살아온 생에 관하여 이야기하고, 전생의 아르하가 어떤 모습이었고 어떤 일을 했는지 자세히 말해 주었다. 그리고 자주는 아니었지만 가끔가다가 아르하의 현생에 난관이나 위험이 될지 모르는 사항들에 관해서도 입에 올렸다. 코실의 이름은 단 한 번도 입끝에 오르지 않았다. 하지만 11년 동안이나 그녀의 제자였던 아르하는 은근한 암시나 미묘한 억양만으로도 사르가 뜻한 것을 이해하고 마음에 새겼다.

애도 의식이 빚어낸 음울한 소요가 지나간 후 아르하는 코실을 피했다. 기나긴 하루 일과와 의식들이 끝나면 그녀는 자신만의 고독한 거처로 갔으며 시간이 날 때면 언제나 옥좌 뒷방을 찾아 뚜껑문을 열고 어둠 속으로 내려갔다. 그곳에서는 낮과 밤이 다르지 않았다. 그녀는 차근차근 자신의 왕국을 탐험해 나갔다. 성역의 중압감이 꽉 내리눌러 오는 지하 무덤은 고위 무녀들과 그들이 가장 신임하는 거세남 시중꾼들 이외의 사람에겐 완전히 금지되어 있었다. 남녀 가릴 것 없이 다른 누구라도 그곳에 침입한다면 이름 없는 존재들의 진노를 사서 죽음을 당하고야 말 것이다. 그러나 아르하가 배운 모든 율법들 중에 미궁 출입을 금지하는 율법은 없었다. 금지할 필요가 없었다. 그곳에 들어가려면 지하 무덤을 거쳐야만 했다. 설사 그렇지 않더라도, 도대체 파리에게 거미줄에 들어가면 안 된다는 법이 필요하겠는가?

그래서 아르하는 종종 마난을 미궁 초입까지 데리고 들어가 길을 익히게 했다. 마난은 조금도 들어가고 싶어 하지 않았지만 늘 그랬듯이 그녀의 뜻에 따랐다. 코실의 내시 하인들인 두비와 우아토의 경우 사슬의 방에 가는 길과 지하 무덤을 빠져나가는 길은 알고 있을 테지만, 그 이상은 모를 거라고 아르하는 확신했다. 아르하는 절대로 그들을 미궁에 데리고 가지 않았다. 자신에게 철저하게 충성하는 마난 이외에는 누구도 들이고 싶지 않았고, 비밀로 되어 있는 길을 알게 하고 싶지 않았다. 그 비밀은 아르하의 것이고, 영영 아르하 혼자만의 것이기 때문이다.

아르하는 미궁 전체를 샅샅이 탐사하기 시작했다. 가으내 그녀는 그 끝없는 통로들을 걸으며 여러 날을 보냈지만, 여전히 한번도 가 보지 못한 곳들이 남아 있었다. 거대한 거미줄처럼 목적도 없이 뒤엉켜 있는 길들을 붙좇는 것은 힘든 일이었다.

다리는 노곤하고 마음은 지루했다. 모퉁이와 지나간 길, 다가올 길의 숫자를 끝도 없이 헤아려야 했다. 땅속의 단단한 바윗돌 속에 길들이 흡사 거대한 도시의 골목들처럼 뻗어 있다는 것은 굉장한 일이었지만 육신을 가진 사람이 그곳을 걷는다는 것은 지치고 혼란스러울 따름으로, 그곳의 무녀조차도 결국에는 그 장소가 어마어마한 덫 이외엔 아무것도 아니라는 느낌을 받게 되는 것이었다.

그런 까닭에 겨울이 점점 깊어 가면서 아르하는 미궁 전체를 탐사하던 것을 그치고 대신 옥좌관을 조사하기 시작했다. 그녀는 제단들과 그 뒤와 아래에 난 벽감들, 상자와 궤짝이 보관되어 있는 방들, 그 상자나 궤 속에 들어 있는 것들, 통로와 다락방들, 박쥐가 수백 마리나 진을 친 둥근 지붕 밑의 공간, 그리고 지하실과 그 밑으로 암흑의 진입로 어귀에 붙은 방을 조사했다.

800년 동안이나 쇠상자 속에 보관되어 있어 바스러진 사향 가루 때문에 아르하의 손과 소맷자락은 달콤 쌉싸름한 향내를 풍겼고 눈썹은 먼지 낀 거미줄로 더러워졌다. 그녀는 한 시간이나 무릎을 꿇고 앉아 세월에 삭아 버린 아름다운 삼나무 보궤에 새겨진 조각을 들여다보기도 했는데, 그 상자는 옛 시대 어느 왕이 무덤의 이름 없는 힘들에 바친 희사물이었다. 조각에 왕의 모습이 있었다. 코가 크고 자세가 뻣뻣한 형체가 조그맣게 들어가 있다. 옥좌관도 있는데 멋없는 둥근 지붕을 이고 현관에는 기둥들이 늘어선 모습이었다. 먼지가 되어 버린 지 얼마나 오래인지 모를 어떤 예술가의 손이 그 형상들을 섬세한 돋을새김으로 나무 위에 새겨 넣었다. 거기에는 유일 무녀도 있었다. 놋쟁반에서 피어오르는 약초 연기를 들이마시며 뭔가를 예언하고 왕에게 조언을 하고 있는데, 그 장면에서는 왕의 코가 깨져 나가고 없었다. 무녀의 얼굴은 너무 작아서 또렷하지 못했지만 그래도 아르하는 그 얼굴이 자신의 얼굴일 것이라고 상상하곤 했다. 자신이 큰 코를 가진 왕에게 무엇이라 말했는지, 그리고 왕이 그 말을 듣고 고마워했는지 아르하는 궁금했다.

사람이 햇볕 드는 집 안에 즐겨 앉는 장소를 갖듯이 아르하에겐 옥좌관 안에 좋아하는 장소가 있었다. 그녀는 곧잘 회당 뒤쪽의 예복실들 중 한곳에 붙은 작은 다락방을 찾아갔다. 거기엔 아주 오래된 예복과 성장 차림들이 보관돼 있었다. 위대한 왕들과 영주들이 이 영토야말로 자신들의 속령보다, 아니 그 어떤 인간의 영토보다도 강대하다는 것을 인정하고 아투안의 묘역으로 참배하러 오던 당시에 남겨진 것들이었다. 가끔씩은 그들의 딸들인 공주들이 황수정과 짙은 빛깔의 자수정으로 수놓은 부드럽고 하얀 비단 옷을 입고 무덤의 무녀들과 함께 춤추기도 했다. 보물들 중에는 그런 춤 광경을 보여 주는 작은 채색 상아 탁자가 있었다. 영주들과 왕들은 회당 밖에서 기다린다. 그때도 지금과 마찬가지로 남자는 그 누구라도 무덤의 영역에 발을 들일 수 없었던 것이다. 하지만 처녀들은 들어올 수 있었고, 흰 비단을 두르고 유일 무녀와 함께 춤을 추었다. 무녀 자신은 거친 옷을 입고 있다. 그때나 지금이나 직접 뽑은 검은 모직 천으로 지은 옷에는 변함이 없었다. 그래도 아르하는 이 방을 찾아와 세월에 삭아 든 곱고 보들보들한 천을 손끝에 느껴 보고, 그 얼마 안 되는 무게만으로도 천을 미어뜨리고 나온 빛 바래지 않는 보석들을 더듬어 보는 것이 좋았다. 이 궤짝들에선 묘역의 사원 전체에 배어 있는 향내나 훈취와 좀 다른 냄새가 깃들여 있었다. 좀 더 신선한 향기, 더 어렴풋하고 젊은 향기였다.

보물 창고에서 그녀는 궤짝 한 개에 든 것을 살펴보는 데 하룻밤을 보내기도 했다. 보석 하나하나를 들여다보고, 녹슨 갑주며 부러진 깃 장식이 달린 투구며 띠 조이는 고리며 물림쇠며 브로치를 살펴보았다. 청동으로 된 것, 은을 입힌 것, 순금으로 만든 것도 있었다.

올빼미들은 그녀가 있든 없든 상관하지 않고 들보 위에 앉아서 노란 눈을 떴다가 도로 감곤 했다. 때로 지붕 기왓장 사이로 한 줌 별빛이 비쳐 들거나 눈이 떨어져 내렸다. 손만 대도 미어지는 먼 옛날의 비단 천처럼 차갑고 섬세한 눈이었다.

옥좌관 회당에 있기에는 날이 너무 추웠던 어느 늦은 겨울밤, 아르하는 뚜껑문으로 가서 문을 끌어올려 열고 사다리에 발을 디딘 후 머리 위로 뚜껑문을 닫았다. 그러곤 소리 없이 이제는

너무나 잘 아는 지하 무덤 길로 나아갔다. 물론 그곳에는 불을
가져가지 않았다. 미궁에 들어설 작정이거나 땅 위가 어두운 밤
이라서 손등잔을 가지고 가는 경우라도 지하 무덤에 접근하기
전에 불을 껐다. 지하 무덤을 눈으로 본 적은 결코 없었다. 대대
로 무녀였던 세월 전체를 통틀어 한번도 없었다. 지금도 그녀는
통로에서 가지고 온 등 속의 촛불을 불어 껐다. 그러곤 발걸음
을 늦추지도 않고 어두운 물속을 가르는 조그만 물고기처럼 서
슴없이 칠흑 같은 암흑 속으로 나아갔다. 여름이건 겨울이건 이
곳엔 추위나 더위가 없었다. 언제나 변함이 없는 한결같은 냉기
와 약간의 습기만이 있었다. 머리 위 지상에서는 겨울철의 무시
무시한 얼음 바람이 황무지 위로 휘몰아치며 가느다란 눈발을
흩날리고 있었다. 그러나 이곳엔 바람도 계절도 없었다. 이곳은
닫힌 곳이며 정지해 있었고 안전했다.

아르하는 벽화실로 향했다. 가끔씩 그곳에 가서 가져간 촛불
의 어렴풋한 빛 아래 어둠 속으로부터 뛰쳐나오는 것 같은 기괴
한 벽화들을 찬찬히 살펴보는 것이 그녀는 좋았다. 기다란 날개
와 부리부리한 눈을 가진 인간들의 모습은 차분하고 엄숙해 보
였다. 그들이 누구인지 말해 줄 사람은 없었다. 묘역의 다른 어
디에도 그런 그림은 없었던 것이다. 하지만 아르하는 알 것 같
았다. 그들은 저주를 받아 다시 태어나지 못하는 자들의 혼령
이다.

벽화실은 미궁 속에 자리 잡고 있었으므로 그리로 가려면 먼저 무덤돌들 지하의 대공동을 지나가야 했다. 아르하가 비탈진 통로를 따라 내려가는데 문득 희미한 잿빛이 피어났다. 먼 곳의 빛이 되비치고 되비친, 간신히 알아볼 정도의 가물가물한 빛이었다.

처음에는 눈의 착각이라고 생각했다. 완전한 칠흑의 어둠 속에서는 종종 그런 경우가 있었다. 눈을 감자 가물거리던 빛은 사라졌다. 그러나 눈을 뜨자 다시 보였다.

그녀는 발걸음을 멈추고 가만히 서 있었다. 암흑이 아니라 잿빛이었다. 아무것도 보일 리 없고 모든 것이 암흑이어야 할 이곳에 창백한 빛의 끝자락이 어려 있었다.

몇 발짝 앞으로 나아가 통로 벽 모서리로 손을 뻗자, 몹시 흐릿하게나마 움직이는 자신의 손이 보였다.

아르하는 더 나아갔다. 암흑의 핵심인 무덤굴 속, 이제껏 그어떤 빛도 비친 적이 없는 이곳에 희미하게 피어난 빛이란 너무나 괴이해 생각을 초월하고 두려움을 이겼다. 맨발에 검은 옷을 입은 아르하는 기척 없이 걸어갔다. 통로 끝의 꺾인 곳에서 그녀는 멈춰 섰다가 아주 천천히 마지막 발걸음을 내딛고는 바라보았다. 그러자 보였다.

한번도, 그렇게 많은 생을 살아왔어도 단 한번도 본 적이 없는 광경이었다. 바로 대공동이다. 무덤돌들 지하의 그 거대하고 둥그런 동굴은 인간의 손이 아니라 대지의 힘이 뚫어 놓은 것이었다. 그곳은 수정들로 총총히 수놓이고 새하얀 석회석으로 된 조그만 탑들이며 섬세한 조형물들로 장식되어 있었다. 지하수가 여러 시대에 걸쳐 이루어 놓은 결과이다. 반짝이는 천장과 벽으로 이루어진 압도적으로 거대한 그 공간이 빛 속에 섬세하며 정교한 자태를 드러냈다. 해묵은 암흑이 찬란함 앞에 쫓겨나 버린 그곳은 금강석의 궁전이며, 자수정과 수정으로 빛나는 집이었다.

이처럼 경이로운 광경을 드러낸 빛은 그다지 밝지 않았으나 어둠에 익은 눈에는 눈이 부셨다. 도깨비불처럼 부드러운 번득임이 동굴을 가로질러 천천히 움직여 가며, 보석 박힌 천장으로부터 헤아릴 수 없는 반짝임을 이끌어 내는 동시에 동굴 벽면을 따라 몽환적인 그림자들을 무수히 끌어올렸다.

그 빛은 나무 지팡이 끝에서 타오르고 있었는데, 연기도 없고 무엇인가를 태우고 있지도 않았다. 지팡이는 인간의 손에 들려 있었다. 아르하는 그 빛 가까이 드러난 얼굴을 보았다. 검은 얼굴이었다. 남자의 얼굴이었다.

아르하는 움직이지 않았다.

그 사나이는 오랜 시간을 들여 널찍한 공동 안을 이리저리 가로질렀다. 뭔가를 찾는 듯한 움직임이었다. 그는 폭포처럼 쏟아져 내린 돌의 레이스 너머 탐색을 하며 지하 무덤에서 나가는 몇몇 통로들을 살펴보았지만 어느 길로도 들어서지는 않았다. 무덤의 무녀는 여전히 캄캄한 통로 모퉁이에 서서 꼼짝 않고 기다렸다.

그녀에게 가장 상상하기 힘든 일은 아마도 낯선 자를 바라본다는 것일 터였다. 그녀는 낯선 사람을 본 일이 거의 없었다. 시종관들 중 한 사람일 거라고 아르하는 생각했다. 아니, 담장 너머의 남자들 중 하나일 것이다. 염소치기나 군인이 아니면 묘역의 노예로서 이름 없는 존재들의 비밀을 엿보러 왔을 것이다. 어쩌면 무덤에서 무엇을 훔치러 왔을 수도 있다……

훔치러. 암흑의 힘으로부터 강도질을 하러! 신성 모독이다. 그 단어가 서서히 아르하의 마음에 움터 올랐다. 이자는 남자다. 그 어떤 남자의 발도 성역인 무덤의 흙을 건드려서는 안 된다. 그런데도 이자는 무덤의 심장부인 이곳 굴 속에 와 있다. 이자는 동굴에 들어왔다. 빛이 금지된 곳에서 빛을 만들었다. 세상이 시작된 때로부터 결코 빛이 있은 적 없는 이곳을 밝혔다. 어째서 이름 없는 존재들이 그를 거꾸러뜨리지 않을까?

이제 그 사내는 멈춰 서서 돌투성이 땅바닥을 내려다보고 있었다. 끊긴 자국이 있고 울퉁불퉁한 곳이었다. 팠다가 도로 묻은 자리임을 눈으로 보아서 알 수 있었다. 시체를 묻느라 파냈던 메마른 흙이 채 전부 다져 넣어지지 못한 것이다.

그녀의 주인들은 그 세 사람을 먹어 치웠다. 어째서 이자는 먹어 버리지 않을까? 그들은 무엇을 기다리는가?

그들의 수족이 행동하기를, 그들의 혀가 말하기를 기다리는 것이다.

"가라! 가거라! 사라져라!"

아르하는 느닷없이 온 힘을 다해 고함질렀다. 커다란 반향음이 대공동을 쩌렁 울려 전율하며 터져 나왔다. 그 소리가 깜짝 놀라 이쪽을 돌아본 검은 얼굴을 흐려 놓는 것처럼 보였다. 윙윙 울리는 찬란한 공동 너머로 한순간 그가 그녀를 보았다. 그리고 빛은 꺼졌다. 모든 찬란함도 사라졌다. 눈이 먼 것 같은 캄캄함과 침묵이 뒤덮었다.

이제 아르하는 다시 생각을 할 수가 있었다. 빛의 마법에서 풀려난 것이다.

그자는 필경 붉은 바위 문, '죄수의 문'을 통해 들어왔을 것이다. 그러니 그리로 빠져나가려 할 터였다. 날개가 부드러운 올빼미처럼 아르하는 사뿐히 반원을 그리며 동굴 가장자리의 길을 달려 안쪽으로만 열리는 그 문으로 통하는 나지막한 통로를 찾았다. 그녀는 통로 입구에 몸을 숙여 보았다. 바깥에서 불어 드는 바람은 느껴지지 않았다. 그 사내는 들어온 뒤에 문을 연 채로 고정시켜 두지 않은 것이다. 문은 닫혔다. 그자가 굴길 속에 있다면 그곳에 갇혀 버린 것이다.

하지만 그자는 굴길 속에 없었다. 아르하는 확신할 수 있었다. 그렇게 비좁은 장소에 가까이 구겨 박혀 있다면 숨소리를 들었을 것이고, 그의 생명이 뿜어내는 온기와 박동을 느꼈을 터였다. 굴길 속에는 아무도 없었다. 그녀는 몸을 펴고 서서 귀를 기울였다. 이자가 어디로 갔지?

암흑이 띠처럼 눈을 내리눌렀다. 지하 무덤을 보았다는 사실이 그녀를 혼란스럽게 만들었다. 당황스러웠다. 그녀는 그곳을 알고 있었지만, 그 영토는 오로지 청각과 손의 감촉과 어둠 속에 느껴지는 서늘한 공기의 움직임으로만 그려졌다. 넓고도 신비스러운 공간이며 결코 눈에 보일 수 없는 곳이다. 그런데 그녀는 그곳을 보았고 신비가 걷힌 자리엔 공포가 아닌 아름다움이 들어찼다. 아름다움은 암흑보다도 더욱 깊은 신비였다.

이제 아르하는 의혹을 느끼며 천천히 앞으로 걸어갔다. 왼쪽 벽에 손을 대어 길을 찾았다. 두 번째 통로, 미궁으로 통하는 통로였다. 그녀는 그곳에 멈춰 서서 귀를 기울였다.

귀로 들어보아도 눈에 보이는 것 이상은 알 수가 없었다. 하지만 둥근 바위 입구 가장자리에 손을 대고 섰을 때 알듯 말듯 희미한 진동이 바위를 타고 전해 왔다. 그리고 싸늘하게 죽어 있는 공기는 그곳에 속해 있지 않은 냄새의 잔향을 품고 있었다. 황무지 산야에 자라는 야생 샐비어 냄새였다. 그 냄새는 머리 위 열린 하늘 아래의 땅에 속한 것이었다.

아르하는 코에 느껴지는 냄새를 쫓아서 천천히 소리 죽여 내리막이 진 통로를 따라갔다.

한 백 걸음 나아가자 기척이 들렸다. 그자는 아르하에 못잖게 조용했지만 암흑 속에서 그녀만큼 확실하게 발걸음을 내디딜 수는 없었다. 그녀는 작은 발기척을 들었다. 아마 고르지 못한 지면을 밟고 비틀거렸다가 금세 균형을 회복한 듯했다. 기척은 그것뿐이었다. 그녀는 잠시 기다렸다가, 오른손 손가락 끝으로 아주 가볍게 벽을 스치며 천천히 전진했다. 마침내 손끝에 모서리를 둥글린 금속 막대가 걸렸다. 거기서 그녀는 멈춰 섰다. 그러곤 손이 가까스로 닿는 높이에 튀어나온 금속 막대를 더듬어 찾았다. 그런 다음 아르하는 느닷없이 온 힘을 다해서 빗장을 밑으로 끌어내렸다.

무시무시한 마찰음이 나고 쾅 하는 소리가 울렸다. 푸른 불똥이 튀어 비처럼 쏟아졌다. 메아리가 앞다투어 그녀의 등 뒤 통로를 따라 멀어져 갔다. 그녀는 손을 뻗어 얼굴에서 겨우 몇 치 앞에 가로막힌 철문의 우툴두툴 얽은 표면을 만졌다.

아르하는 긴 숨을 내쉬었다.

천천히 지하 무덤을 향해 굴길을 되짚어 올라온 아르하는 벽을 오른쪽에 끼고 옥좌관의 뚜껑문으로 갔다. 그녀는 걸음을 서둘지 않았고, 이미 소리를 죽일 필요가 없었는데도 소리 없이 걸었다. 도둑은 잡았다. 그자가 지나간 문은 미궁의 단 하나뿐인 출입구였다. 그리고 그 문은 오로지 바깥쪽에서만 열 수 있었다.

그자는 이제 저 아래 땅 밑의 어둠 속에 갇혀 다시는 나올 수 없을 것이다.

그녀는 몸을 꼿꼿이 편 채 느린 걸음으로 옥좌를 지나쳐 기둥들이 줄지은 긴 회랑에 접어들었다. 타오르는 숯의 붉은 빛으로 가를 두른 청동 대야 한 개가 높직한 삼각대에 괴여 있는 그곳에서, 아르하는 뒤로 돌아 옥좌로 오르는 일곱 계단에 다가갔다.

그녀는 가장 낮은 층계 위에 무릎을 꿇고 차갑고 먼지 낀 돌에 이마가 닿도록 절을 했다. 먹잇감을 사냥한 올빼미들이 떨구어 놓은 쥐 뼈로 돌은 더러웠다.

"당신들의 암흑이 깨어지는 것을 보았음을 용서하소서."

소리 내지 않는 말로 아르하는 아뢰었다.

"용서하소서, 당신들의 무덤이 침범당한 것을 보았나이다. 복수가 이루어질 것입니다. 오, 나의 주인들이시여, 죽음이 그자를 당신들께 데려갈 것입니다. 그자는 다시 태어나지 못할 것입니다!"

그러나 기도를 하면서도 아르하의 마음의 눈은 빛을 받은 동굴 안에 전율하던 광휘를, 죽음의 보금자리에 들어선 생명을 보고 있었다. 신성 모독의 공포나 도둑에 대한 분노 대신에 아르하는 그 광경이 얼마나 경이로웠는지만을 생각했다. 얼마나 경이로운지…….

"코실에게 뭐라고 말하지?"

몰아치는 겨울 바람 속으로 나와 망토를 단단히 여미면서 아르하는 스스로 물었다.

"아무 말도 안 해. 아직은 안 돼. 미궁의 무녀는 바로 나야. 이건 신왕하고는 아무 상관도 없어. 도둑이 죽은 다음에나 말할까. 그자를 어떻게 죽인다? 코실을 불러서 그자가 죽는 걸 보게 해야 해. 코실은 죽음에 맛 들렸지. 그자가 찾는 게 뭐였을까? 미친놈이 틀림없어. 그자가 어떻게 안에 들어갔담? 붉은 바위 문이랑 뚜껑문 열쇠는 나하고 코실한테밖에 없는데. 그잔 분명히 붉은 바위 문으로 들어갔어. 마법사만 그 문을 열 수 있어. 마법사……."

똑바로 설 수 없을 정도로 거센 바람 속에서도 그녀는 우뚝 멈춰 섰다.

"그잔 요술사야. 내지의 마법사가 에레삭베의 호부를 찾으러 온 거야."

이 생각에 홀딱 반해서, 아르하는 얼어붙을 듯한 바람 속에서도 온몸이 더워졌다. 그녀는 소리 내어 웃었다. 주위의 묘역과 그것을 둘러싼 황무지는 온통 새카맣고 잠잠했다. 바람은 살을 에는 듯했고 아래쪽 대관에는 불빛 한 점 없었다. 보이지 않을 만큼 가는 눈발이 바람에 실려 펄펄 날렸다.

"그자가 요술을 부려서 붉은 바위 문을 열었다면 다른 문도 열 수 있어. 도망칠 수 있어."

아르하는 이 생각에 잠시 오싹했지만 그 생각을 인정하지는 않았다. 이름 없는 존재들은 그자를 들어오게 두었다. 왜 안 돼? 그자는 아무 해도 끼칠 수 없는데. 도둑이 훔친 뒤에 도망칠 수 없다면 무슨 해가 있겠는가? 그자는 주문이며 사악한 힘을 갖고 있을 것이고 그 힘은 분명 강할 것이다. 그렇게 깊숙한 곳까지 침입할 정도였으니까. 하지만 더는 못 갈 것이다. 났다가 죽는 인간의 주문이 아무리 강해도 무덤의 신령이자 빈 옥좌의 왕들인 이름 없는 존재들의 뜻을 넘어설 수는 없다.

자기 자신의 믿음을 확인하기 위하여 아르하는 서둘러 소관으로 내려갔다. 마난은 문간에서 쥐가 파먹은 털가죽 담요와 망토를 둘둘 감고서 자고 있었다. 그 털가죽이 겨울철 그의 침구였다. 그녀는 마난을 깨우지 않고 살며시 들어서서 등불도 켜지 않은 채 잠겨 있던 작은 방의 문을 열었다. 복도 끝에 달린 그 방은 벽장처럼 작았다. 그녀는 바닥의 한 부분을 찾을 때까지 부싯불을 튀긴 후 무릎을 꿇고 앉아 그 부분의 돌 한 장을 들어냈다. 묵직하고 더러운 사방 몇 치짜리 천 조각이 그 밑에 만져졌다. 이것을 조용히 옆으로 치웠을 때 아르하는 흠칫 놀라 몸을 젖혔다. 한 줄기 빛이 똑바로 얼굴을 향해 쏘아져 올라왔던 것이다.

잠시 후, 아르하는 아주 조심하면서 뚫린 구멍으로 들여다보았다. 그자가 이상한 빛을 지팡이에 달고 다녔던 것을 잊고 있었다. 기껏해서 캄캄한 어둠 속에 그자가 내는 소리나 들을 수 있을까 생각했던 터였다.

빛을 깜박 잊고 있긴 했지만, 그자는 예상했던 장소에 와 있었다. 엿보기 구멍 바로 밑, 미궁의 출구를 막아 버린 철문 앞이었다.

거기 그가 서 있었다. 한 손은 허리에 얹고 또 한 손으로는 자기 키만 한 나무 지팡이를 삐딱하게 내짚은 채였다. 그 지팡이 끝에 부드럽게 빛나는 도깨비불이 달려 있었다. 머리를 갸웃이 기울인 그 모습을 아르하는 여섯 자쯤 위에서 내려다보았다. 그의 옷은 겨울철의 여느 여행자나 순례자들이 입음 직한 것으로 짤막하고 묵직한 망토에 가죽 통옷, 보온용 털바지와 감발이 붙은 끈신 차림이었다. 등에는 가뿐한 배낭을 졌고 거기에 물주머니가 매달려 있으며 허리춤엔 단검을 질러넣고 있다. 그는 편안한 자세로 생각에 잠겨 석상처럼 가만히 그 자리에 서 있었다.

그가 천천히 지팡이를 땅에서 들어 올리더니 빛을 내는 지팡이 머리를 문 쪽으로 향했다. 엿보기 구멍에서는 문이 보이지 않았다. 빛이 바뀌었다. 한 점에 집중되면서 더 작아지고 밝아져 휘황히 빛났다. 그는 큰 소리로 뭐라고 말했다. 그가 하는 말은 아르하에게 낯설었지만, 그 말보다 더 낯설게 느껴지는 것은 깊고 잘 울리는 그의 목소리였다.

지팡이에 달린 불빛이 밝아졌다가 깜박이더니 어두워졌다. 잠깐 동안 빛은 완전히 사그라져 아르하는 그의 모습을 볼 수가 없었다.

창백한 보랏빛 도깨비불이 다시 생겨났다. 흔들림 없는 불빛이었다. 그자가 문에서 돌아서는 것이 보였다. 문 여는 주문이 실패한 것이다. 그 문을 단단히 자물쇠 채운 힘은 그가 지닌 어떤 마법보다도 강했다.

그는 '이제 어쩌지?' 하고 생각하는 것처럼 주위를 둘러보았다.

굴길이 아니면 복도라고 할, 그가 지금 서 있는 통로는 너비가 다섯 자쯤 되었다. 천장은 거친 돌바닥 위로 열두 자에서 열다섯 자쯤의 높이에 있었다. 이곳의 벽은 깎아 다듬은 돌로 이루어져 있었고, 회반죽은 쓰지 않았지만 몹시 정성을 들여 싹 맞물리도록 해 놓았기에 돌과 돌 사이에 칼끝조차 끼워 넣기 어려웠다. 돌들은 높이 올라갈수록 점점 더 안쪽으로 기울어 마침내 둥근 천장을 이루었다.

어떻게 해 볼 방법이 없었다.

그는 앞으로 나아가기 시작했다. 큰걸음 한 발짝만으로 그는 아르하의 시야에서 벗어나 버렸다. 불빛도 멀리 사라졌다. 그러나 그녀가 천과 바닥돌을 도로 덮으려 할 때 다시금 부드러운 빛 가닥이 그녀 앞 방바닥에서 솟아올랐다. 그가 문가로 돌아온 것이다. 아마도 한번 이 문을 떠나 미로 속으로 들어가면 다시 문을 찾을 가망이 거의 없다는 점을 깨달은 모양이었다.

그는 나지막한 소리로 단 한마디 말을 했다.

"엠멘."

그런 다음 다시 한번 좀 더 크게 말했다.

"엠멘!"

그러자 철문이 문틀에서 덜커덩거리고 낮은 메아리가 천둥처럼 둥근 굴길로 퍼져 나갔다. 아르하는 앉아 있는 바닥이 흔들렸다고 느꼈다.

그러나 문은 굳게 닫힌 채였다.

그러자 그가 웃었다. '이 무슨 바보 짓이람!' 하는 혼자 생각에서 나온 짧은 웃음이었다. 그는 주위의 벽을 한 번 더 둘러보았고, 위쪽을 흘끗 올려다보았을 때 아르하는 그의 가무잡잡한 얼굴에 웃음기가 있는 걸 보았다. 그런 다음 그는 그 자리에 앉아서 배낭을 풀더니 마른 빵 한 조각을 끄집어내 우적우적 씹기 시작했다. 그는 가죽 물주머니 마개를 뽑아 흔들어 보았다. 그의 손에 들린 물주머니는 거의 빈 듯 가벼워 보였다. 그는 마시지 않고 도로 마개를 막았다. 그러곤 배낭을 뒤에 괴어 베개로 삼고 망토 자락을 여며 몸을 감싸고 누웠다. 지팡이는 오른손에 쥔 채였다.

그가 등을 대고 눕자 작고 동그란 도깨비불은 지팡이에서 두 둥실 떠올라 머리 뒤쪽 몇 자 높이에서 어둑하니 빛을 발했다. 가슴에 올려 둔 왼손으로는 목에 건 묵직한 사슬에 매달린 뭔가를 쥐고 있다. 그는 두 다리를 발목에서 어긋맞긴 자세로 아주 편안하게 누워 있었다. 그의 눈길이 엿보기 구멍 근처를 떠돌다가 다른 데로 흘렀다. 그는 한숨을 쉬곤 눈을 감았다. 불빛이 서서히 침침해졌다. 그는 잠이 들었다.

가슴에 얹은 채 꽉 쥐고 있던 손이 느슨해지며 옆으로 흘러 떨어졌다. 위에서 엿보던 사람은 그 사슬에 걸려 있는 호신부를 보았다. 그것은 초승달 모양을 한 거친 금속 조각으로 보였다.

요술이 빚어낸 희미한 빛이 사그라졌다. 사내는 침묵과 어둠 속에 누워 있었다.

아르하는 천을 도로 덮고 바닥돌을 원래 자리에 끼워 맞춘 나음 조심스럽게 일어나 실쩍 그곳을 빠져나와 자기 방으로 갔다. 거기서 그녀는 어둠에 잠겨 울부짖는 바람 소리를 들으며 오래도록 자지 못하고 깨어 있었다. 죽음의 집에서 반짝이던 수정의 눈부신 빛, 아무것도 태우지 않는 부드러운 불빛, 굴길 벽의 돌들, 그리고 잠든 남자의 고요한 얼굴이 아르하의 눈앞을 떠나지 않았다.

갇힌 남자

이튿날, 이곳저곳의 사원들에서 행해야 할 의무를 모두 마치고 견습생들에게 신성한 춤까지 가르친 후 아르하는 남몰래 소관에 와서 방을 어둡게 한 다음 엿보기 구멍을 열고 내려다보았다. 빛이 없었다. 그자는 가 버렸다. 그자가 지금까지 열리지 않는 문 앞에 죽치고 있으리라고 생각했던 것은 아니지만 이렇게 되면 그를 엿볼 수 있을 곳을 더는 알지 못했다. 이제 그가 자취를 감춰 버렸으니 어떻게 찾아낸단 말인가?

사르의 정보와 아르하 자신의 경험에 의하면 미궁의 굴길들은 온통 굽고 가지를 치고 빙빙 도는 길들이며 막다른 길들로 가득했다. 그런 미로가 80리 이상 뻗쳐 있다. 그 지향 없는 소로

들이 가장 멀리 뻗어 나간 곳이라 해도 직선 거리로는 무덤에서 서너 마장밖에 나가 있지 않을 터이지만, 저 아래 땅 밑에서는 무엇 하나 똑바로 뻗어 있는 게 없다. 굴길은 어디나 꼬불꼬불하고, 갈라졌다 다시 합치고 곁길이 나고 뒤얽히고 고리를 짓고 복잡한 길을 돌고돌아 시작된 곳에서 끝나곤 했다. 거기에는 시작도 끝도 없는 것이다. 앞으로 가고 가고 끝없이 가도 어디에도 가 닿을 수 없다. 목적지가 없기 때문이다. 그곳에는 중심이 없고 미로의 심장부가 따로 없었다. 그리고 일단 문이 잠기면 끝도 없어진다. 어떤 방향을 택해도 그른 것이다.

이런저런 방이나 특정한 장소로 가는 길과 모퉁이들은 아르하의 기억 속에 굳게 박혀 있었지만, 그녀조차도 어느 정도 이상을 탐색할 때에는 가는 실꾸리를 가지고 가서 풀어 늘어뜨리며 갔다가 그 실을 도로 감아 들이며 돌아왔다. 세면서 가야 하는 모퉁이와 통로들 중 하나라도 빼뜨렸다간 아르하라 할지라도 길을 잃을 수 있기 때문이다. 빛은 아무 도움이 되지 않았다. 거기엔 아무런 표지도 없었다. 복도와 문과 열린 굴 입구들은 하나같이 비슷비슷했다.

그자는 지금쯤 몇 십 리를 걸었겠지만 아직 자기가 들어온 문에서 몇 백 발짝 거리도 떨어지지 못했을 것이다.

아르하는 옥좌관, 쌍둥이 신의 사원, 부엌 밑의 광을 찾아갔다. 그러곤 틈을 타서 몰래 그곳들의 엿보기 구멍을 통해 차고 빽빽한 어둠을 들여다보았다. 밤이 되자 찾아온 얼어붙을 듯한 추위와 광채를 뿌리는 별들 아래 그녀는 언덕 위의 어떤 장소를 찾아가 특정한 돌을 들추고 흙을 치운 다음 그 밑을 엿보았다. 보인 것은 별빛 없는 땅 밑의 암흑이었다.

그자는 그곳에 있었다. 틀림없이 그곳에 있었다. 그런데도 그녀의 시야를 빠져나갔다. 그는 그녀가 찾아내기 전에 목말라 죽을지도 몰랐다. 그자가 확실히 죽었다고 생각되면 마난을 미로로 들여보내 찾아내도록 해야 할 것이다. 그렇게 생각하자 참을 수가 없었다. 별빛 속에서 언덕의 차디찬 땅 위에 무릎 꿇은 아르하의 눈에 분노의 눈물이 차올랐다.

그녀는 비탈 아래쪽으로 이어진 길을 되짚어 내려와 신왕의 사원으로 갔다. 기둥머리에 조각이 되어 있는 기둥들은 흰서리가 끼어 별빛에 새하얗게 빛나고 있었다. 흡사 뼈로 된 기둥들 같았다. 뒷문을 두드리자 코실이 나와 맞아들였다.

"무슨 일로 오셨습니까?"

체구가 당당한 여인은 냉랭하게 경계하는 태도로 말했다.

"코실, 미궁 안에 남자가 있어."

코실이 경계심을 풀었다. 예상치 못한 일이 벌어진 것이다. 코실은 멀거니 서서 아르하를 바라보았다. 그녀의 두 눈이 약간 튀어나온 듯했다. 지금의 코실은 펜드가 흉내 냈던 때의 모습과 몹시 비슷하다는 생각이 문득 마음을 스쳐 마구 웃고 싶은 기분

115

이 치밀어 올랐다. 하지만 아르하는 그것을 눌러 참았고 웃음은 꺼졌다.

"남자라고요? 미궁 안에?"

"남자야. 낯선 사람이고."

그러자 코실이 믿지 못하겠다는 눈으로 뚫어지게 쳐다봤기에 아르하는 덧붙였다.

"난 남자를 본 적이 거의 없지만 그래도 보면 알 수 있어."

코실은 코웃음치는 태도로 빈정거렸다.

"어떻게 사내가 그곳에 들어갑니까?"

"요술을 부려서 들어갔겠지. 그자는 살갗이 검었어. 아마 내지에서 왔을 거야. 무덤에 도적질을 하러 온 거야. 처음엔 지하무덤에서 봤어. 무덤돌들 바로 밑 말이야. 그자는 나를 알아채곤 미궁 입구로 달아났어, 꼭 거기가 어딘지 아는 것처럼. 난 쫓아가서 철문을 닫아 버렸지. 그잔 주문을 걸었지만 문은 못 열었어. 그러곤 아침에 미로 속으로 들어가 버렸어. 이젠 나도 찾을 수가 없어."

"그자가 불을 가졌나요?"

"응."

"물은요?"

"작은 주머니야. 가득 차지도 않았고."

"그자의 촛불은 이미 다 타서 꺼졌을 거예요."

코실이 신중하게 말했다.

"나흘이나 닷새, 어쩌면 엿새까지 갈지 모르겠군요. 그 다음에 제 시종관들을 내려보내 시체를 끌어내게 하세요. 피는 옥좌에 부어져야 하고 시체는……."

"아냐."

아르하가 돌연 날카롭고 단호하게 말했다.

"난 그자를 산 채로 찾고 싶어."

몸집이 커다란 무녀는 소녀를 내려다보았다.

"왜죠?"

"왜냐하면……, 왜냐하면 더 천천히 죽여야 하니까. 그자는 이름 없는 분들께 거역해 신성 모독을 저질렀어. 지하 무덤을 빛으로 더럽혔다고. 무덤에 그분들의 보물을 도적질하러 왔단 말이야. 그잔 굴길 속에 혼자 쓰러져 죽는 것보다 더 심한 벌을 받아야 해."

"그렇군요."

코실은 그 생각을 되씹어 보는 듯했다.

"하지만 어떻게 그자를 잡으실 건가요, 대무녀님? 그건 확실치 못해요. 반면에 다른 죽음은 확실한 것이지요. 미궁 속 어디쯤에 뼈로 가득 찬 방이 있지 않나요? 거기 들어섰다가 나가지 못한 자들의 뼈죠……. 암흑의 존재들이 그들의 방법대로 그자를 벌하게 놔두세요. 그들 자신의 방법인 미궁의 무서운 수단들로 말이에요. 목이 타서 죽는다는 것도 참혹한 죽음입니다."

"알겠어."

소녀는 말하고 돌아서서 캄캄한 바깥으로 나왔다. 그리고 날카롭게 윙윙대는 찬바람을 막으려고 두건을 머리 위에 덮어썼다. 그럴 줄 몰랐던가?

코실에게 가다니, 유치하고 어리석은 일이었다. 아무 도움도 얻지 못할 게 뻔했는데. 코실은 아무것도 몰랐다. 그녀가 아는 거라곤 냉혹한 기다림과 그 끝에 올 죽음뿐이다. 그녀는 이해 못한다. 그자를 반드시 찾아야 한다는 걸 알 리가 없다. 그자를 전에 죽은 자들과 똑같이 죽게 해선 안 된다. 다시는 그런 일을 참아 낼 수 없었다. 그자는 반드시 죽어야 하지만, 햇빛 아래에서 단숨에 죽게 해 줄 것이다. 그 편이 이 도둑에게 더욱 걸맞은 죽음일 것이다. 수백 년 만에 처음으로 도적질을 하러 무덤에 온 용감한 사내라면 칼날에 죽는 것이 마땅하다. 심지어 그자에겐 다시 태어날 수 있는 불멸의 영혼조차 없었다. 그의 혼백은 흐느끼며 통로 속을 오가게 되리라. 그가 거기서 홀로 어둠 속에 목마름에 지쳐 죽어 가게 놔둘 수는 없었다.

그날 밤 아르하는 거의 눈을 붙이지 못했다. 다음 날은 하루 종일 제식과 의무가 가득했다. 그런 뒤 밤 시간은 등불도 들지 않고 기척을 죽여 가며 어둠에 잠긴 묘역의 건물들과 바람 몰아치는 언덕 위에 있는 엿보기 구멍들을 이 구멍에서 저 구멍으로 헤매 다니며 보냈다. 결국 새벽을 두세 시간 남겨 두고 소관에 와서 누웠지만 여전히 잠을 이룰 수가 없었다.

셋째 날 오후 느지막이 그녀는 혼자 황무지로 걸어 나가 강 쪽으로 향했다. 강은 겨울 가뭄으로 수위가 낮아진 채 갈대 숲 속에 얼어붙어 있었다. 한 가지 짚이는 데가 있었다. 그녀는 가을에 한번 미궁 속 아주 깊숙이까지 들어가 본 적이 있었다. 여섯 갈래 길을 지난 뒤 그 길들이 모두 이어져 길게 굽이진 외길로 갔을 때 돌들 너머 물 흐르는 소리가 들렸더랬다. 목마른 사람이라면, 그가 그 길로 갔다면, 그 장소에 머물러 있지 않을까?

이런 외곽지에도 엿보기 구멍들이 있었다. 구멍들을 찾아야 하긴 했지만, 지난해 사르가 하나씩 가르쳐 주었던 덕택에 큰 어려움 없이 다시 찾아낼 수 있었다. 그녀가 장소와 형태를 되새기는 방법은 눈먼 사람과 흡사했다. 눈으로 보아서 찾는다기보다는 느낌으로 길을 더듬어 한 곳 한 곳 숨겨진 지점들을 찾아냈다. 두 번째로 찾은, 무덤에서 가장 멀리 떨어져 있는 엿보기 구멍에서 아르하는 그를 찾았다. 빛을 가리기 위해 두건을 덮어쓰고 반반한 바위에 뚫린 구멍에 눈을 댔을 때 밑에서 어렴풋이 반짝이는 마법의 불빛이 보였다.

그자가 거기 있었다. 시야에서 반쯤은 벗어난 채였다. 엿보기 구멍에서는 아무 데로도 통해 있지 않은 소로의 막다른 끝이 내려다보였다. 아르하가 볼 수 있던 것은 그의 등과 수그린 뒷목

119

과 오른팔뿐이었다. 그는 벽이 꺾어진 모퉁이께에 앉아 칼로 돌을 찍고 있었다. 보석 박힌 손잡이가 달린 짧은 강철 단검이었는데, 칼날이 부러져 나가 짤막한 밑동만 남아 있었다. 동강난 칼끝 쪽 토막이 엿보기 구멍 바로 밑으로 내려다보였다. 그는 칼로 벽을 콱콱 찍어 대고 있었다. 벽틈에 칼을 꽂아 돌을 후벼 내고 물을 얻으려 애쓰는 것이다. 땅 밑의 죽은 듯한 정적 속에서 꿈쩍도 하지 않는 돌벽 너머 맑은 소리로 속삭이듯 흐르는 물소리를 그는 들을 수 있었다.

그의 몸놀림이 맥없어 보였다. 사흘 밤낮이 지난 지금 그는 유연하고 차분한 몸가짐으로 철문 앞에 서서 자신의 패배를 비웃던 때와는 몹시 달랐다. 여전히 꿋꿋하긴 했지만 힘은 다 빠져 버린 처지였고, 주문으로 돌들을 뒤흔들어 치워 버리는 대신 쓸모 없는 칼을 써야만 했다. 요술의 불빛마저 흐리게 사위어 들었다. 아르하기 보고 있는 동안에 불빛이 깜박거렸다. 사내의 머리가 휘청 꺾이며 손에서 단검이 떨어졌다. 그는 끈덕지게도 다시 단검을 주워 들고 부러진 칼날을 돌틈에 비집어 넣으려고 애썼다.

밑동이 얼음에 잠긴 갈대 숲 속 강둑에 엎드려서, 자신이 어디에 있고 무엇을 하고 있는지조차 깨닫지 못한 채, 아르하는 손나팔로 소리를 가두어 차가운 바위 구멍에 대고 외쳤다.

"마법사!"

그녀의 목소리는 좁은 돌 구멍을 미끄러져 내려가 땅 밑 굴 길 속에 차가운 속삭임을 만들어 냈다.

사나이는 깜짝 놀라 발을 모두었고, 그러느라 아르하가 내려 다보았을 때엔 시야 밖으로 나가 버렸다. 그녀는 재차 엿보기 구멍에 입을 대고 말했다.

"강가의 벽을 따라 두 번째 모퉁이까지 되돌아가. 첫 번째 모 퉁이에서 오른쪽으로 꺾고 하나 뛰어넘어서 다시 오른쪽으로 꺾어. 여섯 갈래 길이 나오면 다시 오른쪽이야. 그 다음엔 왼쪽, 오른쪽, 왼쪽, 오른쪽으로 가. 거기 벽화실에 들어가서 기다려."

다시 입을 떼고 눈을 대어 들여다보기 위해 움직이는 짧은 사이 어쩔 수 없이 낮의 빛이 엿보기 구멍을 통해 굴길로 스며 들었으므로, 아르하가 내려다보았을 때 그 사내는 다시 그녀가 볼 수 있는 둥근 범위 안으로 돌아와 똑바로 구멍을 올려다보고 있었다. 이제 그의 얼굴이 무슨 흉터로 얼룩져 있는 것을 볼 수 있었다. 그 얼굴은 긴장과 흥분에 차 있었다. 바싹 마른 입술은 시커멨고 눈빛은 번들거렸다. 그는 지팡이를 쳐들어 불빛을 점 점 더 그녀의 눈 가까이로 올렸다.

아르하는 겁을 먹고 몸을 뺐다. 그러곤 엿보기 구멍의 바위 뚜껑을 닫고 위장용 돌 부스러기들을 덮은 다음 일어서서 재빨 리 묘역으로 돌아왔다. 손이 떨렸고 걷는 동안 때때로 아찔한 느낌이 전신에 흘렀다. 어찌해야 할지 알 수 없었다.

만약 그가 일러 준 대로 따라온다면 철문 쪽으로 되짚어 와 벽화실에 이를 터였다. 거기엔 아무것도 없으니 그로선 거기 갈 이유가 없다. 벽화실 천장에는 엿보기 구멍이 있었는데 그것은 썩 괜찮은 구멍으로, 쌍둥이 신 사원의 보물 창고로 통해 있었다. 아마도 그것 때문에 벽화실을 생각해 냈을 것이다. 모를 일이었다. 왜 그자에게 말을 걸었을까?

엿보기 구멍들 중 하나를 통해 물을 조금 내려보내 주고 그를 그 장소로 부를 수도 있었다. 그렇게 하면 그는 좀 더 오래 버틸 수 있을 것이다. 사실이지, 원하는 만큼 오래 살려 둘 수도 있었다. 만약 그녀가 때때로 물과 약간의 음식을 내려 보내 준다면 그는 계속 살아 있을 것이다. 며칠이고 몇 달이고 미궁을 헤매면서 말이다. 그녀는 엿보기 구멍을 통해 그를 지켜볼 수 있고, 어디로 가면 물을 찾을 수 있는지 가르쳐 줄 수도 있을 것이다. 가끔씩 틀리게 가르쳐 주어 헛수고를 하게 만들 수도 있겠지. 그래도 그는 번번이 가 봐야만 할 것이다. 그로써 그에게 이름 없는 존재들을 모욕한다는 것이 어떤 것인지 깨우쳐 주리라. 어리석게도 남자의 몸으로 불멸의 죽음이 묻힌 장소를 으스대고 돌아다니다니!

그러나 그가 있는 한 그녀 자신은 미궁에 들어갈 수가 없었다. 왜 못 들어가지? 아르하는 스스로 묻고 스스로 대답했다. 그가 철문으로 달아날까 봐, 내가 들어가 있는 동안은 문을 열어

두어야 하니까…….

하지만 그자는 지하 무덤에서 한 발짝도 벗어나지 못할 것이다. 사실은 그와 마주치는 것이 두려웠다. 그의 힘이 두려웠고, 지하 무덤으로 들어갈 때 썼던 재주가 두려웠으며, 불빛을 켜 놓는 요술이 두려웠다. 하지만 그게 그렇게 겁낼 만한 일일까? 암흑의 성소를 다스리는 힘들은 그녀 편이지 그의 편이 아니었다. 솔직히 그 이름 없는 존재들의 영토에서 그는 별로 대단한 재주를 피울 수 없었다. 그는 철문을 열지 못했고 마법의 음식을 소환하지도 못했으며, 벽을 뚫고 물을 끌어올 수도 없었던 데다 괴물을 만들어 내어 벽을 부수게 하지도 못했다. 아르하는 혹시 그런 일들이 벌어질까 걱정했던 터였다. 심지어 그는 사흘이나 헤매면서도 대보고의 문을 찾아내지도 못했다. 틀림없이 그곳을 찾고 있었을 텐데 말이다. 아르하 자신도 아직 사르가 가르쳐 준 길을 따라가 보지 않은 터였다. 어떤 두려움, 거리낌, 아직 때가 되지 않았다는 느낌 때문에 그녀는 지금껏 그 길에 나서길 미루고 또 미루어 왔다.

이제 그녀는 생각했다. 그자가 앞장서서 그 길을 가 준다면 어떨까? 그는 원하는 만큼 실컷 무덤의 보배를 구경할 수 있을 것이다. 퍽이나 도움이 될 테지! 그녀는 그를 조롱하며 황금을 먹고 금강석을 마셔 보라고 말할 것이다.

이 사흘내 그녀를 사로잡아 온 신경질적이고 열띤 성급함에 들뜬 채 아르하는 쌍둥이 신 사원으로 달려갔다. 그리고 둥근 지붕의 보물 창고를 열고 들어가 바닥에 감쪽같이 숨겨져 있던 엿보기 구멍의 뚜껑을 젖혔다.

그 밑이 벽화실이었지만 먹물처럼 깜깜했다. 그 사나이가 따라와야 할 미로의 길은 훨씬 더, 아마 몇 십 리도 더 도는 길이었다. 그녀는 그 점을 잊고 있었다. 게다가 그는 분명 쇠약해져 있어 그렇게 빨리 올 수는 없을 터였다. 어쩌면 그녀가 가르쳐 준 방향을 잊고 틀린 길로 들어섰을지도 몰랐다. 아르하처럼 한 번 듣는 걸로 그 길들을 기억할 수 있는 사람은 거의 없었다. 어쩌면 그는 아예 그녀의 언어를 알아듣지조차 못했을지 몰랐다. 만약 그렇다면 암흑 속에 쓰러져 죽을 때까지 헤매라지! 바보, 이방인, 불신자. 그자의 유령이 아투안 무덤의 돌길 속에서 울부짖게 되라지. 암흑이 그것마저도 먹어 치울 때까지…….

불면과 악몽 속에 하룻밤을 보낸 아르하는 이튿날 새벽같이 소사원의 엿보기 구멍으로 되돌아갔다. 밑을 내려다보았지만 아무것도 보이지 않았다. 캄캄했다. 그녀는 작은 양철 등에다 불을 켠 초를 넣어 사슬에 매달아 드리워 보았다. 그는 그곳 벽화실에 있었다. 반짝이는 촛불 빛 너머로 두 다리와 축 늘어진 한 손이 보였다.

이곳의 구멍은 큼지막해서 바닥돌 한 장 정도의 크기였다. 아르하는 그 구멍을 통해 불렀다.

"마법사!"

움직임이 없었다. 죽은 걸까? 저자가 가진 힘은 그게 다였나? 아르하는 콧숨을 내쉬었다. 심장이 쿵쾅거렸다.

"마법사!"

그녀는 소리를 질렀다. 목소리가 아래쪽 텅 빈 방 안에 웡웡 울렸다. 그러자 그가 움직거리더니 느릿느릿 일어나 앉아서 멍청히 주위를 둘러보았다. 잠시 후 그는 위를 올려다보고 천장에서 늘어져 흔들거리는 작은 등불 빛에 눈을 껌벅였다. 그의 얼굴은 미라의 얼굴처럼 시커멓고 부어 있어 보기 참혹했다.

그는 옆쪽 바닥에 놓여 있던 지팡이에 손을 댔지만 나무에서 불빛은 피어오르지 않았다. 그에겐 힘이 남아 있지 않았다.

"아투안 무덤의 보물이 보고 싶은가, 마법사?"

기진맥진한 사내는 아르하의 등불 빛 때문에 실눈을 뜨고 올려다보았다. 그에겐 등불 빛밖에 보이지 않았다. 잠시 후, 원래는 웃으려고 했던 것처럼 얼굴을 찡그리면서 그는 고개를 한 번 까닥했다.

"이 방을 나가서 왼쪽으로 가. 첫 번째 복도에서 왼쪽으로 꺾어서……."

아르하는 숨 한번 쉬지 않고 줄줄이 방향들을 읊어 낸 다음 맨 끝으로 말했다.

"거기에서 네가 찾는 보물을 발견할 수 있을 거다. 그리고 거기 가면 아마 물도 찾을 수 있을 거야. 이제 어느 쪽이 좋으냐, 마법사여?"

그는 지팡이에 몸을 기대며 발을 딛고 일어섰다. 그녀를 볼 수도 없으면서 눈길을 위로 하여 무어리 말하려고 했지만, 말라붙은 목구멍에선 소리가 나오지 않았다. 그는 어깨를 움찔 추어보이곤 벽화실을 떠났다.

아르하는 그자에게 물 한 방울 주지 않을 것이다. 아무튼 그는 절대 보고로 가는 길을 찾지 못할 것이다. 그렇게 긴 방향 지시를 기억할 리 없었다. 설사 거기까지 간다고 해도 그곳엔 구렁텅이가 있다. 이제 그는 어둠 속에 잠겨 있었다. 그는 길을 잃을 것이고, 마침내는 좁고 깊고 메마른 동굴 어딘가에 쓰러져 죽을 것이다. 그러면 마난이 그를 찾아내어 끌어내겠지. 그걸로 끝이다. 아르하는 양손으로 엿보기 구멍의 가장자리를 움켜잡고 웅크린 몸을 앞뒤로 흔들있다. 무시무시힌 고통을 견디듯이 입술을 꼭 깨문 채였다. 그녀는 결코 물을 주지 않을 것이다. 절대로 주지 않을 것이다. 그녀가 줄 것은 죽음, 죽음, 죽음, 죽음, 죽음뿐이었다.

✳

아르하의 인생에서 그토록 암울한 이때에 코실이 찾아왔다.

검은색 겨울옷을 껴입은 거대한 체구가 묵직한 발걸음으로 보물 창고에 모습을 나타냈다.

"그자가 벌써 죽었습니까?"

아르하는 머리를 들었다. 그녀의 눈에 눈물은 없었다. 숨길 것은 없었다.

"그런 것 같아. 그자의 불이 꺼졌어."

아르하는 말하면서 일어나 치마의 먼지를 털었다.

"속임수인지도 모릅니다. 영혼 없는 자들은 아주 교활하지요."

"확실하게 해 두지. 하루 기다리겠어."

"그래요, 이틀이라도 좋지요. 그 다음에 두비가 내려가서 시체를 끌어내면 될 거예요. 그는 늙은 마난보다 힘이 세니까요."

"하지만 마난은 이름 없는 분들의 하인이야, 두비는 그렇지 않고. 미궁 안에는 두비가 가면 안 되는 장소들이 있는데 도둑은 그런 곳에 있어."

"아니, 그럼 그곳은 벌써 더럽혀졌잖아요……."

"그곳에서 그자가 죽으면 그로써 깨끗해질 거야."

코실의 표정을 보고 아르하는 자기 얼굴이 뭔가 이상하다는 걸 알았다.

"그곳은 나의 영역이야, 무녀. 난 내 주인들께서 시키시는 대로 그곳을 돌봐야 해. 죽음에 관해서 더 이상 날 가르칠 필요는 없어."

코실의 얼굴이 검은 두건 속으로 움츠러들었다. 사막 거북이 등갑 속으로 움츠러드는 것처럼 불쾌하고 느리고 냉혹한 동작이었다.

"그러시지요, 대무녀님."

그들은 형제신의 제단 앞에서 헤어졌다. 아르하는 더 이상 서둘지 않고 소관으로 가서 마난을 불러 따라오게 했다. 코실에게 말을 한 이상 해야만 할 일이 있었다.

아르하와 마난은 함께 언덕을 올라가 옥좌관에 들어서서 지하 무덤으로 내려갔다. 둘이 힘을 합쳐 기다란 손잡이를 잡아당겨 미궁으로 통하는 철문을 연 다음, 등불에 불을 붙이고 안으로 들어섰다. 아르하는 앞장서서 벽화실 길로 이끌었고 다시 그곳에서부터 대보고를 향해 갔다.

도둑은 그리 멀리 가시 못했다. 험한 길을 500걸음도 채 걷지 않아서 아르하와 마난 앞에 그자의 모습이 드러났다. 그는 내던져진 넝마 뭉치처럼 좁다란 복도에 엎어져 있었다. 지팡이는 쓰러지기보다 앞서 놓친 듯 조금 떨어진 곳에 놓여 있었다. 입에는 피가 엉겼고 눈은 반쯤만 감겨 있었다.

마난은 무릎을 꿇고 큼지막한 누런 손을 가무잡잡한 목에 대어 맥을 짚어 보더니 말했다.

"살았는뎁쇼. 목 졸라 죽일까요, 대무녀님?"

"아니. 난 그자가 살아 있기를 원해. 그자를 메고 따라와."

"살려 둔다고요? 뭣 때문에요, 대무녀님?"

마난이 걱정스레 물었다.

"무덤의 노예로 삼으려고 그래! 잔소리 집어치우고 시키는 대로 해."

그 어느 때보다도 처량한 얼굴을 한 채로 마난은 명령에 따랐다. 그는 젊은 사내를 힘겹게 추켜올려 긴 자루처럼 어깨에 짊어졌다. 아르하를 쫓아가면서 마난은 짐 때문에 비틀거렸다. 그렇게 무거운 짐을 떠멘 채로는 한번에 먼 거리를 갈 수가 없었다. 돌아오는 길에는 마난이 숨을 돌리느라 열두 번이나 쉬어야 했다.

쉴 때마다 복도는 똑같아 보였다. 누르스름한 잿빛 돌들이 단단히 맞물려 아치를 이루며 솟아올라 있고, 반반하지 못한 돌투성이 바닥에 공기는 죽어 있었다. 마난은 끙끙대며 숨을 헐떡이고, 이방인은 여전히 누워 있고, 두 개의 등불은 빛이 그린 둥근 천장 아래 흐릿하게 탔다. 그 빛의 끄트러기가 복도 양쪽의 어둠 속으로 가늘게 뻗어 나갔다. 아르하는 쉴 때마다 작은 병에 담아 온 물을 사내의 마른 입술에 몇 방울 떨어뜨렸다. 매번 조금씩만 축였다. 그러지 않으면 살리려다가 도리어 죽일지도 몰랐다.

"사슬의 방으로 가나요?"

철문을 향해 난 길에서 마난이 물었다. 이 말에 아르하는 처음으로 이 수인을 어디로 데리고 가야 할지 생각했다. 생각이 나지 않았다.

"아니, 거긴 안 돼."

연기와 독한 악취와 엉킨 머리칼 속에서 멍한 눈을 한 채 아무 말 없던 얼굴들이 떠오를 때면 늘 그랬듯이 아르하는 속이 메스꺼웠다. 게다가 사슬의 방에는 코실이 올지 몰랐다.

"그잔……, 그자는 미궁 안에 둬야 해. 그래야 요술을 회복하지 못할 거야. 거기도 방이 있으니까……."

"벽화실엔 문이 있습죠. 자물쇠도 있고 엿보는 구멍도 있고요, 대무녀님. 문으로 이자를 가둬 둘 수 있다고 생각하신다면요."

"그잔 이 아래에선 아무 힘도 못 써. 그리로 네려가, 마난."

그리하여 마난은 그를 떠메고 온 길의 절반 거리를 도로 되짚어 갔다. 그는 너부나 힘이 들고 숨이 차서 불평도 못했다. 마침내 벽화실에 들어서자 아르하는 길고 묵직한 모직 망토를 벗어서 먼지 쌓인 바닥에 깔았다.

"여기다 내려놔."

마난은 깜짝 놀라 처량한 눈으로 아르하를 보며 쩔쩔맸다.

"꼬마 여주인님……."

"난 그자가 살길 바라, 마난. 잘못하면 얼어 죽고 말 거야. 얼마나 떨고 있는지 봐."

"대무녀님의 옷이 더럽혀집니다요. 이잔 불신자예요, 남자고요."

뱉듯이 말하는 마난의 조그만 눈 가장자리엔 고통스러운 듯 주름이 패었다.

"그럼 태워 버리고 새걸 짜면 되지! 자, 빨리, 마난!"

마난은 그 말에 복종해 자세를 낮추곤 걸머졌던 수인을 검은 망토 위로 털썩 내려놓았다. 사내는 여전히 죽은 것처럼 꿈쩍도 없이 늘어져 있었다. 하지만 목에서 둔중하게 맥박이 뛰었고 이따금씩 경련을 일으켜 누운 채로 부르르 몸을 떨곤 했다.

"사슬로 묶어야 해요."

마난이 말했다.

"이자가 위험해 보여?"

아르하는 콧방귀를 뀌었다. 하지만 마난이 죄수를 묶을 수 있게끔 돌에 박힌 쇠고리를 가리켜 보이자 그녀는 그를 보내 사슬의 방에서 쇠사슬과 쇠띠를 가져오도록 했다. 마난은 투덜거리며 방을 나가 혼잣말로 길을 웅얼거리며 복도로 멀어져 갔다. 전에도 벽화실에 드나든 적이 있기는 했지만 한번도 혼자서 오간 일은 없었던 것이다.

하나 남은 등불 빛에 비친 네 벽의 그림들은 씰룩거리면서 움직이는 것처럼 보였다. 거대한 날개를 늘어뜨린 무뚝뚝한 인물상들이 영겁의 적막 속에 웅크리거나 서 있었다.

131

그녀는 무릎을 꿇고 수인의 입에다 쉬엄쉬엄 조금씩 물을 떨어뜨렸다. 마침내 그가 기침을 했고 힘없이 물병으로 손을 뻗었다. 그녀는 그가 마시도록 해 주었다. 그는 얼굴에 온통 물을 적신 채 먼지와 피로 범벅이 되어 드러누웠다. 그리고 뭐라고 한두 마디 중얼거렸는데 아르하가 알지 못하는 언어였다.

마침내 마난이 돌아왔다. 그는 기다란 쇠사슬과 열쇠 꽂힌 큼지막한 자물쇠, 그리고 쇠띠를 질질 끌고 와서 사내의 허리에 둘러 맞추고 잠갔다.

"꽉 맞질 않는구먼요. 빠져나가겠어요."

벽에 박힌 고리에 쇠사슬 끝을 채우면서 마난이 투덜거렸다.

"아니야, 봐."

이제는 수인을 딜 겁내게 된 아르하는 사내의 갈비뼈와 쇠띠 사이로 주먹을 넣을 수 없다는 것을 보여 주었다.

"나흘 이상 굶지 않곤 빠져나가기지 못해."

마난이 구슬프게 말했다.

"꼬마 여주인님, 트집을 잡는 건 아닙니다요……. 하지만 이 자를 이름 없는 분들의 노예로 만들어서 뭐 합니까요? 이잔 사내라고요, 꼬마 아씨님."

"그리고 넌 늙은 바보지, 마난. 안달은 그만하고 이제 가자."

쇠약해진 수인은 밝게 번들거리는 눈으로 그들을 지켜보고 있었다.

"지팡이 어쨌어, 마난? 거기 있군. 가지고 갈 거야. 이 속에 마법이 들어 있지. 아, 그리고 이것도. 이것도 가져가겠어."

그렇게 말하면서 아르하는 재빠른 손놀림으로 사나이의 통옷 목에 내비친 은사슬을 쥐어 채 머리 위로 벗겨 냈다. 그가 그녀의 팔을 잡아 막으려고 했지만 막지 못했다. 마난이 그의 등을 걷어찼다. 그녀는 그자의 머리 위 손이 닿을 수 없는 거리에서 사슬을 흔들어 보였다.

"이게 네 호신부야, 마법사? 소중한 것인가? 별로 대단한 것 같지 않은데. 더 좋은 걸 마련할 형편이 못 되었나 보지? 내가 잘 보관해 주겠어."

그러고는 사슬을 자기 목에 걸고 그 끝에 달린 것을 모직 옷의 두툼한 옷깃 밑으로 집어넣었다.

"그게 뭐 하는 물건인지도 모르잖소."

그가 말했다. 쉬어 터진 목소리였고 카르그 어 단어의 발음도 시원치 않았지만 알아듣기엔 충분했다.

마난이 다시금 그를 걷어찼다. 그는 아픔으로 신음을 지르며 두 눈을 감았다.

"그냥 놔둬, 마난. 가자."

그녀는 방을 떠났다. 마난이 투덜거리며 따라왔다.

그날 밤, 묘역의 불빛이 모조리 꺼진 후에 아르하는 또다시 혼자서 언덕을 올랐다. 그녀는 옥좌 뒷방의 우물에서 물병을 채

웠고, 물과 함께 크고 납작하고 울퉁불퉁한 메밀 빵을 미궁의
벽화실로 내려 보냈다. 그녀는 음식물을 벽화실 문 안쪽, 수인
의 손이 가까스로 닿을 곳에 내려놓았다. 그는 깊이 잠들어 뒤
척이지도 않았다. 소관으로 돌아오자 아르하는 그날 밤 오래도
록 푹 잤다.

이른 오후 시간에 그녀는 혼자서 미궁으로 돌아갔다. 빵은 없
어졌고 물병도 말라 있었다. 수인은 벽에 등을 기대고 일어나
앉아 있었다. 먼지와 피딱지 때문에 여전히 흉측한 얼굴이었지
만 표정은 생기 있어 보였다.

아르하는 방 건너편, 쇠사슬에 묶인 그가 닿지 못할 만한 곳
에 서서 그를 바라보았다. 그러곤 눈길을 돌렸지만 특별히 볼
만한 것이 없었다. 왜인지 말을 할 수가 없었다. 겁에 질리기라
도 한 양 심장이 뛰었다. 하지만 그자를 겁낼 이유는 없다. 이젠
그녀 손에 달려 있다.

"빛을 보니 좋군요."

그 부드럽고 깊숙한 음성이 그녀를 불편하게 만들었다.

"이름이 뭐지?"

아르하는 느닷없이 무시하는 태도로 물었다. 자기 목소리가
보통 때 같지 않게 높고 가늘게 들렸다.

"으음, 보통 새매라고 불리지요."

"새매? 그게 네 이름인가?"

"아니오."

"그럼 네 이름은?"

"그건 당신에게 말할 수 없소. 당신이 무덤의 유일 무녀요?"

"그래."

"당신은 뭐라고 불립니까?"

"아르하라고 해."

"모조리 삼킴 당한 자……, 그런 뜻이오?"

그의 검은 눈이 빤히 그녀를 바라보았다. 그는 조금 미소를 지었다.

"당신 이름은 뭐지요?"

"나에겐 이름이 없어. 나에게 질문하지 마. 넌 어디서 왔나?"

"내지에서요. 서쪽에서."

"해브너에서?"

내지의 도시나 섬 중에서 아르하가 아는 이름은 그뿐이었다.

"그래요, 해브너에서."

"여기엔 왜 왔지?"

"아투안의 무덤은 우리 족속 사이에 유명하지요."

"하지만 넌 이단자야, 불신자잖아."

그가 고개를 저었다.

"아, 그렇지 않아요, 무녀님. 나는 암흑의 힘들을 믿소! 나는 이전에 다른 장소들에서 이름 지어지지 않은 존재들을 만난 일이 있다오."

"어떤 다른 장소들 말이지?"

"군도(群島)에서……, 내지에서. 거기엔 대지의 옛 힘들에 속한 장소들이 있소. 이곳과 비슷하지요. 하지만 그 어디도 이곳에는 미치지 못하오. 그들은 여기 말고는 다른 어디에서도 사원이나 무녀나 이곳에서 바치는 것과 같은 숭배를 받지 못한다오."

"그분들을 경배하러 왔나 보지."

아르하의 비웃는 말에 그가 답했다.

"그들에게서 훔치러 온 거요."

그녀는 그 진지한 얼굴을 노려보았다.

"허풍을 떠는군!"

"쉽지 않으리라는 건 알고 있었소."

"쉽지 않다고! 그건 있을 수 없는 일이야. 불신자가 아니라면 알 텐데. 이름 없는 그분들께선 당신들께 속한 것을 간수하신다."

"내가 찾는 건 그들의 소유가 아니오."

"그럼 네 것이겠군, 틀림없이?"

"내게 요구할 권리가 있는 것이오."

"네가 뭔데? 신인가? 왕이라도 돼?"

그녀는 사슬에 묶여 더럽고 지쳐 빠진 몰골을 하고 있는 그를 위아래로 훑어보았다.

"넌 그저 도둑놈이야!"

그는 아무 말도 하지 않았다. 하지만 그의 시선이 아르하를 만났다.

"넌 날 쳐다볼 수 없어!"

그녀가 날카롭게 말했다.

"아가씨, 무례하게 굴려던 건 아니오. 나는 이방인이고 침입자지요. 당신들의 습속을 알지 못하고, 무덤의 무녀께 합당한 예의도 모릅니다. 내 목숨은 당신 손에 달려 있으니 만약 결례를 범했다면 용서를 빌겠소."

아르하는 묵묵히 서 있었다. 두 볼에 단숨에 피가 오르며 바보같이 낯이 화끈거렸다. 하지만 그는 쳐다보고 있지 않았으므로 그녀가 얼굴 붉힌 것을 보지 못했다. 그는 순순히 그녀의 말에 따라 검은 눈동자를 다른 곳으로 돌리고 있었다.

한동안 두 사람 다 말이 없었다. 주위 사방에 그려진 형상들이 목적 없는 슬픈 눈길로 그들을 지켜보고 있었다.

아르하는 내려올 때 돌항아리에 물을 채워 가지고 왔다. 그의 눈길은 줄곧 그 근처를 맴돌았고, 잠시 시간이 지난 후에 그녀가 말했다.

"마시고 싶거든 마셔."

그는 단숨에 항아리에 덤벼들어 포도주 잔이라도 되듯 가볍게 쳐들곤 한참 동안이나 꿀걱꿀걱 들이마셨다. 그런 다음 소맷자락 끝에 물을 적셔 얼굴과 손에 엉킨 더러움과 피딱지와 거미

줄을 될 수 있는 한 깨끗이 닦아 내었다. 여기에는 얼마간 시간
이 걸렸고 소녀는 그 모습을 지켜보고 있었다. 닦아 내고 나니
한결 나아 보였지만, 그 고양이 세수 탓에 얼굴 한쪽의 흉터가
드러났다. 거무스름한 살갗에서 허옇게 떠 보이는 나은 지 오래
된 묵은 흉터였다. 눈에서 턱뼈까지 나란히 네 줄로 골진 상처
가 마치 커다란 발톱으로 할퀸 자국 같았다.

"뭐지? 그 흉터."

그는 곧장 대답하지 않았다.

"용인가?"

아르하는 비웃어 주려고 애쓰며 말했다. 사로잡은 희생물을
조롱하고, 희망 없는 처지에 빠진 그를 괴롭히기 위해 내려온
게 아니던가?

"아니, 용은 아니오."

"그럼 넌 최소한 용주(龍主)는 아니겠군."

그는 내키지 않는 듯 이야기했다.

"그렇지 않아요. 나는 용주가 맞소. 하지만 이 상처는 그보다
전에 생긴 것이지요. 내가 이곳 말고 세상의 다른 곳에서 암흑
의 힘들을 만난 적이 있다고 말했잖소? 내 얼굴에 있는 이것은
이름 없는 존재들의 친척뻘 되던 것이 남긴 표식이라오. 하지만
그것은 이제 더 이상 이름 없는 존재가 아니오. 내가 끝내는 그
이름을 알아냈으니까."

"무슨 소릴 하는 거지? 그 이름이 뭐야?"

"그건 말할 수 없소."

그는 그렇게 말하곤 빙그레 웃었다. 그럼에도 그의 낯빛은 엄숙했다.

"말도 안 되는 소리. 바보의 허풍이고 신성 모독이야. 그분들은 이름 없는 존재이시다! 넌 네가 무슨 얘길 하고 있는지도 몰라……."

"난 당신보다도 더 잘 알아요, 무녀님."

그의 목소리가 더욱 깊어졌다.

"다시 보시오!"

그는 고개를 돌렸고, 아르하는 그의 뺨을 가로지른 네 줄의 끔찍한 상처를 볼 수밖에 없었다.

"난 안 믿어."

아르하는 그렇게 말했지만 그 목소리는 떨렸다. 그가 부드럽게 말했다.

"무녀님, 당신은 나이가 많지 않소. 암흑의 존재들을 섬긴 지 오래되지 않았을 거요."

"오랫동안 섬겼어, 아주 오랜 세월 동안! 나는 첫 번째 무녀이며 다시 태어난 자야. 나는 천 년에 또 천 년을 거듭해 내 주인님들을 섬겨 왔어. 나는 그분들의 하인이고 그분들의 목소리이며 그분들의 손이야. 그리고 난 무덤을 더럽히고 보여선 안 될 것을 넘겨다보는 자에게 그분들을 대신해 복수하지! 거짓말과 허풍은 그만둬. 내가 한마디만 하면 내 호위들이 와서 그 어깨에서 머리를 베어 내리라는 걸 모르겠나? 아니면 내가 이 문을 잠그고 가 버리면 영영 아무도 오지 않은 채 너는 이 어둠 속에서 죽게 될 것이고, 내가 섬기는 분들께서 네 살을 먹고 영혼을 먹고 네 뼈를 이 먼지 구덩이에 버려두리라는 걸 모르겠어?"

조용히, 그는 고개를 끄덕였다.

그녀는 더듬거렸다. 그러곤 더 이상 할 말을 찾지 못한 채 방을 달려나와 문을 닫고 철커덩 소리가 나도록 빗장을 질렀다. 다시는 오지 않을 거라고 생각하게 만들어야지! 저기 어둠 속에서 땀을 흘리라지. 저주하고 떨며 덧없이 사악한 주문들을 외워 보라지!

그러나 마음속의 눈에는 다른 광경이 보였다. 철문 곁에서 보았을 때와 같은, 햇살 비치는 초원의 양만큼이나 평온하게 잠을 자려 쭉 뻗고 눕는 모습이었다.

그녀는 빗장 지른 문에다 침을 뱉고 부정을 막는 손짓을 한 후 달리다시피 지하 무덤으로 향했다.

지하 무덤의 벽을 따라 빙 둘러 옥좌관의 뚜껑문으로 향하는 동안 아르하의 손가락은 얼어붙은 레이스인 양 오돌토돌하고 매끄러운 바위 표면을 스치고 지나갔다. 등불을 켜고 싶은 갈망이 온 정신을 휩쌌다. 잠깐이라도 좋으니 세월에 아로새겨져 매

혹적으로 반짝이던 그 돌벽을 한번 더 보고 싶었다. 그녀는 질
끈 눈을 감은 채 서둘러 나아갔다.

엄청난 보물

하루의 제식과 의무들이 그토록 많고 싱가시고 길게 느껴진 적이 없었다. 창백한 얼굴로 눈치를 보는 어린 소녀들, 차분하지 못하게 설치는 견습들, 그리고 무녀들. 무녀들은 침착하고 냉정해 보이지만 사실 그들의 삶이란 은연중 시기심과 비참함과 보잘것없는 야심과 헛되이 스러져 간 욕망으로 범벅되어 있다. 아르하는 줄곧 이런 여자들 틈에서 살아와 그녀가 아는 인간의 세상은 오로지 그들로만 이루어져 있었지만, 이제는 이 무리들이 딱하고 지겹게 느껴지기 시작했다.

그러나 위대한 힘들을 섬기는 아르하, 엄숙한 밤의 무녀인 그녀는 그런 하찮은 꼴을 면했다. 아르하는 그 여인들의 일상을 압박하는 천박함에 신경 쓸 필요가 없었다. 그들에게 그날의 즐거움이란 고작 삶은 렌즈콩 위에 얹혀 나오는 양의 비곗살이 옆사람 것보다 크다는 것 정도다……. 아르하는 그 모든 나날들에서 자유로웠다. 땅 밑, 그곳에는 날이라는 것이 없었다. 그곳은 언제나 오직 밤뿐이었다.

그리고 그 끝나지 않는 밤 속에 갇힌 사람이 있다. 그 흑인, 시커먼 재주를 부리는 자가 쇠사슬에 감겨 돌에 묶인 채 언제 올지 모르는 그녀를 기다리고 있는 것이다. 그녀는 빵과 물과 생명을 가져다줄지 모른다. 아니면 칼과 피받이 대야와 죽음을 가지고 방문할지도 모른다. 그것은 그녀 마음이 내키는 대로다.

아르하는 그 남자에 대해서 코실 말고는 아무에게도 말하지 않았고, 코실은 누구한테도 말하지 않았다. 이제 그자가 벽화실에 있은 지 사흘 밤낮이 지났지만 코실은 아직껏 아르하에게 그자 일을 물어보지 않았다. 아마 그가 죽었고 아르하가 마난을 시켜 시체를 뼈의 방으로 끌어갔으리라 짐작한 것인지도 몰랐다. 무슨 일이든 그렇게 대충 넘겨 버린다는 것은 코실답지 않았다. 하지만 아르하는 코실이 입다물고 있는 게 이상할 것 없다고 스스로 마음을 달랬다. 코실은 만사에 비밀스러운 것을 좋아하고 질문을 해야 하는 상황을 싫어했다. 게다가 아르하가 자기 일에 끼어들지 말라고 말하지 않았던가. 코실은 거기 복종하고 있을 뿐이다.

어쨌든 그 사내가 죽은 걸로 되어 있다면, 그자를 먹일 음식을 가져오라고 할 수는 없는 일이었다. 그런 까닭에 아르하는 대관 찬장에서 사과 몇 알과 말린 양파를 슬쩍하고 자기 몫의 음식도 먹지 않고 남겼다. 혼자 식사하고 싶다는 구실로 아침밥과 저녁밥을 소관으로 날라오게 해서는 매일 밤 국물만 빼고 전부 미궁의 벽화실로 내려 보냈다. 아르하는 종종 하루에서 나흘까지 금식을 하곤 했고 굶는 것쯤 아무렇지도 않게 여겼다. 미궁 속의 사내는 그녀 몫의 얼마 되지 않는 빵과 치즈와 콩을 두꺼비가 파리를 집어삼키듯 넙죽 먹어 치웠다. 눈 깜짝할 새에 음식은 사라졌고, 그렇게 대여섯 번이라도 거듭 해치울 수 있을 게 분명했다. 하지만 그는 정말로 고마워했다. 꼭 아르하가 신왕의 궁전에서 벌어지는 잔치 이야기 속에 나오는 것 같은 온갖 구운 고기와 버터 바른 빵과 수정 잔에 담긴 포도주가 차려진 식탁의 여주인이며 자신이 그 손님이기라도 한 듯이. 정말 이상한 사내였다.

"내지는 어떤 곳이야?"

아르하는 상아로 만든 작은 접의자를 내려다 놓았으므로 그를 심문하는 동안 서 있지 않아도 되었다. 또 바닥에 그자와 같은 높이로 앉을 필요도 없었다.

"음, 거기엔 섬이 많아요. 군도만 치더라도 마흔을 네 번 곱한 것만큼 많다고들 하지요. 게다가 원해들이 있소. 어떤 사람도 아직 모든 원해를 항해해 본 적이 없어요, 그 섬들의 수를 다 세어 본 사람도 없고. 그 섬들 하나하나가 제각각이라오. 하지만 그중 가장 아름다운 곳은 아마 해브너일 거요. 해브너는 세계의 중앙에 자리 잡은 큰 섬이오. 해브너 섬 한복판에 배들로 가득 찬 넓은 만이 있는데 그게 해브너 시지요. 그 도시의 탑들은 흰 대리석으로 지어졌다오. 공경(公鄕)들과 상인들의 집에는 저마다 탑이 있어서 첩첩이 겹쳐 솟아 있지요. 집 지붕엔 붉은 기와를 올렸고 운하에 놓인 다리들은 제각각 모두 붉고 푸르고 초록빛 나는 모자이크로 덮여 있소. 그리고 공경들의 깃발이 색색가지로 흰 탑들 위에 나부끼고 있어요. 탑들 중 가장 높은 탑엔 에레삭베의 검이 첨탑처럼 하늘을 향해 솟아 있고 말이오. 해브너에 태양이 떠오를 때면 제일 먼저 그 칼날에 빛이 비쳐 환하게 번뜩이고, 저녁에 해가 져도 검만은 어스름 위에서 한동안 황금빛으로 반짝이지요."

"에레삭베가 누구지?"

아르하가 짓궂게 떠보았다.

그는 눈길을 들어 그녀를 보더니 말없이 슬쩍 웃음 지었다. 그러나 다시 생각한 듯 이렇게 말했다.

"과연 이곳에선 에레삭베를 거의 알지 못할지 모르겠소. 아마 그가 카르그 땅에 왔던 것 말고는 아무것도 모르겠지요. 그 이야기에 대해서는 얼마나 압니까?"

"그자가 요술사의 지팡이를 잃었고 호부와 힘을 잃었다는 걸
알지, 바로 너처럼. 그자는 사제장한테서 도망쳐 서쪽으로 달아
났어. 용들이 그를 죽였고. 하지만 그자가 이곳 무덤으로 왔더
라면 용들이 수고하지 않아도 됐을 거야."

"그 말은 충분히 옳아요."

수인이 말했다.

아르하는 더 이상 에레삭베에 관해 이야기하고 싶지 않았다.
어쩐지 위험한 화제로 느껴졌다.

"그자는 용주였다면서? 그리고 너도 용주라고 했지. 말해 봐.
용주가 뭐지?"

그녀의 말투는 시종일관 비웃는 투였는데, 그의 대답은 그런
질문들을 곧이곧대로 받아들이는 것처럼 솔직 담백했다.

"용들이 말을 거는 사람이오. 그런 사람이 용주요. 아니면 적
어도 그 점이 핵심이라고 할 수 있어요. 대개의 사람들이 생각
하는 것처럼 용을 길들이는 재주를 말하는 게 아니라오. 용에겐
어떤 주인도 없소. 용에 관해서라면, 문제는 하나뿐이죠. 용이
그 사람과 이야기를 할 것인가 아니면 잡아먹어 버릴 것인가?
사람이 앞쪽의 취급을 받고 뒤엣것을 당하지 않았다면, 그 사람
은 용주인 거요."

"용이 말을 해?"

"물론이오! 가장 오래된 언어로 말하지요. 우리들 인간이 마

146

법과 형상화의 주문을 이루고자 몹시 고생해 배우고 아주 엉터
리로 사용하는 언어 말이오. 옛 언어에 통달한 인간은 없소, 열
중 하나도 깨치지 못한다오. 인간에겐 그 언어를 배울 만한 시
간이 없소. 하지만 용은 천 년을 사니까……. 그들과 이야기한
다는 것은 대단한 일이오. 당신도 짐작하겠지요."

"이곳 아투안에도 용들이 있나?"

"근 수백 년 이래 없었다고 알고 있소, 카레고앗에도 없고 말
이오. 하지만 당신네 땅의 제일 북쪽 섬 후랏후르에 가면 산지
에 커다란 용들이 아직 살고 있다고들 하더군요. 내지엔 이제
서쪽 끝에만 용이 있소. 모두들 서원해 멀리 아무도 살지 않고
찾아오는 이도 없는 섬들에 자리 잡았지요. 배가 고파지면 동쪽
으로 와서 섬을 덮치지만 그런 일은 드무오. 나는 용들이 함께
춤추러 오는 섬을 본 적이 있소. 거대한 날개를 접었다 폈다 하
면서 나선을 그리고 서쪽 바다 위로 까마득히 날아올랐지. 가을
철 휘몰아치는 가랑잎처럼 말이오."

그는 그때의 기억에 빠져 든 눈빛으로 벽에 그려진 검은 그
림들을 뚫어지게 응시했다. 그 벽과 흙과 암흑을 꿰뚫고 그는
해 지는 서녘으로 망망히 펼쳐진 난바다와 황금빛 바람을 타고
나는 황금빛 용들을 바라보고 있었다.

소녀는 냉혹하게 말했다.

"거짓말이야. 지어낸 얘기지."

그가 놀란 듯 쳐다보았다.

"무엇 때문에 거짓말을 하겠소, 아르하?"

"나에게 바보가 된 기분이 들게 하려고. 나 스스로 무지하게 느끼고 기세가 꺾이게 만들려고 그러는 거지. 그리고 네 자신은 현명하고 용감하고 힘세 보이게 하려는 거야. 용주니 뭐니 온통 그런 이야기들로! 넌 용들이 춤추는 것을 보았고 해브너의 탑들도 보았고 뭐든 모르는 게 없지. 난 아무것도 모르고 아무 데도 가 본 적이 없어. 하지만 네가 아는 건 전부 거짓이야! 넌 그저 도둑일 뿐이고 갇힌 몸이야. 게다가 네게는 영혼이 없고 이곳에서 절대로 떠날 수 없어, 다시는. 세상에 큰 바다며 용들이며 흰 탑이며, 그런 게 있다 해도 상관없어. 넌 다시는 그것들을 보지 못할 테니까. 햇빛조차 다시 보지 못할 거라고. 내가 아는 것은 암흑뿐, 땅 밑의 밤뿐이지. 그것만이 진정 존재하는 것이야. 결국에 가서 알아야 할 전부이고 말이야. 침묵과 어둠. 넌 모든 것을 알지, 마법사. 하지만 난 단 한 가지만을 알아. 유일한 진실을 알아!"

그는 머리를 숙였다. 구릿빛을 띤 길쭉한 양손은 차분히 무릎 위에 놓여 있었다. 아르하는 그의 뺨에 네 줄로 골진 흉터를 보았다. 그는 그녀보다 암흑 속에 더욱 깊이 들어가 보았다. 그는 죽음을 그녀보다 더 잘 알았다, 심지어 죽음조차도…….

증오심이 울컥 솟아올라 아르하는 한순간 목이 막혔다. 저자는 왜 저토록 저항 없이 저기 앉아 있는가, 그러면서도 왜 저리 강한가? 어째서 저자를 무너뜨릴 수가 없을까?

"그게 내가 널 살려 두는 이유야."

거의 뒷일을 생각지 않고 툭 내뱉은 말이었다.

"네가 요술쟁이의 재주를 부리는 것이 보고 싶어. 내게 보여 줄 만한 재주를 갖고 있는 한 넌 목숨을 부지할 것이다. 만약 아무것도 없다면, 만약 그게 몽땅 헛짓거리에 거짓말이라면 그땐 더 이상 볼일이 없어. 알아듣겠어?"

"알겠소."

"좋아. 어서 해 봐."

그는 잠깐 동안 두 손으로 머리를 감쌌다. 그러곤 자세를 고쳤다. 몸에 채워진 쇠띠 때문에 땅에 쭉 뻗고 드러눕지 않는 이상 어떻게 해도 불편했다.

마침내 그가 얼굴을 들더니 아주 심각하게 말했다.

"들어 봐요, 아르하. 나는 현자요. 당신네들은 요술쟁이라고 부르지요. 난 분명 기술과 힘을 가지고 있소, 그건 정말이오. 그리고 이곳 옛 힘들의 영역에서 나의 힘이 아주 보잘것없고 내 재주가 쓸모 없게 되었다는 것 역시 사실이지요. 지금 환영을 만들어 당신에게 온갖 신기한 것들을 보여 줄 수 있소. 그건 정말 별것 아닌 마법이거든요. 내가 어린애였을 때에도 환영을 빚어낼 수 있었소. 여기서도 그쯤은 할 수가 있다오. 하지만 당신이 그걸 실제라고 생각한다면 환영이 당신을 두렵게 만들지 몰라요. 그렇게 되면 두려움 때문에 화가 나서 나를 죽이고 싶어질지도 모르오. 또 믿지 않을 경우 환영은 당신 말대로 그저 거짓이자 헛짓거리에 불과할 텐데, 그렇다면 또 똑같이 목숨을 잃게 될 테죠. 지금 이 시점에서 나의 목표이자 소망은 목숨을 부지하는 거라오."

그 말은 아르하를 웃게 만들었다.

"아, 한동안은 목숨을 부지할 거야. 모르겠어? 어리석군! 좋아. 그 환영이란 걸 보여 줘. 난 그것들이 가짜라는 것을 아니까 겁먹지 않을 거야. 사실 진짜라 하더라도 겁나지 않아. 자, 어서 해 봐. 네 소중한 살가죽은 무사해, 아무튼 오늘 밤에는."

그러자 조금 전 아르하가 그랬듯이 그도 웃었다. 그들은 공처럼 그의 목숨을 주거니 받거니 하면서 놀고 있었다.

"뭘 보여 드리면 좋겠소?"

"뭘 보여 줄 수 있는데?"

"뭐든지."

"정말 허풍을 떠는군!"

그가 눈에 띄게 움찔했다.

"아니, 아니오……. 아무튼 허풍을 떨려고 한 건 아니었소."

"볼 만하다고 생각하는 걸 보여 줘 봐. 아무 거라도!"

그는 고개를 굽히고 한동안 자기 손을 쳐다보았다. 아무 일도 일어나지 않았다. 그녀의 등 안에 든 쇠기름 초가 꾸준히 흐릿하게 타올랐다. 사방 벽에 그려진 검은 그림들, 새의 날개를 가졌지만 날 수 없는 형상들이 우중충한 적색과 흰색으로 그려진 눈을 하고 두 사람의 머리 위로 돌연 커다랗게 부풀어 오르는 듯했다.

아무 소리도 없었다. 아르하는 한숨을 쉬었다. 실망스러웠고, 얼마쯤은 딱한 느낌이 들었다. 이자는 약했다. 말은 거창하지만 아무것도 못했다. 거짓말에 능란할 뿐 도둑질도 제대로 못하는 자였다.

"그럼……."

아르하가 마침내 입을 떼며 일어서려고 치맛자락을 끌어 모았다. 몸을 움직이는데 모직 천 끌리는 소리가 이상했다. 그녀는 자기 몸을 내려다보곤 놀라서 우뚝 서 버렸다.

몇 년이나 입어 온 무거운 검은 옷이 사라졌다. 그녀가 입고 있는 것은 저녁 하늘처럼 화사하고 보드라운 청록빛 비단옷이었다. 치맛자락은 허리에서부터 풍성하게 퍼져 나가 종 모양을 이루었고, 가느다란 은실과 자잘한 진주 알과 미세한 수정 조각들이 가득 수놓여 4월의 비처럼 부드럽게 반짝였다.

아르하는 말문이 막혀 마법사를 쳐다보았다.

"마음에 듭니까?"

"어디서……."

"전에 어떤 공주가 그런 옷을 입은 걸 본 일이 있소. 해브너의 새 궁전에서 열린 해돌이 잔치에서였지."

그는 기꺼운 낯으로 그녀를 바라보았다.

"볼 만한 것을 보여 달라고 했지요? 당신 자신을 보여 드리겠소."

"없애……, 없애 버려."

그가 항의하듯이 말했다.

"당신은 나에게 망토를 줬소. 내가 아무것도 드릴 수 없는 거요? 자, 걱정 마시오. 단지 환영일 뿐이니까. 보시오."

손가락 하나 쳐들지 않은 것 같았고 분명 말 한마디 하지 않았다. 그러나 화사한 푸른 비단은 사라지고 아르하는 원래대로 거친 검정 옷을 입고 서 있었다.

그녀는 한동안 가만히 서 있었다. 그러곤 마침내 말했다.

"딩신 모습이 지금 보이는 대로인지 아닌지 내가 어떻게 알지?"

"알 수 없죠. 나도 내가 당신에게 어떻게 보이는지 모른다오."

아르하는 그 문제에 골몰해 재차 말했다.

"당신이 속임수를 써서 내 눈에 마치……"

그녀는 말을 뚝 끊었다. 그가 손을 들어 위를 가리켰던 것이다. 그 손짓은 아주 미미했다. 아르하는 그가 주문을 건다고 생각해 재빨리 문 쪽으로 물러섰다. 하지만 그의 손짓을 따라 쳐

152

다보니 어둑한 아치 천장 높은 곳에 난 쌍둥이 신 사원 보물 창고의 엿보기 구멍이 눈에 띄었다.

엿보기 구멍에서 빛이 새어 들지는 않았다. 아르하는 아무것도 보지 못했고 머리 위에서 인기척을 듣지도 못했다. 하지만 그는 그곳을 가리키며 묻는 듯한 눈길을 보내오고 있었다.

두 사람 다 한동안 완벽하게 굳은 채 꼼짝하지 않았다.

"네 마법은 어린애들 눈이나 속이는 허튼짓일 뿐이야."

아르하가 또렷하게 말했다.

"속임수고 거짓이야. 이제 충분히 봤어. 넌 이름 없는 분들께 먹힐 것이다. 다시는 오지 않겠어."

그녀는 등불을 집어 들고 방을 나와 철커덩 소리가 나도록 쇠빗장을 질렀다. 그러곤 거기 문 밖에 우뚝 선 채 어찌할 바를 몰랐다. 어떻게 해야 한담?

코실이 얼마나 보고 들었을까? 무슨 얘기를 하고 있었더라? 기억할 수가 없었다. 도무지 애초에 수인을 상대로 하려던 말을 한 것 같지 않았다. 그자는 줄곧 용들이니 탑들, 이름 없는 존재에 이름을 주느니 목숨을 부지하고 싶다느니 망토를 깔개로 내줘서 고맙다느니 하는 말들로 그녀를 혼란하게 만들었다. 그자가 해야 했던 말은 전혀 하지 않았다. 그녀는 심지어 호신부에 대해서 질문한다는 것도 못하고 말았다. 그건 지금도 가슴팍에 숨겨 지니고 있는데.

코실이 엿듣고 있던 이상, 그 점은 잘된 일이었다.

어찌 됐든 무슨 상관인가. 코실이 무슨 해코지를 할 수 있겠는가? 스스로 그렇게 묻는 그 순간에도 그녀는 답을 알고 있었다. 새장에 갇힌 매를 죽이는 것처럼 쉬운 일은 없다. 그 사내는 돌로 된 새장 속에 꼼짝없이 사슬 채워져 있었다. 신왕의 무녀는 그저 오늘 밤 수하인 두비를 보내어 그의 목을 조르게 하면 된다. 아니면, 코실과 두비가 미궁을 이렇게 깊이까지는 알지 못할 경우, 엿보기 구멍을 통해 벽화실로 독 가루를 불어 넣기만 해도 된다. 코실은 흉한 것들로 채워진 상자며 병들을 갖고 있었다. 어떤 것은 음식이나 물에 타는 독이고 어떤 것은 공기를 물들여 그 공기를 오래 들이마신 자의 생명을 앗아 갔다. 아침이면 그는 죽어 있을 것이고 모든 게 끝나리라. 무덤 지하에 빛이 비치는 일은 두 번 다시 없을 것이다.

아르하는 지하 무덤에서 들어오는 입구를 향하여 좁은 돌길을 서둘러 빠져나갔다. 마난이 거기서 기다리고 있었다. 마난은 늙은 두꺼비처럼 참을성 있게 암흑 속에 쭈그리고 앉아 있었다. 그는 아르하가 수인을 찾는 걸 꺼림칙해했다. 아르하는 내내 마난을 달고 다닐 생각이 없었으므로 이렇게 타협을 본 것이다. 지금은 그가 그렇게 가까운 데 대기하고 있다는 게 기뻤다. 적어도 마난은 믿을 수가 있었다.

"마난, 잘 들어. 지금 당장 벽화실로 가는 거야. 그자에게 무덤 지하에다 산 채로 파묻으러 왔다고 말해."

마난의 조그만 눈이 반짝 희색을 띠었다.

"커다랗게 말해. 사슬을 풀어서 그자를 데리고……."

그녀는 말을 멈췄다. 수인을 숨길 가장 좋은 장소가 어디인지 미처 마음을 정하지 못했던 것이다.

"지하 무덤으로 갑지요."

마난이 열띠게 말했다.

"아냐, 바보. 그렇게 말하라고 했지 그대로 하라고는 하지 않았어. 기다려 봐……."

코실과 그녀의 첩자들로부터 안전한 곳이 어디일까? 땅 밑 가장 깊숙한 곳들뿐이다. 이름 없는 존재들의 왕국 가운데에서도 가장 신성하고 비밀스러운 장소라야 감히 오지 못하겠지. 하지만 코실이 감히 못한다는 일이 있을까? 암흑의 성소들을 두려워하기는 하겠지만, 코실은 목적을 달성하기 위해서라면 공포를 눌러 버릴 수 있는 사람이었다. 미궁의 길들에 대해 그녀가 사르나 전생의 아르하에게서 실제로 얼마나 많은 것을 배웠는지는 알 수 없었다. 어쩌면 그에 보태어 지난 세월 동안 남몰래 스스로 탐색을 했을지도 몰랐다. 아르하는 코실이 겉으로 보기보다 더 알지 않을까 의심했다. 하지만 코실이 절대로 알 리 없는 길이 하나 있었다, 가장 엄중하게 지켜진 비밀의 길이.

"그자를 내가 이끄는 곳으로 데려가야 해, 반드시 어둠 속에 가야 하는 길이야. 그 다음엔 내가 다시 이리로 데려다 줄 테니까 지하 무덤에 묘를 하나 파. 그리고 거기 넣을 관을 만들어. 빈 관을 구덩이에 넣고 도로 흙을 채우는 거야. 염탐하는 자가 판 자국을 만져서 알아볼 수 있게 말이야. 깊게 파야 해. 알아듣겠어?"

마난이 틀어져서 안달했다.

"안 됩니다. 꼬마 아씨님, 이런 속임수는 현명치 못한 짓이에요. 좋지 않아요. 여기에 사내가 있으면 안 된다고요! 벌이 내릴 거예요……."

"늙다리 바보가 혓바닥을 잘리겠지, 암! 감히 나한테 현명한 게 어떻다고? 난 암흑의 힘들의 명령을 따라. 내 말 들어!"

"잘못했습니다, 꼬마 여주인님. 잘못했어요……."

그들은 벽화실로 돌아갔다. 마난이 들어가 벽에 박힌 물림고리에서 사슬을 벗겨 내는 동안 아르하는 굴길에 남아 기다렸다. 깊숙한 음성이 묻는 소리가 들렸다.

"이제 어디로 가지, 마난?"

높고 목쉰 음성이 부루퉁하게 대답했다.

"우리 여주인님께서 말씀하셨다. 넌 무덤돌들 아래에 산 채로 파묻힐 거야. 일어서!"

묵직한 쇠사슬이 회초리처럼 홱 켕기는 소리가 들렸다.

수인이 나왔다. 마난의 가죽띠에 두 팔을 묶인 채였다. 뒤따라 나오는 마난은 수인을 짧은 목줄을 맨 개처럼 몰고 있었다.
가죽끈 대신 쇠사슬이 목 아닌 허리에 둘려 있다는 점만 달랐
다. 수인의 시선이 아르하를 향했다. 하지만 그녀는 촛불을 불
어 꺼 버리곤 한마디 말도 없이 어둠 속으로 발걸음을 내딛었
다. 그녀는 금세 미궁에서 불을 쓰지 않고 걸을 때의 느리고 일
정한 걸음걸이를 찾았다. 손끝을 양쪽 벽에서 떼는 일 없이 아
주 가볍게 스치며 걷는 것이다. 마난과 수인은 뒤에서 따라왔
다. 두 사람은 그 개줄 때문에 부대끼고 밀려 비틀거리느라 걸
음이 훨씬 서툴렀다.

벽화실에서 왼쪽으로 돌고 입구 둘을 지난다. 네 갈래 길에서
오른쪽으로 가고 오른쪽에 난 입구를 지나친다. 그러면 길고 굽
은 길이 나온 다음, 미끄러운 데다 사람이 발 딛기에는 지나치
게 좁은 아래로 내려가는 긴 층계가 있다. 그 층계 너머로는 한
번도 가 본 일이 없었다.

이곳은 공기가 더 나빴다. 단단히 밀폐된 공기에서 독한 냄새
가 났다. 찾아가야 할 방향은 아르하의 마음속에 또렷했다. 심
지어 그것을 얘기해 주던 사르의 어조마저도 생생했다. 층계를
내려간다.(뒤에선 칠흑같은 어둠 속에서 수인이 허방을 짚었다. 마
난이 그를 제대로 세우려고 사슬을 확 당기는 바람에 그가 컥 하고
숨을 집어삼키는 소리가 들렸다.) 다 내려오면 바로 왼쪽으로 꺾
는다. 계속 왼쪽으로 가며 세 개의 입구를 지나치고, 그 다음에

처음으로 오른쪽으로 꺾어서 계속 오른쪽으로 간다. 굴길은 구부러지고 꺾여 있었다. 곧바르게 뻗어 있는 길이라곤 없었다.

'그런 다음 구렁텅이 가장자리를 빙 둘러 가셔야 합니다. 그 길은 아주 좁아요.'

가슴속의 어둠 가운데 사르의 목소리가 들렸다.

아르하는 걸음을 늦추고 몸을 앞으로 굽혀서 한 손으로 앞쪽 바닥을 더듬으며 나아갔다. 복도는 이제 한참이나 곧게 이어지고 있었다. 그 길을 헤매는 이에게 그릇된 확신을 주려는 것이다. 계속해서 앞의 바위를 스치며 더듬어 가던 손길에 갑자기 아무것도 만져지지 않았다. 거기에 바위 가장자리가 있고 그 너머는 텅 빈 허공이었다. 복도의 오른쪽 벽은 그대로 무시무시한 구렁텅이로 빠져 들었다. 왼쪽에 바위 선반이나 길턱이라고 부를 만한 것이 있었는데 폭이 겨우 한 뼘이나 될까 말까 했다.

"구덩이가 있어. 왼쪽 벽을 보고 붙어. 옆걸음질을 치는 거야. 발을 미끄러뜨리면서 이동해. 사슬을 잘 잡아, 마난……. 턱에 올라왔어? 점점 더 좁아져. 발뒤꿈치에 무게를 실으면 안 돼. 됐어, 나는 건너왔어. 손을 뻗어 봐. 그래……."

그곳에서 굴길은 짤막한 갈지자를 그리며 중간중간 옆으로 잔뜩 가지를 쳤다. 그중 어떤 입구들에서는 그들의 발소리가 텅 빈 공간에서처럼 괴상하게 메아리쳤다. 더욱 괴상하게도 안으로 빨려 드는 아주 희미한 공기의 움직임이 느껴지기도 했다.

그 길들은 필경 그들이 지나온 것 같은 구렁텅이로 끝날 것이다. 어쩌면 미궁의 이 깊디깊은 곳 밑으로는 심연이 자리 잡고 있을지 몰랐다. 너무나도 깊고 너무나도 광대해 지하 무덤의 대공동마저 그에 대면 작아 보일, 거대한 암흑을 품은 텅 빈 공동이 있을지도 몰랐다.

그러나 그 깊은 나락 위 그들이 가고 있는 캄캄한 굴길은 갈수록 조금씩 좁아지고 낮아져 끝내는 아르하마저도 허리를 굽혀야 했다. 이 길엔 끝이 없나?

갑자기 길이 끝났다. 닫힌 문이 있었다. 몸을 구부린 채 여느때보다 좀 더 속도를 내어 돌진했던 아르하는 문에 손과 머리를 갖다 박았다. 그녀는 열쇠 구멍을 더듬어 찾은 뒤 허리띠의 고리에서 작은 열쇠를 찾았다. 한번도 써 보지 않은, 손잡이가 용모양인 은 열쇠였다. 열쇠는 들어맞았고 제대로 돌아갔다.

아투안 무덤의 대보고를 열어젖히자, 매캐하니 메마른 케케묵은 공기가 암흑 속에 한숨처럼 밀려 나왔다.

"마난, 넌 들어오지 마. 문 밖에서 기다려."

"이자는 되고 전 안 된다고요?"

"이 방에 들어오면 두 번 다시 떠날 수 없어. 그건 나를 제외한 모든 자에게 해당하는 규칙이야. 나 외에는 목숨이 있는 그어떤 것도 살아서 이 방을 떠난 일이 없어. 들어갈 테야?"

"밖에서 기다립지요. 여주인님, 여주인님, 문을 닫지 마세요……."

새카만 어둠 속에서 구슬픈 목소리가 말했다.

마난이 걱정하는 소리에 마음이 불안해져서 아르하는 문을 약간 열린 채로 두었다. 그 장소는 실로 그녀의 마음을 둔중한 외경심으로 채웠고, 또 꼼짝없이 두 팔이 묶여 있더라도 수인에 대하여 조금은 미덥지 못한 마음이 있었던 것이다. 일단 안에 들어오자 아르하는 불을 켰다. 손이 떨렸다. 가까스로 등 속의 초에 불이 붙었다. 공기가 죽은 듯 밀폐되어 있었다. 기나긴 밤의 길을 지나온 후라 환하게 느껴지는 팔락이는 노란 불빛 속에 무덤의 보고는 움직이는 그림자들로 가득 차 두 사람 주위로 부풀어 올랐다.

커다란 궤짝이 여섯 개 있었다. 모두 돌로 만들어진 것이었고, 빵에 핀 곰팡이처럼 고운 회색 먼지가 위에 두껍게 더께져 있었다. 그게 나았다. 벽은 거칠었고 천장은 나지막했다. 추웠다. 심장의 피마저 멈출 듯 깊고 꽉 막힌 추위가 점령하고 있었다. 이곳에는 거미줄도 없이 먼지뿐이었다. 이 장소엔 그 무엇도 살지 않았다. 그 무엇도, 심지어 미궁에 살고 있는 조그만 희귀종 흰거미조차도 없었다. 두껍디두껍게 쌓인 먼지는 그 한 톨 한 톨이 시간도 빛도 없이 지나간 이곳의 하루하루일지도 몰랐다. 날과 달, 해, 시대, 모든 것이 먼지로 화해 있다.

"여기가 당신이 찾던 곳이야."

아르하의 음성은 착 가라앉아 있었다.

"바로 무덤의 대보고지. 당신은 여기에 왔어. 두 번 다시 떠날 수 없어."

그는 아무 말도 하지 않았고 안색도 차분했다. 하지만 그 눈 속에 비친 무엇이 아르하를 움직였다. 배신당한 사람의 쓸쓸한 표정이었다.

"목숨을 부지하고 싶다고 말했잖아. 내가 아는 한 이곳이 당 신이 살아 있을 수 있는 단 한 곳이야. 코실은 당신을 죽이든가 나로 하여금 죽이게 만들 거야, 새매. 하지만 여기에는 그녀의 손이 닿지 못해."

그는 여전히 말이 없었다.

"어차피 당신은 무덤을 떠날 수 없었어, 무슨 일이 있어도. 모 르겠어? 달라진 건 없어. 이제 적어도 여기에……, 당신 여행의 목적지에 왔잖아. 당신이 찾던 것은 여기에 있어."

그는 커다란 궤짝 하나에 걸터앉았다. 맥 빠진 모습이었다. 꼬리처럼 늘어진 쇠사슬이 돌에 부딪혀 거칠게 쩔렁거렸다. 그 는 회색 벽과 거기에 비친 그림자들을 둘러보곤 그녀를 바라보 았다.

아르하는 돌궤짝에 앉아 있는 그에게서 눈길을 피했다. 그것 들을 열어 보고 싶은 생각은 전혀 들지 않았다. 어떤 굉장한 보 물이 그 속에서 썩고 있든 관심도 없었다.

"여기서는 쇠사슬을 차고 있지 않아도 돼."

아르하는 그에게 다가가 쇠띠를 풀어 주고 팔을 묶은 마난의 가죽띠를 끌러 주었다.

"문은 잠가야 해. 하지만 내가 찾아올 때는 당신을 믿을 거야. 이곳을 떠날 수 없다는 걸, 도망치려고 해선 안 된다는 걸 알겠지? 나는 그들의 복수이고 그들의 뜻을 실천해. 하지만 만약 내가 그들을 실망시킨다면, 당신이 내 신뢰를 저버린다면, 그땐 그들이 직접 복수할 거야. 내가 찾아왔을 때 나를 해친다든가 속여서 이 방을 떠나려고 시도해선 안 돼. 나를 믿어야 해."

"당신 말대로 하겠소."

그가 부드럽게 말했다.

"가능한 대로 음식을 가져올게. 많지는 못할 거야. 물은 충분히 가져오겠지만 음식은 당분간 많이 못 가져와. 점점 배가 고파져서……, 이해하겠이? 하지만 목숨을 부지할 만큼은 될 거야. 하루나 이틀쯤은 못 올지도 몰라, 어쩌면 그보다 더 길어질 수도 있고. 코실을 따돌려야 하거든. 하지만 오긴 꼭 올 거야. 약속하겠어. 여기 물병 받아, 아껴 마셔요. 금방 다시 오진 못할 테니까. 하지만 꼭 돌아오겠어."

그는 얼굴을 들어 그녀를 보았다. 이상한 표정이었다.

"조심해요, 테나."

그가 말했다.

이름들

　그녀는 암흑 속에 굽이굽은 길로 마난을 데리고 나와서 구덩이를 파게끔 캄캄한 지하 무덤에 남겨 놓았다. 코실에게 정말로 도둑이 처형되었다는 증거가 돼 주려면 그곳에 무덤이 있어야 했다. 늦은 시간이었기에 그녀는 곧장 소관으로 가서 잠들었다. 한밤중에 그녀는 벌떡 일어났다. 망토를 벽화실에 남겨 두었다는 사실이 생각난 것이다. 눅눅한 지하 감옥 속에서 그가 몸을 따뜻하게 할 것이라곤 입고 있는 짤막한 외투뿐이다. 더러운 돌바닥 위에 깔 것도 없이……. 차가운 무덤, 차가운 무덤, 그녀는 안타깝게 되뇌었다. 하지만 너무도 지쳐 있어 완전히 정신을 차리진 못했고 곧 다시 잠 속으로 빠져 들었다.

꿈을 꾸기 시작했다. 벽화실 벽에 깃들인 죽은 자들의 혼을 꿈꾸었다. 인간의 손발과 인간의 얼굴을 가진, 깃털이 흐트러진 거대한 새를 닮은 형상들이 암흑 성소의 먼지 속에 웅크리고 앉아 있었다. 그들은 날 수가 없었다. 진흙이 그들의 음식이고 먼지가 그들의 음료였다. 그들은 환생할 수 없는 자들, 곧 아주 오랜 옛날의 사람들과 불신자들의 혼령이었다. 이름 없는 존재들이 모조리 먹어 치운 자들이다. 혼령들은 그녀를 빙 둘러싸고 그림자 속에 웅크려 앉아 있었고, 드문드문 희미하게 끽끽거리고 삐익거리는 소리를 냈다. 그중 하나가 아주 가까이 다가왔다. 그녀는 퍼뜩 겁을 집어먹고 물러서려고 했지만, 움직일 수가 없었다. 그것은 사람의 얼굴이 아니라 새의 얼굴을 하고 있었다. 그러나 그 머리카락은 황금빛이었고, 인간 여자의 목소리로 부드럽고 다정하게 말했다. '테나, 테나.'

그녀는 깨어났다. 입 안에 진흙이 꽉 틀어막혀 있었다. 그녀는 땅 밑 돌무덤 속에 누워 있었다. 팔다리가 수의로 동여져 움직일 수도 말할 수도 없었다.

절망감이 너무나도 거세게 솟아올라 가슴을 터뜨리며 불새처럼 돌을 산산조각 내고 대낮의 빛 속으로 날아올랐다…… 대낮의 빛. 창문 없는 방 안으로 낮의 빛이 희미하게 비쳐 들고 있었다.

이번에는 정말로 잠에서 깨어나서, 그녀는 자리에 일어나 앉았다. 한밤의 꿈에 시달려 노곤한 채 마음이 가라앉지 않았다. 그녀는 옷을 갖춰 입고 담으로 둘러싸인 소관 뜨락의 저수조로 나갔다. 팔을, 얼굴을, 머리 전체를 얼음처럼 찬 물에 첨벙 담그 자 너무나도 차서 몸이 펄쩍 뛰고 피가 온몸을 마구 달렸다. 그 런 뒤 그녀는 물이 뚝뚝 떨어지는 머리카락을 뒤로 넘기며 똑바 로 서서 머리 위의 아침 하늘을 우러러보았다.

해 뜬 지 오래 지나지는 않은 쾌청한 겨울날이었다. 말갛게 갠 하늘은 노르스름했다. 저 높이 선회하고 있는 새 한 마리가 보였다. 너무나 높아 햇빛에 금조각처럼 타오르는 그 모습은 매 가 아니면 사막 독수리일 터였다.

"나는 테나야."

그녀는 말했다. 큰 소리는 아니었다. 그러나 말하고 나자 그 녀는 햇빛에 씻긴 광활한 하늘 아래 냉기와 두려움과 놀라운 흥 분에 휩싸여 부르르 떨었다.

"내 이름을 도로 찾았어. 나는 테나야!"

금조각처럼 반짝이던 새는 서쪽 산지로 방향을 틀어 시야에 서 사라졌다. 소관 처마에 아침놀이 비꼈다. 저 아래 양 우리에 서 양방울이 떨그렁거렸다. 부엌 굴뚝에서 피어오른 땔나무 연 기 냄새와 메밀로 쑨 죽 냄새가 맑고 신선한 바람에 실려 날아 왔다.

"진짜 배고픈데……. 그가 어떻게 알았을까? 어떻게 내 이름을 알았담……? 아, 밥을 먹어야겠어. 지독히 배고프네."

그녀는 두건을 끌어올리곤 아침밥을 먹으러 달려 내려갔다.

✳

사흘간 굶다시피 한 후 먹은 음식은 속을 든든히 채우며 안
정감을 주었다. 이제 그렇게 안절부절못한 채 마음이 들뜨거나
겁에 질리지 않았다. 아침을 먹은 후 그녀는 얼마든지 코실을
상대할 수 있다는 자신감을 가졌다.

대관 식당을 나가는 길에 그녀는 그 크고 딱바라진 인물 곁
에 다가가 낮은 목소리로 말을 건넸다.

"그 도직놈은 처리해 버렸어……. 정말 좋은 날이군!"

차디찬 잿빛 눈이 검은 두건 속에서 힐긋 그녀를 보았다.

"인신 공양 후엔 시흘 동안 식사를 끊으셔야 하는 줄로 알고
있는데요?"

사실이었다. 아르하는 잊고 있었고, 잊고 있었다는 것이 얼굴
에 드러나 버렸다.

"그잔 아직 안 죽었어."

그녀는 마침내 그렇게 말했다. 조금 전에는 그렇게 쉽게 나왔
던 아무렇지 않은 투를 힘겹게 꾸며 보여야 했다.

"산 채로 파묻었거든. 무덤돌 아래, 관에 넣어서. 공기가 조금

은 통할 거야, 나무 관이라 완전히 밀폐되어 있지는 않으니까. 아주 느릿느릿 죽어 갈 거야. 그자가 죽었다는 걸 알게 되면 그 때부터 금식하겠어."

"그걸 어떻게 알지요?"

당황해서 허둥거리느라 그녀는 또다시 머뭇거렸다.

"알 수 있어. 어……, 나의 주인님들이 알려 주실 거야."

"알겠습니다. 어디에 묻으셨나요?"

"지하 무덤에. 마난더러 매끈한 돌 아래에 구덩이를 파라고 했어."

그렇게 빨리, 그렇게 바보같이 변명조로 말해선 안 되었다. 코실 앞에서 위엄을 지켜야 했는데.

"산 채로, 나무 관에 넣어서 말이죠. 요술쟁이를 그렇게 다루는 건 위험합니다, 대무녀님. 술수를 부리지 못하게 입을 확실히 막으셨나요? 손은 묶었고요? 그자들은 혀가 잘려 나간 뒤에도 손가락을 움직여서 주문을 걸 수 있답니다."

"그자의 요술이란 건 아무것도 아냐. 단순한 속임수야."

소녀는 언성을 높였다.

"그잔 매장됐고 나의 주인들께서 그의 혼을 기다리신다. 뒷일은 당신이 상관할 바가 아니야, 무녀!"

이번에는 지나쳤다. 다른 이들이 들을 수 있었다. 펜드를 비롯하여 다른 소녀들 두엇에다 두비와 무녀 멥베스까지 모두 말

소리가 들릴 만한 거리에 있었다. 소녀들은 귀를 바짝 세우고 있었고 코실은 그것을 의식했다.

"이곳에서 일어나는 일들은 모두 내 관할이에요, 대무녀님. 신왕의 영도에서 일어나는 일들은 모두 다 죽지 않는 인간이신 그분의 관할이며, 나는 그분의 수하입니다. 지하의 성소들이나 사람의 마음속까지도 신왕께서는 샅샅이 꿰뚫어 보시지요. 그분이 들어가지 못하도록 막을 자는 없어요!"

"내가 있어. 이름 없는 분들이 금지하신다면 그 누구도 무덤 속엔 못 들어가. 그분들은 당신의 신왕보다 먼저 계셨고 신왕이 없어진 후에도 존재하실 것이다. 그분들에 대해 고운 말을 써라, 무녀. 그분들의 복수를 불러들이지 마라. 그분들은 당신 꿈속에 파고들 것이고, 당신 마음속의 어두운 곳들로 들어가 당신을 미쳐 버리게 만드실 것이다."

소녀의 눈은 이글거렸다. 코실은 머리를 젖혔다. 그녀의 얼굴이 검은 고깔두건 그늘에 가렸다. 펜드와 다른 사람들은 겁에 질린 동시에 흥미진진해서 구경하고 있었다.

"그들은 묵어 빠졌어."

코실의 목소리가 말했다. 큰 소리는 아니었다. 검은 두건 속 깊숙이에서 속삭임이 실처럼 뽑혀 나왔다.

"묵어 빠진 것들이야. 그들의 숭배는 잊혀졌지, 여기 한 군데만 빼놓고. 그들의 힘은 사라지고 없어. 그들은 그저 그림자일 뿐이야. 더 이상 아무 힘도 없다고. 날 겁주려고 하지 마라, 멍힌 것아. 넌 최초의 무녀지. 그건 곧 네가 마지막이란 뜻이 아니 냐……? 날 속일 순 없어. 난 네 속내를 환히 들여다보고 있거 든. 어둠은 내 눈을 가리지 못해. 조심해, 아르하!"

코실은 돌아서서 걸어갔다. 육중하고 확고한 예의 걸음걸이 였다. 잎에 서리꽃을 얹은 잡초들이 끈신 신은 무거운 발 아래 바스라졌다. 코실은 흰 기둥이 있는 신왕 사원을 향해 갔다.

호리호리한 몸에 검은 옷을 걸친 소녀는 대관 앞뜰에, 땅에 얼어붙은 듯 서 있었다. 아무도 아무것도 움직이지 않았다. 뜨 락과 사원, 언덕과 황무지와 산지의 너른 풍경 속에 오로지 코 실만이 움직이고 있었다.

"어둠의 존재들께서 네 영혼을 먹어 치우시리라, 코실!"

아르하는 매의 울부짖음 같은 고함을 지르며 손을 쫙 뻗치고 두 팔을 쳐들어 막 자기 사원 계단에 올라서려는 무녀 의 육중한 등에 저주를 퍼부었다. 코실은 주춤했지만 멈추거나 돌아서지 않았다. 그녀는 그대로 신왕의 문 안으로 들어갔다.

＊

아르하는 빈 옥좌 앞 맨 아래 계단에 앉아 그날을 보냈다. 미 궁에 들어갈 엄두는 나지 않았다. 다른 무녀들과 어울릴 마음도 없었다. 무거운 심정이 가슴을 채워 그녀로 하여금 몇 시간이고 거대한 회랑의 냉랭한 어스름 속에 머물러 있게 만들었다. 그녀는 쌍쌍이 줄지어 나가 회랑 저 끝의 그늘로 묻혀 드는 굵고 희끄무레한 기둥들을 물끄러미 바라보고, 지붕에 난 구멍들로 비껴드는 낮의 빛과 옥좌 가까운 곳 청동 삼각대 위에 타는 탄불에서 뭉게뭉게 오르는 짙은 연기를 응시했다. 그리고 대리석 계단 위에 있던 자그만 생쥐 뼈들로 이런저런 모양을 만들었다. 머리는 숙인 채였지만 머릿속은 뭔가에 취한 것처럼 정신없이 돌아갔다. 나는 누굴까? 그녀는 자기 자신에게 물어보았으나 대답을 얻지 못했다.

마난이 축 처진 걸음걸이로 겹 진 기둥 사이 통로를 걸어왔다. 천장에서 비껴들어 회랑의 어둠을 가르던 빛은 한참 진에 사라지고 추위가 만만치 않게 죄어 들 무렵이었다. 마난의 둔한 낯은 몹시도 슬퍼 보였다. 그는 약긴 거리를 두고 멈춰 섰다. 키다란 두 손이 힘없이 늘어져 있었다. 색 바랜 망토의 너덜너덜해진 끝단은 발치에 닿을락 말락했다.

"작은 여주인님."

"무슨 일이지, 마난?"

아르하는 무딘 애정을 담은 눈길로 그를 보았다.

"꼬마 아씨님, 말씀하신 대로 하게 해 주십쇼…… 말씀하셨던 대로 되게요. 그잔 죽어야 해요, 꼬마 아가씨. 그자가 요술로 아가씨를 홀렸어요. 코실이 앙갚음을 할 겁니다요. 그 여잔 나이를 먹었고 잔인하지요, 한데 아가씬 너무 어려요. 맞설 만한 힘이 없어요."

"그녀는 날 해칠 수 없어."

"그 여자가 당신을 죽이더라도, 사람들이 다 보는 앞에서 드러내놓고 그러더라도 온 제국에 감히 그녀를 처벌할 수 있는 사람은 아무도 없어요. 그 여잔 신왕의 최고 무녀이고 신왕이 모든 걸 지배하고 있으니 말씀입니다. 하지만 그 여자가 내놓고 아가씰 죽이진 않을 겁니다. 밤중에 슬그머니 독을 써서 저지를 겁니다요."

"그럼 난 다시 태어날 거야."

마난이 양손을 맞잡고 비틀어 댔다. 그러곤 숨죽여 소곤댔다.

"어쩌면 그 여자가 아가씨를 안 죽일지도 모르지요."

"무슨 말이야?"

"가둬 버릴지도 모르지요……, 저 밑의 어떤 방에다가…….
아가씨가 그자를 가둔 것처럼요. 그러면 아가씨는 필경 몇 년이고 몇 년이고 살아 있게 될 겁니다. 몇 년이고……. 그러면 새로운 대무녀가 태어나지 않을 테죠, 아가씨가 죽지 않았으니까요. 하지만 무덤의 무녀는 없어져 버리고 그믐 때의 춤은 추어지지 않고 희생 제물도 생혈 공양도 폐지되어 어둠의 존재들께 바치는 예배가 영영 잊혀지고 말 수도 있다고요. 그 여자나 신왕은 그렇게 되길 바랄걸요."

"내 주인님들이 나를 해방시켜 주실 거야, 마난."

"아가씨가 그분들의 진노를 사고 있는 이상엔 그러지 않을 겁니다요, 꼬마 여주인님."

"진노를 사?"

"그자 때문에요……. 신성 모독에 대한 죗값이 치러지지 않았지요. 아, 꼬마 아가씨, 우리 꼬마 아가씨! 그분들은 용서하는 법이 없어요!"

아르하는 맨 아래 계단의 먼지 속에 앉은 채 머리를 수그렸다. 그녀는 손바닥에 쥐고 있던 작은 물건을 바라보았다. 조그만 생쥐 머리뼈였다. 옥좌 위 들보에 앉아 있던 올빼미들이 조금 술렁였다. 날이 밤을 향해 점점 어두워 가고 있었다.

"오늘 밤엔 미궁에 내려가지 마십쇼."

마난이 아주 조그맣게 말했다.

"집에 가서 주무세요. 아침에 코실에게 가서 저주를 거두었다고 말씀하시고요. 그러면 다 된 겁니다요. 걱정하실 필요 없어요. 제가 그 여자한테 증거를 보여 줍지요."

"증거?"

"그 요술쟁이가 죽었다는 증거요."

아르하는 그린 듯이 앉아 있었다. 천천히 주먹을 쥐자 연약한

172

해골이 바작 하고 바스라졌다. 다시 손을 펴자 가늘게 부서진
뼈 조각과 먼지뿐이었다.

"안 돼."

아르하는 손바닥에서 먼지를 털어냈다.

"그잔 죽어야 해요. 아가씨에게 주문을 건 거라고요. 아가씬
제정신이 아니에요, 아르하!"

"주문 같은 건 걸지 않았어. 넌 늙은 겁쟁이야, 마난. 늙은 여
자한테 겁을 먹었어. 무슨 수로 그를 찾아가서 죽이고 그 증거
란 걸 가져올 참이지? 대보고로 가는 길을 확실히 알기나 해?
어젯밤 어둠 속에서 쫓아왔을 뿐이잖아. 모퉁이 수를 세고 계단
을 오를 수 있겠어? 구렁텅이랑 문은 어쩔 거지? 그 문을 열 수
있어……? 아, 딱한 마난 할아범, 머리가 온통 굳어 버린 모양이
지. 그 여자가 할아범을 겁먹인 거야. 이제 소관으로 내려가서
자도록 해. 이런 얘기들은 다 잊고서 말이야. 죽느니 어쩌느니
하는 얘기로 끊임없이 내 염려를 하면서 보채지 마……. 난 좀
있다 갈게. 자, 가. 응, 늙은 바보, 늙은 멍청이야."

그녀는 일어서서 마난을 다독이고 그의 넓은 가슴을 부드럽
게 떠밀어 보냈다.

"잘 자, 잘 자!"

불안해하고 못 내켜 하며 돌아서긴 했지만 마난은 그녀의 말
을 따랐다. 그는 무거운 발걸음으로 허물어져 가는 지붕과 기둥

들 아래 긴 회랑을 터벅터벅 걸어 나갔다. 아르하는 그가 가는
것을 지켜보았다.

마난이 가고 나서 얼마 후 그녀는 돌아섰다. 그리고 옥좌가
놓인 좌대를 빙 돌아 뒤편 어둠 속으로 모습을 감추었다.

에레삭베의 고리

아투안 무덤의 대보고 안에서는 시간이 흐르지 않았다. 빛 없고 생명 없고 먼지 속에 꿈틀거리는 거미 한 마리 없으며 차가운 흙 속 벌레의 미약한 움직임조차도 없었다. 바위. 그리고 암흑. 시간은 흐르지 않았다.

커다란 궤짝의 돌뚜껑 위에 등을 쭉 펴고 누운 내지 출신 도둑은 무덤에 놓인 조각상처럼 보였다. 그가 움직였을 때 날아올랐던 먼지는 이제 그의 옷 위에 내려앉았다. 그는 움직이지 않았다.

자물쇠가 덜그럭거리고 문이 열렸다. 빛이 꽉 막힌 암흑을 부수고 좀 더 신선한 한 줄기 바람이 죽은 공기를 일깨웠다. 그래

175

도 사내는 눌어붙은 듯 누워 있었다.

아르하는 문을 닫고 안에서 잠근 뒤, 궤짝 하나에 등불을 올려놓고 천천히 그 움직이지 않는 형체 쪽으로 다가갔다. 그녀는 눈을 커다랗게 뜬 채 겁먹은 사람처럼 움직였다. 그 눈은 한참 동안 암흑 속을 지나오느라 동공이 크게 열린 채였다.

"새매!"

그녀는 어깨를 건드리며 그의 이름을 다시 부르고, 이어 또 한 번 불렀다.

그는 그제야 몸을 꿈틀거리더니 신음했다. 그러곤 마침내 일어나 앉았다. 얼굴이 해쓱하고 눈은 텅 비어 있었다. 그녀를 보고도 누군지 알아보지 못하는 것 같았다.

"나예요, 아르하……, 데나. 물을 가져왔어. 여기, 마셔요."

손이 감각을 잃어버리기라도 한 것처럼 더듬거리며 그는 병을 받아 들고 물을 마셨다. 그러나 흠뻑 마시지는 않았다.

"얼마나 되었지요?"

그는 말하는 것도 힘들어 보였다.

"당신이 이 방에 온 지 이틀이 지났어. 지금은 사흘째 밤이에요. 더 일찍 올 수가 없었어요. 음식을 훔쳐야 했거든, 그리고……. 여기 있어요."

그녀가 가지고 온 가방에서 납작한 회색 빵 한 개를 꺼냈지만 새매는 고개를 저었다.

"배고프지 않아요. 이곳……, 이곳은 죽음의 장소요."

그는 그렇게 말하며 머리를 손 안에 묻더니 꼼짝 않고 앉아 있었다.

"추워요? 벽화실에서 망토를 가지고 왔는데."

대답이 없었다.

그녀는 망토를 내려놓고 서서 그를 바라보았다. 그녀의 몸은 조금씩 떨렸고 눈동자는 여전히 암흑에 젖어 커다랬다.

그리고 돌연 무릎으로 풀썩 무너져 내린 그녀는 땅에 엎어져 울기 시작했다. 뿌리 깊은 흐느낌이 그녀의 몸을 비틀었다. 그러나 눈물은 나지 않았다.

그가 뻣뻣한 동작으로 궤짝에서 내려와 몸을 굽혔다.

"테나……."

"난 테나가 아니야, 아르하도 아니야. 신들은 죽었어, 신들은 죽었다고."

그는 그녀의 두건을 뒤로 제치곤 머리에 손을 얹었다. 그러면서 말하기 시작했다. 그의 음성은 부드러웠고 그 언어는 그녀가 들어 본 적 없는 것이었다. 그 음향이 내리는 비처럼 심장에 스며 왔다. 그녀는 차츰 진정하고 귀를 기울였다.

그녀가 조용해지자 그는 어린애를 다루듯 그녀를 끌어올려 자기가 누웠던 커다란 궤짝 위에 앉혔다. 그러곤 자기 손을 그녀의 두 손 위로 겹쳤다.

"왜 울었지요, 테나?"

"말할게요. 말해도 아무 상관없으니까. 당신은 아무것도 할
수 없어, 도울 수 없어. 당신도 죽어 가는 중이지, 안 그래요? 그
러니 무슨 상관이겠어? 아무래도 괜찮아요. 신왕의 무녀 코실은
언제나 잔인한 여자였어요. 그 여잔 계속 내가 당신을 죽이게
만들려고 했죠. 다른 사람들을 죽였던 것처럼요. 하지만 난 싫
어요. 코실한테 무슨 권리가 있어서? 게다가 그 여잔 이름 없는
분들을 깔보고 모욕했어요. 그래서 내가 그녀를 저주했지요. 그
후로 난 그녀가 두려워요. 왜냐하면 마난의 말이 맞으니까. 그
녀는 신들을 믿지 않아요. 그들이 잊혀지길 원하죠. 그 여잔 내
가 잠든 사이에 날 죽일 거예요. 그래서 난 자지 않았어요. 난
소관으로 돌아가시 않고 어젯밤 내내 옥좌관에 있었어요. 무도
복이 있는 다락방에 있었죠. 날이 밝기 전에 대관으로 내려가
부엌에서 음식을 훔치고, 그 다음엔 옥좌관으로 돌아가서 하루
종일 거기 있었어요. 어떻게 해야 할지 생각해 내려고 애를 쓰
면서요. 그리고 오늘 밤……, 오늘 밤 난 너무 피곤해서 신성한
장소를 찾아간다면 잠을 잘 수 있을 거라고 생각했어요. 코실이
라도 성소에 오는 건 아마 꺼릴 테니까. 그래서 지하 무덤으로
내려왔어요. 당신을 처음 본 그 거대한 공동 말예요. 그런
데……, 그런데 거기 그녀가 있었어요. 붉은 바위 문으로 내려
왔겠죠. 그 여잔 그곳에 등불을 가지고 왔어요. 그러곤 시체가

들었나 보려고 마난이 팠던 구덩이를 파뒤집고 있는 거예요. 묘지의 쥐처럼, 커다랗게 살찐 시커먼 쥐처럼 땅을 파헤치고 있었어요. 그리고 그 신성한 곳 어둠의 성소에 빛이 타오르고 있는 거예요. 그런데 이름 없는 존재들은 아무것도 하지 않았어요. 그들은 그녀를 죽이지도 않고 미치게 만들지도 않았어요. 그들은 묵어 빠졌어, 코실이 말한 대로예요. 그들은 죽어 버렸어요. 전부 사라졌어. 난 더 이상 무녀가 아니에요."

사내는 선 채로 듣고 있었다. 여전히 그녀의 손 위에 자기 손을 올려놓고 머리를 약간 숙인 채였다. 비록 뺨의 상처는 납 같은 잿빛을 띠고 옷과 머리카락에 붙은 먼지도 그대로였지만 그의 얼굴과 몸가짐에는 얼마간 생기가 돌아와 있었다.

"나는 코실을 지나쳐서 지하 무덤을 건너왔어요. 그녀가 가진 촛불은 빛보다는 그림자를 더 많이 만들었고, 그녀는 내 기척을 듣지도 못했지요. 나는 미궁으로 들어가 그녀에게서 멀어지고 싶었어요. 하지만 미로에 접어드니까 줄곧 따라오는 소리가 들리는 것만 같은 거예요. 통로를 뚫고 오는 내내 뒤에서 기척이 있었어요. 어디로 가야 할지 알 수가 없었죠. 여기에 오면 안전할 거라고 생각했어요, 나의 주인들이 나를 보호하고 위협을 물리쳐 줄 거라고. 하지만 그렇지 않아요. 그들은 사라졌어요. 죽어 버렸어요……."

"그들 때문에 운 거요? 그들의 죽음이 슬퍼서? 하지만 그들은 여기에 있소, 테나. 여기에!"

"어떻게 알아요?"

그녀가 맥없이 물었다.

"왜냐하면 무덤돌들 밑 대공동에 발을 들여놓은 이래 나는 한 순간 한 순간 그들을 진정시키고 그들이 알아차리지 못하게 하느라 힘을 다했으니까요. 내 기술은 죄다 그 일에 들어갔고 힘은 소모되었소. 나는 한없이 주문들을 자아내어 이 굴길들을 채웠지요. 잠의 주문, 정지의 주문, 숨기기 주문……. 그런데도 그들은 나의 존재를 알아차리고 있소. 반쯤 알아차리고 있어요. 반만 잠들고 반은 깨어 있는 거요. 그 정도를 만드는 데에도 나는 그들에 맞서 힘을 쓰느라 기진맥진한 상태라오. 이곳은 너무나도 섬뜩한 장소요. 이곳에서, 혼자서는 조금도 희망이 없소. 당신이 내게 물을 주었을 때 나는 목이 말라 죽어 가고 있었소. 하지만 나를 구해 준 건 물뿐만이 아니었어요. 물을 건네준 손에 깃들여 있던 힘이 날 구했지요."

그렇게 말하면서 그는 그녀의 한쪽 손을 손바닥이 위로 향하도록 뒤집어 감싸 든 채 한동안 가만히 내려다보았다. 그런 다음 돌아서서 방 안을 몇 걸음 거닐다가 다시 그녀 앞에 멈춰 섰다. 그녀는 아무 말 하지 않았다.

"정말로 그들이 죽었다고 생각해요? 당신 가슴속에서 더 잘 알고 있을 거요. 그들은 죽지 않소. 그들은 사월 줄 모르는 어둠이며 빛을 증오하지요. 한정된 삶을 사는 우리의 짧고도 밝은 빛을 말이오. 그들은 불멸이지만 신은 아니오. 결코 신이었던 적이 없소. 그들은 인간의 영혼이 숭배할 가치가 없는 존재들이오."

그녀는 듣고 있었다. 침울한 눈을 팔락거리는 등불 빛에 못 박은 채였다.

"그들이 당신에게 무엇을 준 적이 있소, 테나?"

"없어요."

그녀가 속삭였다.

"그들에겐 줄 것이 아무것도 없소. 그들은 무엇을 만들어 낼 힘을 갖고 있지 않아요. 그들의 힘이란 온통 어둡게 하고 파괴하는 힘뿐이오. 그들은 이 장소를 떠날 수가 없소. 그들은 이 장소 자체이며, 이곳은 진정 그들의 것이지요. 그들을 무시하거나 잊어버려선 안 되지만 숭배해서도 안 된다오. 세상은 아름답고 환하고 쾌적한 곳이지만 그게 다는 아니오. 세상은 또한 끔찍하고 어둡고 잔혹하기도 해요. 푸른 풀밭에선 토끼가 단말마의 비명을 내지르오. 산들은 그 거대한 손아귀에 온통 화염을 숨겨 쥐고 있소. 바다에는 상어가 헤엄치고, 사람들의 눈 속엔 잔인성이 깃들여 있소. 그리고 사람들이 이러한 것들을 숭배하고 그 앞에서 스스로를 보잘것없는 존재로 여긴다면 바로 거기에서 악이 자라난다오. 그렇게 세상에는 어둠이 결집되는 장소들이 만들어지지요. 우리가 이름 없다고 일컫는 존재들에게 송두리째 바쳐진 장소들이……. 그들은 고대의, 빛이 있기 전 존재했던 신성한 대지의 힘이며 어둠과 파괴와 광기의 힘이오.

당신이 말한 무녀 코실은 오래전부터 그들로 인해 미쳐 있었을 거요. 이 동굴 속을 헤매며 기어다닐 때 그녀는 또한 자신의 내부에 존재하는 미로 속도 헤매고 있는 거요. 그렇게 헤매다 이젠 더 이상 낮의 빛을 볼 수 없게 되었을 거요. 당신에게 이름 없는 존재들이 죽었다고 말했다고? 온정신을 잃은 사람만이, 진실을 저버린 영혼만이 그렇게 믿을 수 있소. 그들은 존재하오. 하지만 그들이 당신의 주인은 아니지요. 결코 주인이었던 적도 없소. 당신은 자유로워요, 테나. 당신은 노예가 되게끔 가르침 받았지만 속박을 끊고 자유로워진 거요.”

그녀는 듣고 있었다. 표정은 변하지 않았으나 그녀는 듣고 있었다. 그는 더 이상 말하지 않았다. 그들은 침묵했다. 하지만 그 침묵은 그녀가 들어오기 전 그 방을 지배했던 침묵과는 달랐다. 이제는 두 사람의 숨소리가 있었고, 그들의 핏줄 속을 흐르는 생명의 움직임이 있었으며, 양철로 만들어진 등 안에서 타고 있는 촛불이 내는 미약하지만 살아 있는 소리가 있었다.

“어떻게 내 이름을 알았죠?”

그는 고운 먼지를 일으키며 이리저리 걸어다녔다. 그리고 사지를 마비시키는 추위를 떨어 버리려고 팔과 어깨를 쭉쭉 폈다.

"이름을 알아내는 것이 나의 직업이오. 내 기술이지요. 어떤 대상에 마법을 걸려면 그 진정한 이름을 찾아내야 한다오. 알겠소? 내가 온 땅에서는 사람들이 자신의 진정한 이름을 죽을 때까지 숨겨요. 정말로 신뢰하는 사람을 제외한 모든 이들에게 말이오. 왜냐하면 이름 속엔 엄청난 힘이 숨겨져 있고, 엄청난 위험도 잠재해 있기 때문이오. 한때는, 시간이 시작되던 태초 세고이가 어스시의 섬들을 대양의 심연으로부터 끌어올렸던 그때는 모든 존재가 참 이름을 지니고 있었소. 그리고 여전히 마법과 마술에 관련된 것들은 모두 다 그 지식에 달려 있다오. 그 오래고 진정한 생성의 언어를 다시 배우고 기억해 내는 데 말이오. 물론 주문도 배워야 하지요, 말을 사용하는 법을 알아야 하니까. 그리고 마법이 어떤 결과를 가져오는지도 반드시 알아야 하오. 하지만 마법사가 일생을 바치는 과업은 사물의 이름을 찾아내는 일과, 그 이름을 어떻게 찾아낼지 그 방법을 찾는 일이지요."

"내 이름은 어떤 방법으로 찾아냈어요?"

그는 잠시 동안 그녀를 바라보았다. 그들 사이에 가로놓인 그림자들을 건너지르는 깊고 정직한 시선이었다. 그렇게 잠깐 머뭇거리다 그가 말했다.

"그건 얘기할 수 없어요. 당신은 덮고 둘러서 빛을 가려 놓은 등불 같소. 어둠 속에 묻혀 버린 등불 말이오. 하지만 그 빛은 비쳐 나오오. 그들은 빛을 꺼 버리지 못했소. 당신을 덮어 버리지 못했소. 그 빛을 안 순간, 당신을 안 순간, 당신의 이름을 알았다오, 테나. 그것이 내 재능이고 내 힘이오. 그 이상은 말해 줄 수가 없군요. 그런데 나에게 좀 가르쳐 주시오. 이제부터 어떻게 할 생각이지요?"

"몰라요."

"코실은 지금쯤 무덤이 빈 걸 알았을 거요. 그녀가 어떻게 할까요?"

"모르겠어요. 내가 땅 위로 돌아가면 그녀가 나를 죽일 수 있어요. 최고 무녀가 거짓말을 한다는 건 곧 죽음이에요. 그녀는 원한다면 옥좌 앞 계단에서 나를 제물로 바칠 수도 있어요. 이번엔 마난이 정말로 내 목을 자를 거예요, 검을 들고는 검은 형체가 멈추게 하기를 기다리는 대신에. 이번에는 멈추어지지 않아요. 검은 떨어질 거고 내 머리를 잘라 내겠죠."

그녀의 음성은 무디고 느렸다. 그는 얼굴을 찡그렸다.

"이곳에 오래 있으면 당신은 미쳐 버릴 거요, 테나. 이름 없는 존재들의 분노가 당신 마음을 짓누르고 있어요. 내 마음도 마찬가지요. 당신이 와 주어서 지금은 한결 낫소, 훨씬 나아졌지요. 하지만 당신이 오기까지 긴 시간이 있었고 난 힘을 거의 다 써 버렸다오. 혼자서는 누구도 암흑의 존재들에 맞서 오랫동안 버틸 수 없소. 그들은 몹시 강해요."

　그는 멈췄다. 그의 목소리는 낮게 가라앉았고 이야기의 실마리를 놓친 것 같았다. 그는 두 손으로 이마를 문지르곤 이내 다시 물병을 들어 물을 마셨다. 그런 다음 빵 덩어리 하나를 쪼개서 맞은편 궤짝 위에 걸터앉아 먹기 시작했다.

　그가 말한 것은 옳았다. 분명 압박감이 느껴졌다. 마음을 짓눌러 오는 그 무게가 생각과 감정을 온통 어둡고 혼란스럽게 하는 듯했다. 홀로 복도를 지나올 때처럼 미칠 듯이 겁에 질려 있지는 않았다. 그래도 방 밖의 삼엄한 침묵은 끔찍하게 느껴졌다. 어째서 그럴까? 이전에 그녀는 땅 밑의 침묵을 두려워해 본 적이 없었다. 하지만 이전에는 한번도 이름 없는 존재들의 뜻을 거슬러 본 적이 없었다. 결코 그들에 대항하여 자신의 뜻을 가져 본 적이 없었던 것이다.

　그녀는 결국 작게 코멘소리를 내며 웃어 버렸다.

　"우린 여기 제국에서 으뜸가는 보물을 깔고 앉아 있군요. 신왕은 이 궤짝 하나에 자기 마누라들을 죄다라도 내놓을 거예요. 그런데 우리는 뚜껑 하나 열어 볼 생각도 하지 않네요."

　"난 열어 봤소."

　새매가 우물거리며 말했다.

　"어둠 속에서?"

　"작은 불을 만들었지요. 허깨비 불 말이오. 여기서 그 일을 하기란 힘이 들더군. 지팡이가 있어도 힘들었을 텐데 지팡이도 없이 하려니 빗속에서 젖은 나무에 불을 붙이려고 쩔쩔매는 꼴이었소. 그래도 끝내는 불이 켜졌소. 그리고 난 찾던 물건을 발견했다오."

그녀는 천천히 얼굴을 들고 그를 쳐다보았다.

"고리요?"

"고리의 반 동강이지요. 나머지 반쪽은 당신이 가졌소."

"내가 가졌다고요? 나머지 반쪽은 사라져 버렸고……."

"사라졌다가 발견되었소. 내가 줄에 꿰어서 목에 걸고 있었지요. 당신이 그걸 가져갔어요. 그러면서 더 좋은 호신부를 마련할 형편이 못 되었느냐고 물었소. 에레삭베의 동강 난 고리보다 더 좋은 호신부는 온전한 고리뿐일 거요. 그렇긴 해도 속담에 빵 반 토막이 없는 것보다는 낫다고 하잖소. 그렇게 되어서 이젠 당신이 내 반쪽을 가지고 있고 나는 당신 것을 가졌군요."

그는 무덤의 그림자들 너머로 그녀에게 미소 지었다.

"그걸 빼앗을 때 당신은 내가 그게 뭐하는 물건인지 모르고 있다고 말했지요."

"사실이오."

"그러면 당신은 아나요?"

그는 고개를 끄덕였다.

"말해 봐요. 나에게 가르쳐 줘요. 그 고리가 무엇이고 어떻게 당신이 사라졌던 반쪽을 손에 넣었는지, 그리고 어떻게 여기까지 왔고 무슨 목적으로 왔는지를. 난 알아야겠어요. 그래야 어떻게 해야 할지 알 것 같아요."

"그럴지 모르겠군요. 좋소. 에레삭베의 고리가 무엇이냐고요? 흠, 그게 그리 값져 보이지 않는다는 건 보아서 알 거요. 반지 같지만 반지라고는 할 수 없지요, 너무 크니까. 팔찌일지도 모르지만 그렇게 보기엔 또 너무 작소. 그게 누구를 위해 만들어졌는지는 아는 사람이 없다오. 한때는 미녀 엘파란이 찼던 물건이지요. 그건 솔레아 섬이 바다 밑으로 가라앉기 전의 일이며, 그녀가 찼을 때에도 그것은 이미 오래된 물건이었소. 그런 뒤 그것은 마침내 에레삭베의 수중에 들어가게 되었소……. 그 금속은 단단한 은이며 구멍이 아홉 개 뚫려 있지요. 바깥쪽으로는 닳아 없어진 물결 무늬 같은 게 새겨져 있고 안쪽엔 힘을 띤 아홉 룬이 박혀 있어요. 당신이 가진 반쪽에는 네 개의 룬과 또 한 개의 일부가 새겨져 있고, 내 것도 마찬가지요. 고리는 하나의 문자에 가로 걸쳐 동강이 났기에 그 문자는 파괴되어 버렸소. 그때로부터 그 문자는 '잃어버린 룬'이라 불린다오. 다른 여덟 개는 마법사들이 알고 있소. 광기와 바람과 불로부터 수호하는 '피르', 견뎌 내는 힘을 주는 '게스', 그런 것들이지요. 조각난 룬은 여러 땅들을 한데 묶는 힘을 지니고 있었소. 그것은 결속의 룬이며, 통치권의 상징이자 평화의 상징이라오. 그 상징 아래 다스리지 않는 한 어떤 왕도 제대로 통치할 수가 없어요.

아무도 그것이 어떤 형태를 하고 있는지 모르오. 그 문자를 잃어버린 후 해브너엔 위대한 왕들이 나오지 못했소. 공경들과 폭군들이 다스리고, 어스시의 땅들마다 전쟁과 분란이 이어졌소.

그래서 군도의 현명한 영주들과 대마법사들은 에레삭베의 고리를 원했지요. 그걸 찾으면 잃어버린 룬을 되찾을 수 있을 테니까. 하지만 결국엔 더 이상 찾을 사람을 보내지 않게 되었소. 아무도 아투안 무덤에 있는 반쪽을 가져올 수 없었고, 또 나머지 반쪽은 에레삭베가 어떤 카르그 왕에게 준 이후 오랫동안 종적이 묘연했기 때문이오. 사람들은 찾아봐야 소용없다고 말했소. 그것이 수백 년 전의 일이오.

그리고 그렇게 해서 오늘날 내가 여기 오게 된 거요. 내가 지금의 당신보다 조금밖에 나이를 더 먹지 않았던 무렵, 난 일종의……, 사냥을 했더랬소. 바다를 건너지르는 추적이라고나 할까요. 내 사냥감이 날 속여 넘기는 바람에 나는 인적 없는 섬에 표류하게 되었지요. 카레고앗과 아투안 해안에서 그리 멀지 않은 곳으로, 여기서 남서쪽이오. 아주 작은 섬이라 섬이라기보다 그냥 모래톱 정도였어요. 중앙에 기다랗게 풀이 자란 모래 언덕이 있고 소금기 도는 샘 하나가 있을 뿐 아무것도 없었소.

그런데도 거기에 사람이 둘 살고 있었어요. 늙은 남자와 여자였소. 서로 남매간인 것 같더군요. 그들은 나를 몹시 겁냈소. 오랜 세월 자기들 이외의 사람 얼굴을 본 적이 없었던 거요. 얼마나 오래였을까? 몇 년, 몇 십 년이었겠지요. 하지만 난 도움이 필요했고, 그 사람들은 친절을 보여 주었소. 그들에겐 파도에 밀려온 나무로 지은 작은 오두막과 불이 있었지요. 노파는 나에게 음식을 주었다오. 간조 때 바위에서 딴 홍합과 돌을 던져서 잡아 말린 새고기였지요. 노파는 나를 무서워하면서도 음식을 줬어요. 나중에 겁낼 게 없다는 걸 안 뒤에는 나를 믿게 되었고 나에게 자기 보물을 보여 주었소. 그녀도 보물을 가지고 있었던 거요……. 그건 자그마한 드레스였소. 온통 비단으로 지어지고 진주가 달린 거였지. 작은 아이를 위한 것으로, 공주가 입을 법한 드레스였어요. 노파는 그때 뻣뻣한 물개 가죽을 걸치고 있었다오.

이야기를 나눌 순 없었소. 그 무렵 난 카르그 말을 몰랐고, 그이들은 군도의 언어들 중 어느 것도 알지 못했던 데다 자기네 말도 거의 못하는 처지였거든요. 아마 누군가 아주 어린아이 적에 그들을 그리로 데려다가 죽으라고 버려두고 갔던 모양이지요. 나로선 그 이유를 모르겠소, 그이들 자신은 알고 있었는지 의심스러워요. 그이들은 섬과 바람과 바다밖에는 아무것도 몰랐다오. 하지만 내가 떠날 때 노파는 나에게 선물을 주었소. 에레삭베 고리의 잃어버린 반쪽을 건네준 거요."

그는 한동안 말을 멈췄다.

"나는 그게 무엇인지 알지 못했소. 노파가 몰랐던 것과 마찬가지로 말이오. 이 시대 온 세상을 통틀어 가장 엄청난 선물이었건만, 물개 가죽을 걸친 가엾고 무지한 나이 든 여인으로부터 바보 같은 젊은 놈에게 건네져서 그놈이 제 주머니에 쑤셔 넣곤 '고마워요!' 한마디 던지고 배를 몰아 나갔더라는 꼴이었으니……. 하여튼 나는 그렇게 길을 떠나서 해야 했던 일을 마쳤소. 그 후엔 다른 일들이 닥쳐왔고 나는 '용의 길'을 좇아 서쪽으로 갔소. 그렇게 시간은 지났지요. 하지만 난 언제나 그 물건을 몸에 지니고 있었어요. 그건 자기가 줄 수 있는 하나뿐인 물건을 선물로 건네준 그 노파에게 감사하는 마음에서였소. 나는 거기 뚫린 구멍 하나에다 사슬을 꿰어서 목에 걸고 다녔지만 그것에 대해 별다르게 생각해 보지는 않았소. 그 후 어느 날 셀리더에서, 셀리더는 가장 먼 섬이며 에레삭베가 용 오름과 싸우다 죽어 간 곳인데, 거기서 나는 오름의 후손 중 하나인 어떤 용과 이야기를 나누게 되었어요. 그 용이 내가 가슴에 걸고 있는 물건이 무엇인지 말해 주었소.

용은 내가 몰랐다는 걸 아주 재미있게 생각했소. 용들은 우리를 우습고 재미있게 여긴다오. 하지만 그들은 에레삭베를 기억하지요. 그리고 마치 그가 사람이 아니라 용이었던 것처럼 얘기해요.

내해도로 돌아와서 나는 드디어 해브너를 찾아갔소. 나는 곤트에서 태어났어요. 그 땅은 당신네 카르그 땅들로부터 서쪽으로 그리 멀지 않은 섬이라오. 그곳을 떠난 후 온갖 곳을 헤매 다녔지만 그때까지 해브너에는 가 본 적이 없었소. 바야흐로 찾아갈 때가 되었던 거요. 나는 흰 탑들을 보았고 큰 인물들과 이야기를 나누었소. 상인들과 공경들, 유서 깊은 혈통의 영주들이었지요. 나는 그들에게 내가 무엇을 가지고 있는지 알리고, 괜찮다면 아투안 무덤으로 고리의 나머지 반을 찾으러 가겠다고 했지요. 평화의 열쇠인 잃어버린 룬을 되찾기 위해서 말이오. 우리는 세상의 평화를 절실하게 필요로 하고 있어요. 높은 사람들은 한껏 찬사를 보냈고 그중 한 명은 항해 준비를 갖추도록 돈까지 주었소. 그래서 난 당신네 언어를 배운 다음 아투안으로 온 거요."

그는 침묵에 잠겨 눈앞의 그림자들을 들여다보았다.

"우리 쪽 마을들에서 당신이 서쪽 사람인 줄 모르던가요? 그 피부 빛을 보고, 말을 듣고서도?"

"아, 사람들을 속이기란 쉬워요."

그는 정신을 놓고 중얼거렸다.

"속이는 수법을 알기만 하면 말이오. 환영으로 모습을 변화시키면 다른 현자 말고는 아무도 진짜 모습을 꿰뚫어보지 못하오. 그리고 당신네 카르그 땅에는 마법사도 현자도 없지요. 희한한 일이오. 당신들은 오래전에 마법사들을 전부 쫓아 버렸고 마법 기술 배우는 것을 금지했소. 이제는 마법이란 걸 거의 믿지도 않더군요.”

“난 마법을 믿지 않게끔 가르침을 받았어요. 사제왕들의 가르침에 어긋나니까요. 하지만 이건 알아요, 요술만이 당신을 무덤에, 그리고 붉은 바위 문 속에 들어서게 해 주었겠죠.”

“마술만 가지고 통과한 건 아니고 훌륭한 조언도 도움을 주었소. 우리는 글자를 당신들보다 더 많이 사용하는 것 같소. 글자 읽을 줄 아시오?”

“아뇨. 그것도 사악한 기술이에요.”

그는 고개를 끄덕였다.

“하지만 퍽 쓸모가 있지요. 오래전에 이곳에 왔으나 목적을 이루지는 못했던 한 도둑이 아투안 무덤에 관한 기록을 남겼소. 위대한 열기 주문을 사용할 수 있는 사람이라면 들어갈 수 있을 입구도 안내해 놓았고 말이오. 이 모든 정보는 책에 씌어져 한 해브너 공경의 보물 창고에 보관돼 있었소. 공경이 읽게 해 주었지요. 나는 그렇게 해서 그 대공동에 다다를 수 있었소…….”

“지하 무덤 말이군요.”

“들어가는 길을 적어 놓은 그 도둑은 거기에 보물이 있다고 생각했소, 지하 무덤에요. 그래서 난 거기를 찾아보았지만 보물은 더 잘 숨겨져 있을 거라는 생각이 들더군요. 미로 속 더 깊숙이 말이오. 나는 미궁 입구를 알고 있었고, 당신을 보고 나서 그리로 들어갔소. 미로에 몸을 숨기고 보물을 찾으려고 생각한 거요. 물론 그건 실수였지요. 이름 없는 존재들이 이미 나를 움켜 쥐고 내 정신을 혼란시킨 거요. 그때부터 나는 점점 약해지고 멍청해지기만 할 뿐이었소. 사람은 그들에게 굴복해선 안 되고 저항해야 해요. 자기 정신을 늘 강하고 확고하게 지켜야 하지 요. 그것은 오래전에 배운 바요. 하지만 그대로 한다는 건 힘들 어요……, 그들이 이토록 힘센 이곳에서는. 그들은 신이 아니오, 테나. 하지만 그 어떤 인간보다도 강하오."

둘 다 오래도록 말이 없었다.

그녀가 심드렁히 물었다.

"그것 말고 보물 상자에서 또 뭘 찾아냈나요?"

"잡동사니요. 금, 보석, 왕관과 검들. 살아 있는 사람에겐 요 구할 권리가 없는 것들뿐이오……. 말해 줘요, 테나. 당신은 어 떻게 무덤의 무녀로 뽑히게 되었소?"

"제1무녀가 죽으면 온 아투안으로 무녀가 죽은 날 밤에 태어 난 여자 아기를 찾아 나서요. 꼭 찾게 되죠, 왜냐하면 대무녀가 환생한 것이니까. 그 애는 다섯 살이 되면 이곳 묘역으로 오게 돼요. 그리고 여섯 살이 되면 암흑의 존재들께 바쳐져 그들이 그 영혼을 먹어 치우지요. 그렇게 해서 아이는 그들에게 속하게 돼요. 태초로부터 내내 그들에게 속해 온 거지요. 그 아이에겐 이름이 없어요."

"그걸 믿소?"

193

"언제나 믿어 왔어요."

"지금도 믿어요?"

그녀는 아무 말도 하지 않았다.

또다시 침묵의 그늘이 둘 사이에 내렸다. 한참 후에 그녀가 말했다.

"이야기를 해 줘요……. 서쪽에 있다는 용들에 관해서 이야기해 줘요."

"테나, 어떻게 할 참이오? 촛불이 다 타고 다시 어둠이 밀려오도록 여기서 서로 이야기를 해 주고 앉아 있을 수는 없소."

"어떡해야 할지 모르겠어요. 난 무서워요."

그녀는 돌궤짝 위에 몸을 꼿꼿이 펴고 앉아서 한 손으로 주먹 쥔 다른 손을 꼭 싸쥐었다. 그녀의 음성은 아픔을 느끼는 사람처럼 컸다.

"난 이둠이 무서워요."

그가 부드럽게 응답했다.

"당신은 선택을 해야 해요. 나를 여기 놔두고 떠날 수도 있소. 문을 잠그고 제단으로 올라가 당신 주인님들에게 나를 바치는 거요. 그런 다음 무녀 코실에게 가서 화해를 하죠……. 그러면 이야기는 거기서 끝나요. 그러지 않으려면 잠긴 문을 열고 밖으로 나가야 해요. 나와 함께 말이오. 무덤을 떠나고 아투안을 떠나서 나와 함께 바다를 건너가는 겁니다. 그러면 그건 이야기의

시작일 거요. 당신은 아르하든지 아니면 테나여야 하오. 둘 다
일 수는 없소."

그 깊숙한 음성은 다정하고도 확고했다. 그녀는 그림자들 너
머로 그의 얼굴을 들여다보았다. 험하고 흉진 얼굴이었다. 하지
만 거기에는 잔인함이나 기만이 없었다.

"내가 암흑의 존재들을 섬기길 그만둔다면 그들이 날 죽일
거예요. 이곳을 떠나면 난 죽어요."

"당신은 죽지 않아요. 아르하가 죽겠지요."

"난 못해요……."

"다시 태어나기 위해서는 죽어야 하는 거요, 테나. 건너기 전
에 보이는 것만큼 어려운 다리는 아니라오."

"그들이 우릴 나가게 두지 않을 거예요, 절대로."

"아마 그렇겠지요. 그래도 해 볼 가치는 있소. 당신은 길을 알
고 내겐 마법이 있소. 그리고 우리 사이엔……."

그가 말을 끊었다.

"우리에겐 에레삭베의 고리가 있죠."

"그래요, 그게 있소. 하지만 난 우리 사이에 있는 또 다른 것
을 생각했소. 신뢰라고 합시다, 신뢰도 그것의 이름이니까. 그것
은 아주 위대한 것이오. 우리가 따로따로 혼자일 때는 약할지라
도 우리 사이에 그것이 있는 이상 우리는 강해요. 암흑의 힘보
다도 강하다오."

그의 두 눈이 흉터 있는 얼굴에서 맑고 환하게 빛났다.

"들어 봐요, 테나! 난 이곳에 도둑으로 왔소. 당신에 대항하여 무장한 적으로 온 거요. 그런데 당신은 내게 자비를 베풀고 나를 신뢰해 주었소. 나 역시 당신의 얼굴을 처음 본 순간부터 당신을 믿었다오. 어둠 속에 잠겨 있던 아름다움을 본 그때, 무덤돌들 지하에서 한순간 마주보았던 그때부터 말이오. 당신은 나를 신뢰하고 있음을 분명히 보여 주었소. 나는 그에 답한 게 없지요. 당신께 드려 마땅할 것을 드리겠소. 내 진짜 이름은 게드요. 받아 간직해 주시오."

그는 일어서서 구멍이 뚫리고 조각이 새겨진 반쪽짜리 고리를 내밀었다.

"고리를 맞춥시다."

그녀는 그의 손에서 그것을 건네받았다. 그러고는 목에 걸고 있던 은사슬을 벗어 나머지 반쪽을 뺐다. 두 개의 조각을 손바닥에 올려놓자 쪼개진 가장자리가 서로 잇닿아 고리는 완전해 보였다.

그녀는 얼굴을 들지 않고 말했다.

"당신과 가겠어요."

암흑의 분노

그녀가 그 말을 하자, 게드라는 이름을 가진 사내는 동강난 호신부가 놓인 손바닥 위에 자기 손을 덮었다. 그녀는 흠칫 놀라 올려다보고 생명과 승리감으로 핏기가 올라 미소 짓는 얼굴을 보았다. 그녀는 당황스러웠고 그가 두려웠다.

"당신이 우리 둘을 다 해방시켰소. 혼자서는 아무도 자유를 얻지 못해요. 자, 우리에게 남아 있는 시간을 낭비하지 맙시다! 그걸 다시 내밀어 봐요, 잠시만."

그녀는 그의 청에 동강 난 은 조각들을 꼭 쥐었던 손을 펴 내밀었다. 고리는 쪼개진 가장자리가 서로 맞닿은 그대로였다.

그는 그것을 가져가지 않고 그 위에 자기 손가락을 얹었다.

그러곤 두어 마디 말을 했다. 갑자기 그의 얼굴에 땀방울이 배어났다. 그녀는 손바닥 위로 기묘한 작은 꿈틀거림을 느꼈다. 마치 손 안에 잠자고 있던 조그만 짐승이 몸을 뒤챈 것 같았다. 게드가 긴 숨을 내쉬었다. 그는 긴장하고 있던 자세를 풀며 이마를 훔쳤다.

"됐소."

에레삭베의 고리를 집어 든 그는 그것을 그녀의 오른손 손가락들 위로 밀어올렸다. 고리는 손의 폭을 가까스로 넘어가 손목까지 올라갔다.

"됐군요!"

게드는 뿌듯한 눈길로 그것을 꼼꼼히 살폈다.

"잘 맞아요. 여성용 팔찌였던 모양이오, 아니면 아이 것이었거나."

"붙은 기예요?"

그녀가 초조하게 우물거렸다. 가느다란 은띠의 감촉이 가녀린 팔에 차갑고 예민하게 느껴졌다.

"붙은 거요. 에레삭베의 고리에다 촌동네 마녀가 주전자를 고치는 데 쓸 단순한 고치기 술법을 쓸 수야 없지요. 난 형상화를 사용해 그걸 완전하게 만들었소. 이젠 애초에 깨진 적이 없었던 것처럼 완전해졌다오. 테나, 이제 가야 해요. 가방과 물병은 내가 들겠소. 망토를 걸쳐요. 다른 게 또 있소?"

198

그녀가 문을 열려고 더듬고 있는데 그가 말했다.

"내 지팡이가 있었으면 좋았을걸."

그래서 그녀는 여전히 작은 소리로 대답했다.

"바로 문 밖에 있어요. 내가 가져왔어요."

그가 궁금한 듯 물었다.

"왜 가지고 왔소?"

"난⋯⋯, 난 당신을 문까지 데려다 주려고 생각했어요. 풀어 줄 생각이었어요."

"그건 있을 수 없는 선택이에요. 나를 노예로 가둬 두고 당신 자신도 노예로 있든가, 아니면 풀어 주고 자유로워져서 나와 함께 가든가였소. 자, 꼬마 아가씨, 용기를 내요. 열쇠를 돌려요."

그녀는 용 무늬가 든 열쇠를 돌려 낮고 캄캄한 복도로 문을 열었다. 그러곤 에레삭베의 고리를 팔에 낀 채 무덤의 보고를 나왔고, 그 사내가 뒤따랐다.

벽과 바닥과 둥근 천장의 돌에서 소리라고 할 수 없는 낮은 진동이 일었다. 먼 천둥이 아니면 무슨 거대한 물체가 아주 먼 곳에 떨어진 것 같았다.

머리카락이 쭈뼛 섰다. 멈추어 생각해 볼 것도 없이 그녀는 양철 등의 촛불을 불어 껐다. 등 뒤에서 그 사내의 기척이 들렸다. 그가 차분한 음성으로 말을 꺼내니 너무도 가까이 있어 숨결에 머리카락이 불릴 지경이었다.

"등은 두고 갑시다. 필요한 경우엔 내가 불을 만들 수 있소. 바깥에선 시간이 어떻게 됐소?"

"내가 왔을 때 자정이 지난 지 한참이었어요."

"그럼 빨리 가야겠소."

하지만 그는 움직이지 않았다. 그녀는 자기가 인도해야 한다는 사실을 깨달았다. 그녀만이 미궁을 나가는 길을 알고 있었고, 그는 따라가려고 기다리고 있었다. 그녀는 발을 떼었다. 이곳의 굴길은 너무 나지막해 몸을 굽혀야 했지만 그녀는 꽤 빠른 속도로 나아갔다. 보이지 않는 갈림길들로부터 싸늘한 미풍이 불어 나오고 코를 찌르는 진창 냄새도 날아왔다. 그 아래 입을 벌린 거대한 죽음의 구덩이에서 풍겨 나는 생기 없는 악취였다. 동로 천장이 좀 높아져서 몸을 펼 수 있게 되자 그녀는 속도를 늦추어 구렁텅이에 이르는 걸음 수를 헤아렸다. 그는 바로 뒤에서 쫓아왔다. 그의 발길음은 가벼웠고 그녀의 일거일동을 훤히 알고 있었다. 그녀가 멈춰 선 순간 그도 멈춰 섰다.

"여기가 구렁텅이예요."

그녀가 속삭였다.

"길턱을 찾을 수가 없어……. 아, 여기 있네. 조심해요, 돌이 느슨해지고 있는 것 같아요……. 아니, 안 돼. 돌이 헐거워요."

발밑의 돌이 덜걱거리는 바람에 그녀는 도로 안전한 곳으로 몸을 뺐다. 그가 팔을 잡아 지탱해 주었다. 심장이 쿵쾅거렸다.

200

"길턱이 튼튼치 못해요. 돌이 빠지려고 해요."

"내가 작은 불을 만들어서 살펴보겠소. 맞는 주문을 찾아서 고칠 수 있을 거요. 괜찮아요, 꼬마 아가씨."

그가 마난이 늘 부르던 대로 부르는 소리를 듣자 너무도 기묘하게 느껴졌다. 지팡이 끝에 불이 켜졌다. 썩은 나무의 인광이나 안개에 묻힌 별처럼 어슴푸레한 빛이었다. 게드가 그 빛을 가지고 새까만 심연 한켠의 좁은 길에 발을 내딛었을 때, 그녀는 건너편의 어둠 속에서 크고 어렴풋한 형체를 보았다. 마난이었다. 그러나 그를 알아보고서도 그녀는 소리를 지를 수가 없었다. 올가미에 목이 죈 듯 목소리가 나오지 않았다.

마난이 불안정한 돌턱에 올라선 게드를 옆의 구렁텅이로 밀어 넣으려고 팔을 뻗은 찰나, 게드가 시선을 들었다. 마난을 본 그는 놀람인지 분노인지 알 수 없는 고함을 지르며 지팡이를 내질렀다. 고함소리와 더불어 견딜 수 없을 만큼 강하게 타오른 백색광이 거세남의 얼굴을 직격했다. 마난은 큼지막한 한쪽 손을 쳐들어 눈을 가리면서 필사적으로 다른 손을 휘저어 게드를 붙잡으려 했으나 그 손은 허공을 짚었다. 마난은 추락했다.

마난은 떨어지면서 비명을 지르지 않았다. 새까만 구덩이 속에서는 아무 소리도 올라오지 않았다. 마난의 몸이 바닥을 치는 소리도, 그의 죽음을 알리는 그 어떤 소리도, 전혀 아무것도 없었다. 아슬아슬하게 돌턱에 매달리고 구렁텅이 가장자리에 무릎 꿇은 자세로 얼어붙은 채 게드와 테나는 움직이지 않았다. 귀를 기울였지만 아무 소리도 들리지 않았다.

빛은 한 줌이나 될까 싶게 사그라져서 잿빛으로 가물거렸다.

"갑시다!"

게드가 말하며 손을 내밀었다. 그 손을 잡자 그는 대담하게 발을 내딛어 세 발짝에 그녀를 건네 주었다. 그는 불을 껐고 그녀가 다시 앞장을 섰다. 그녀는 정신이 멍해져 아무것도 생각할 수 없었다. 시간이 조금 흐른 후에야 생각이 머리를 스쳤다. 오른쪽인가 왼쪽인가?

그녀는 발을 멈췄다.

몇 걸음 떨어져 따라오던 그가 멈춰 서서 부드럽게 물었다.

"왜 그래요?"

"길을 잃었어요. 불을 켜 줘요."

"길을 잃어요?"

"모……, 모퉁이를 돌 때 세는 걸 잊어버렸어요."

"내가 세고 있었소."

그가 조금 더 가까이 다가들며 말했다.

"구덩이를 지나서 왼쪽으로 꺾었고 그 다음엔 오른쪽, 그리고 다시 오른쪽이었소."

"그럼 다음은 다시 오른쪽이에요."

그녀는 자동적으로 말했지만 움직이지 않았다.

"불을 켜요."

"빛이 길을 가르쳐 주지는 못하오, 테나."

"뭘로도 못 찾아요. 틀렸어요, 우린 길을 잃었어요."

무시무시한 침묵이 죄어들어 와 그녀의 속삭임을 삼켜 버렸다.

차디찬 어둠 속에 가까이 다가온 상대방의 움직임과 온기가 느껴졌다. 그는 그녀의 손을 찾아 쥐었다.

"계속 가요, 테나. 다음 갈림길에서 오른쪽이오."

"불을 켜요. 굴길이 너무 비비 꼬여서……."

그녀가 애원했다.

"곤란해요. 더 여력이 없소. 테나, 그들이……, 그들은 우리가 대보고를 떠난 걸 알아요. 우리가 구렁텅이를 지나 온 것도 알고 있소. 그들은 우리를 찾고 있어요. 우리의 의지를, 우리의 영을 찾는 거요. 찾아서 꺼 버리고 삼켜 버리려는 거지요. 그것이 꺼지지 않게 지켜야 해요. 내 힘은 모조리 거기에 들어가고 있소. 그들에게 맞서야만 해요, 당신과 함께. 당신의 도움을 받아서 말이오. 우린 계속 가야 해요."

"빠져나갈 수 없어요."

말은 그렇게 하면서도 그녀는 한 발짝 앞으로 나아갔다. 그런 다음 다시 한 발을 내디뎠다. 한 발 한 발마다 발밑에 검고 텅 빈 공간이 입을 벌려 지하의 심연으로 빠져 들기라도 할 것처럼 머뭇거리면서 그녀는 나아갔다. 따뜻한 손이 그녀의 손을 굳게 잡고 있었다. 그들은 전진했다.

층계참에 이르기까지 긴 시간이 흐른 것 같았다. 층계는 전에 없이 가팔라 한 단 한 단이 미끄러운 암벽을 긁어 내놓은 흠집 정도로밖에 여겨지지 않았다. 그래도 그들은 어찌어찌 층계를 기어올랐고, 그 뒤론 약간이나마 속도를 높였다. 그녀는 층계를 지나 나오는 구부러진 길이 한참 동안 옆으로 새는 갈림길 없이 이어진다는 것을 알고 있었다. 길안내 삼아 왼쪽 벽을 스치고 오던 손가락이 빈 공간을 짚었다. 왼쪽으로 난 입구였다.

"여기예요."

그녀가 우물거렸다. 하지만 그는 움직이지 않았다. 그녀의 행동이 뭔가 못 미덥기라도 한 것 같았다. 그녀는 혼란에 빠져 중얼거렸다.

"아니야. 이게 아냐. 다음 모퉁이에서 왼쪽이에요. 모르겠어. 난 못해요. 나갈 길은 없어요."

어둠 속에서 차분한 음성이 말했다.

"우린 벽화실로 가는 중이오. 어떻게 가지요?"

"이번 것 다음 길에서 왼쪽이에요."

그녀는 인도해 갔다. 길게 도는 길을 따라 통로 둘을 건너뛴 다음 오른쪽으로 난 길로 접어들었다. 그쪽이 벽화실이었다.

"똑바로 가요."

소곤거리는 소리로 그녀가 말했다. 암흑 속에 실타래처럼 얽
힌 길을 풀어 가는 일이 이제는 좀 더 쉬웠다. 철문으로 가는 이
길들은 낯익었다. 백 번도 더 이 굽이들을 헤아리곤 했던 것이
다. 애써 생각을 하려고만 하지 않는다면 마음을 짓누르는 이상
한 중압감도 이 길에선 그녀를 헷갈리게 하지 못했다. 하지만
여기서는 가면 갈수록 짐처럼 무겁게 압박해 오는 그 존재에 점
점 더 가까워졌다. 다리가 너무도 노곤하고 무거워 발을 떼기
위해 한두 번 이를 악물고 신음하며 애를 쓸 정도였다. 옆에 오
는 사내도 깊은 숨을 들이쉬었다가 숨을 멈추기를 몇 번이나 했
다. 흡사 온몸의 힘을 끌어올려 어마어마하게 애를 쓰고 있는
사람 같았다. 가끔 그의 목소리가 불거져 나왔다. 숨죽인 소리
로 날카롭게 한마디, 아니면 한마디도 채 되지 않는 말 조각을
뱉는 것이었다. 그렇게 해서 그들은 마침내 철문에 다다랐다.
갑작스러운 공포에 사로잡혀 그녀는 손을 내뻗쳐 보았다.

문은 열려 있었다.

"빨리!"

그렇게 말하며 동행자를 문 밖으로 끌어당긴 후, 그녀는 그
자리에 우뚝 서 버렸다.

"어째서 이게 열려 있었을까요?"

"당신의 주인들이 문을 닫으려면 당신 손이 필요하기 때문
이오."

"우린 이제 그곳으로……."

그녀의 목소리가 도중에 꺼졌다.

"암흑의 중심으로 다가가고 있지요. 알아요. 하지만 그래도 미궁은 벗어났소. 지하 무덤을 빠져나가는 길이 있나요?"

"딱 하나예요. 당신이 들어온 문은 안쪽에서는 열리지 않아요. 대공동을 통과해 올라가는 길이 있어요. 옥좌 뒤쪽 방에 있는 뚜껑문으로 통하죠, 옥좌관 안의."

"그럼 그리로 가야겠군요."

"하지만 그 여자가 있어요."

소녀는 숨소리만으로 말했다.

"거기 지하 무덤에 그 여자가 있어요. 대공동에서 빈 무덤을 파헤치고 있다고요. 그 여자 옆으론 못 지나가요. 아, 두 번은 못 지나가겠어요!"

"지금쯤은 가고 없을 거요."

"그리론 못 가요."

"테나, 나는 지금 이 순간에도 우리 머리 위의 천장을 떠받치고 있는 중이오. 벽이 우리를 눌러 짜부라뜨리지 않도록, 바닥이 우리 발 밑에서 벌어지지 않도록 붙들고 있어요. 그들의 하인이 기다리고 있던 구렁텅이를 지난 뒤로 내내 그래 왔소. 내가 지진을 멈출 수 있다면, 그런 나와 함께 사람 하나 만나는 것이 두렵소? 날 믿어요. 내가 당신을 믿은 것처럼! 자, 함께 갑시다."

그들은 앞으로 나아갔다.

끝없는 굴길이 발 앞으로 풀려 나갔다. 더욱 커다란 공기의 느낌이 와 닿으며 암흑이 부풀어 올랐다. 무덤돌들 지하의 거대한 공동에 들어선 것이다.

그들은 오른쪽 벽을 따라 대공동의 가장자리를 둘러 가기 시작했다. 테나는 겨우 몇 발짝 간 다음 멈춰 서 버렸다.

"뭐죠?"

웅얼거린 음성이 간신히 입술 새로 흘러나왔다. 어마어마한 크기로 죽은 듯 정지해 있는 칠흑같은 공기의 기포 속에 무엇인가 소음이 있었다. 무엇이 흔들리고 떨리는, 핏속에서나 듣고 뼛속으로나 느낄 수 있는 소리였다. 시간이 아로새겨 놓은 벽면이 그녀의 손가락 아래 쿠웅쿠웅 울렸다.

"앞으로 가요. 어서, 테나."

팽팽하게 당겨진, 말라붙은 음성이었다.

비틀비틀 앞으로 나아가면서 그녀는 마음속으로 외치고 있었다. 그녀의 마음은 지저의 공동과 똑같이 캄캄한 가운데 흔들리고 있었다.

'용서하소서. 오, 나의 주인님들이시여. 오, 이름 지어지지 않은 이들이시여. 가장 오랜 존재들이시여. 용서하소서, 용서해 주소서!'

대답은 없었다. 그들은 한번도 대답한 적이 없었다.

두 사람은 옥좌관 지하의 통로에 다다라 층계를 올랐고, 마지막 몇 걸음을 남겨 두고 뚜껑문을 머리에 인 채 멈췄다. 뚜껑문은 닫혀 있었다. 늘 들어선 다음 닫아 두었던 것이다. 그녀는 문을 여는 용수철을 눌렀다. 문이 열리지 않았다.

"망가졌어요. 잠긴 채예요."

그가 올라와 그녀를 제치고 닫힌 함정문에 등을 대고 밀었다. 꿈쩍도 하지 않았다.

"잠긴 게 아니에요. 뭔가 무거운 게 누르고 있소."

"열 수 있어요?"

"아마 되겠지요. 그런데 그녀가 기다리고 있지 않을까? 그녀에게 부하들이 있소?"

"두비하고 우아토가 있고, 다른 시종관들도 있을지 몰라요……. 남자는 저곳에 올 수 없지만……."

"난 열기 주문을 엮고, 저 위에서 기다리는 사람들을 물리치고, 암흑의 의지에 맞서 내는 일을 전부 한꺼번에 해 낼 수는 없어요."

그는 곰곰이 생각에 잠겨 침착한 음성으로 말했다.

"그러니 다른 문으로 나갈 수 있나 시도해 봐야겠소. 바위틈에 있는 문 말이오, 내가 들어온 문. 그 문이 안에서 열리지 않는다는 사실을 그녀도 아나요?"

"알아요. 나에게 한번 열어 보도록 했어요."

"그러면 그쪽은 꼼지 않고 있을 거요. 갑시다. 자, 테나!"

그녀는 돌층계를 내려갔다. 발밑 깊은 곳에서 엄청나게 커다란 활의 시윗줄이 퉁겨지기라도 한 것처럼 층계가 윙윙대며 진동하고 있었다.

"뭐죠……, 이 흔들리는 게?"

"가요."

그의 말이 어찌나 침착하고 확고한지 그녀는 순순히 그에 따라 무시무시한 공동으로 통하는 길을 되짚어 내려갔다.

대공동에 막 들어서려는데 맹목적이고 막대한 증오의 느낌이 어마어마한 무게로 덮쳐 왔다. 대지 자체만큼이나 엄청난 중압감에 그녀는 고꾸라져서 자기도 모르게 소리 내어 외쳤다.

"그들이 여기에 있어! 여기 있어!"

"그러면 그들에게 우리가 여기 있다는 걸 알려 줍시다."

사내가 말했다. 그의 지팡이와 손으로부터 햇살 속에 부서지는 파도의 포말 같은 흰 광채가 뻗쳐 나왔다. 그 빛이 천장과 벽에 박힌 수천의 금강석에 가 부딪혔다. 두 사람이 대공동을 똑바로 건너질러 날듯이 달아나는 동안 빛은 눈부시게 타올랐고, 둘의 발밑에서 늘어진 그림자가 하얗게 무늬진 돌 표면과 반짝임을 품은 틈새들과 뻥 뚫린 빈 무덤 위로 흘렀다. 그들은 낮은 입구를 향하여 달음질쳤고, 등을 구부리고 굴길로 들어섰다. 그녀가 앞서고 그가 뒤따랐다. 굴길 안의 바위가 쿵쿵 울리며 발밑이 흔들렸다. 그러나 빛은 눈부시게 타오르며 여전히 그들과 함께했다. 눈앞을 가로막은 바위면에 맞닥뜨린 순간, 천둥처럼 울리는 땅울음을 뛰어넘는 단 한마디가 귀에 들어왔다. 그녀가 풀썩 무릎을 꿇은 것과 동시에 그는 지팡이를 내리쳐 그녀의 머리 너머로 닫혀 있는 붉은 바위의 문을 때렸다. 바위는 불붙은 듯 하얗게 타오르며 산산이 부서져 버렸다.

깨져 내린 문 너머에 하늘이 있었다. 새벽이 다가오며 희끄무레한 빛을 띤 하늘 높직이 흰 별 몇 개가 차갑게 빛났다.

테나는 별을 보았고 얼굴에 와 닿는 감미로운 바람을 느꼈다. 하지만 일어서지 않았다. 그녀는 손과 무릎을 짚고 웅크린 채 그곳 땅과 하늘 사이에 남아 있었다.

동트기 전 미명에 검고 낯선 모습을 드러낸 그 사내가 돌아서서 그녀를 일으키려고 팔을 끌어당겼다. 시커먼 데다 마귀처럼 일그러진 얼굴을 가진 사내다. 그녀는 그를 피해 몸을 웅크리며 자신의 것이라고는 생각할 수 없는 탁한 목소리로 찢어지게 외쳤다. 시체의 혀가 입속에서 놀고 있는 것 같았다.

"안 돼! 안 돼! 날 건드리지 마……. 날 놔둬……. 가 버려!"

그녀는 그를 뿌리치려고 몸부림쳤다. 금방이라도 무너져 내릴 저 입술 없는 무덤의 아가리 속으로 돌아갈 참이었다.

꽉 움켜잡았던 그의 손이 느슨해졌다. 게드는 잔잔한 음성으로 말했다.

"당신이 걸고 있는 구속에 두고, 나와 함께 갈 것을 청하오, 테나."

그녀는 팔에 찬 은고리에 어린 별빛을 보았고, 거기 눈길을 둔 채 비틀거리며 일어섰다. 그러곤 그에게 손을 맡기고 함께 움직였다. 달릴 수는 없었다. 두 사람은 걸어서 언덕을 내려갔다. 등 뒤 바위틈에 벌어진 검은 아가리로부터 신음하듯 울부짖는 길고긴 증오와 비탄의 소리가 흘러나왔다. 주위로는 돌들이 무너져 내렸다. 땅이 흔들렸다. 그들은 계속해서 나아갔다. 그녀는 여전히 손목 위에 흐르는 별빛의 반짝임에 눈길을 못 박고 있었다.

그들은 묘역 서쪽의 어둑신한 골짜기에 접어들었고, 이제 비탈을 오르기 시작했다. 느닷없이 게드가 그녀를 돌려세웠다.

"봐요."

그녀는 돌아섰고 보았다. 그들은 골짜기를 건너질러서 이제 무덤돌들과 같은 높이에 올라와 있었다. 금강석의 대공동과 무덤들 위로 서 있거나 누워 있는 아홉 개의 거대한 돌기둥들. 그 중 곧추선 기둥들이 움직이고 있었다. 그것들은 돌연 꿈틀하더니 배의 돛대처럼 서서히 기울었다. 그중 하나는 홱 뒤틀리며 더 높이 솟구쳐 오르는 듯했다. 그러나 경련이 기둥을 타고 흘렀고 그것은 쓰러져 내렸다. 또 하나가 쓰러지며 앞서 쓰러진 돌을 엇갈리게 덮쳤다. 그 돌들 뒤로 노란 동녘 하늘 빛을 등져 검게 보이는 옥좌관 회랑의 나지막한 둥근 지붕이 부르르 떨렸다. 벽이 부풀 듯 터져 나갔다. 거대한 폐허의 돌 더미와 석조물 전체가 흐르는 물에 던져진 진흙처럼 모양을 바꾸며 안으로 가라앉아 갔다. 그러고는 꽝음과 함께 느닷없는 파편과 먼지의 폭풍을 옆으로 뿜어내며 무너졌다.

골짜기의 땅이 물결치고 뛰놀았다. 진동이 파도처럼 언덕배기를 달려 올라오고 무덤돌들 사이에 거대한 틈새가 입을 벌렸다. 뻐끔히 벌어진 틈 속 땅 아래의 어둠으로부터 먼지가 잿빛 연기처럼 스며 나왔다. 아직까지 똑바로 서 있던 돌들은 그 안으로 휘우뚱 넘어가 삼켜져 버렸다. 그러자 하늘마저 떨어 울릴 꽝음과 함께 적나라하게 드러난 틈새는 검은 입술을 다물었다. 언덕들은 한 차례 몸을 떨었다. 그러곤 잠잠해졌다.

그녀는 공포스러운 지진으로부터 눈길을 거두어 옆에 서 있는 사내를 보았다. 햇빛 아래에서는 한번도 본 적 없는 얼굴이었다.

"당신이 멈춘 거죠."

우렁찬 대지의 노호와 비명이 있은 후 그녀의 목소리는 갈대 피리처럼 새되게 들렸다.

"당신이 지진을 멈췄어요. 암흑의 분노를!"

"우린 계속 가야 해요."

폐허로 변한 무덤과 일출에 등을 돌리며 게드가 말했다.

"난 지쳤어요. 춥군요……."

걷기 시작하자 그가 발을 헛디뎠으므로 그녀는 팔을 잡아 주었다. 두 사람 다 질질 끄는 걸음 이상으로는 속도를 낼 수 없었다. 그들은 느릿느릿, 거대한 벽에 붙은 두 마리 작은 거미처럼 안간힘을 다해서 광대한 언덕 비탈을 기어올랐다. 마침내 꼭대기에 이르렀다. 그들은 떠오르는 햇살에 노랗게 물들고 성글고 길쭉길쭉한 샐비어 그림자로 줄무늬가 진 마른 땅에 섰다. 서쪽의 산들이 앞길을 막았다. 그 산기슭은 자줏빛, 등성이는 금빛을 띠었다. 두 사람은 언덕마루에서 잠시 발을 멈췄으나 오래지 않아 그곳을 떠났다. 그리하여 묘역의 시야를 벗어나 사라져 갔다.

서쪽 산지

테나는 몸서리를 치며 악몽에서 벗어나 잠을 깨었다. 꿈속에서 그녀는 어딘가를 걷고 있었다. 너무나도 오래 걸은 나머지 온몸의 살이 다 흘러내려 어둠 속에 희미하게 빛나는 두 줄의 흰 팔뼈가 보였다.

그녀는 눈을 떠서 금빛 광채를 보고 샐비어의 알싸한 냄새를 맡았다. 깨어남에 따라 행복감이 스며 왔다. 서서히 차올라 온몸을 채우고 넘쳐 흐르는 기쁨이었다. 그녀는 일어나 앉으며 무녀복의 검은 소매에서 팔을 쭉 뻗어 보곤 흔들릴 수 없는 환희에 차 주변을 둘러보았다.

저녁때였다. 서쪽으로 높고 가깝게 다가들어 아슴아슴한 자태를 드러낸 산들 너머 해는 가라앉았지만 황혼 녘의 잔광이 온 땅과 하늘에 가득했다. 말갛게 빈 광활한 겨울 하늘과 광활하고 황량한 대지 전체가 금빛 광채를 머금고 있었다. 산들과 넓은 골짜기들로 이루어진 땅이었다.

바람은 잤다. 날씨는 춥고 몹시도 고요했다. 움직이는 것이라곤 없었다. 가까운 데 나 있는 샐비어 풀숲에는 잎새들이 잿빛으로 메말라 있었다. 자그마한 황무지 약초의 말라붙은 줄기들이 손에 까슬까슬했다. 거대하고 고요한 광휘가 잔가지 하나하나마다, 시든 잎새와 줄기마다 지펴져 타오르고 있었다. 언덕들과 대기 전체가 같은 광휘로 타올랐다.

왼쪽을 보았다. 사내는 메마른 땅 위에 누워 있었다. 외투를 몸에 둘러 감고 한 팔로 머리를 받치고서 푹 잠들어 있었다. 잠든 얼굴은 아주 엄숙해서 찌푸린 것처럼 보일 정도였다. 그러나 흙먼지 위에 느슨하게 놓여 있는 그의 왼손 옆으론 키 작은 엉겅퀴가 한 포기 나 있다. 아직까지 헐어 빠진 잿빛 솜털 외투를 둘러 입고 가시와 가시털 같은 자그마한 방어물들을 갖춘 채였다. 엉겅퀴와 잠든 사내…….

그는 대지의 옛 힘과 흡사하며 그에 대등한 힘을 지닌 사람이었다. 용들과 이야기하고 말로써 지진을 멈춘 사람. 그런데 그는 거기 흙먼지 속에 누워 잠들어 있고 손 가에는 작은 엉겅퀴가 자라나 있다. 몹시도 이상했다. 산다는 것, 세상에 존재한

215

다는 것은 그녀가 꿈도 꾸어 본 적 없을 만큼 굉장하며 기묘한 일이었다. 하늘의 광휘가 그 남자의 먼지투성이 머리카락에 닿았고, 잠시 동안 엉겅퀴를 황금으로 바꿔 놓았다.

서서히 빛이 사위어 갔다. 그에 따라 시시각각 추위가 조여들었다. 테나는 일어서서 마른 샐비어 북데기를 모으기 시작했다. 땅에 떨어진 잔가지들을 줍고 튼튼한 가지들을 분질러 냈다. 떡갈나무에 비길 만큼 굵게 옹이진 가지들이다. 이곳에 다다라 발을 멈췄던 건 정오쯤이었다. 그때는 따뜻했다. 그들은 너무 지쳐 더 이상 갈 수가 없었고, 그들이 막 내려온 산등성이의 서쪽 경사와 못 자란 노간주나무 두 그루면 그럭저럭 몸을 쉴 만한 자리가 되었다. 그들은 병에 든 물을 약간씩 마신 다음 드러누워 잠에 빠졌다.

키 작은 나무들 밑에 좀 더 큼지막한 가지들이 떨어져 쌓여 있었으므로 테나는 그것도 주워 모았다. 땅에 반쯤 묻힌 바위들 틈새를 좀 파낸 뒤에 땔감을 쌓고, 지니고 있던 부싯돌과 쇠를 써서 불을 붙였다. 부싯깃으로 쓴 샐비어 잎과 잔가지들은 금세 불이 붙었다. 마른 가지들이 장밋빛 불꽃을 피워 올리며 나무진 때문에 향내를 풍겼다. 이제 불 주위 사방은 퍽 어두워 보였고 압도적으로 펼쳐진 하늘에 다시 별들이 돋아 나왔다.

불길이 내는 따닥거리고 우지직거리는 소리가 잠든 이를 깨웠다. 그는 일어나 앉으며 두 손으로 굳은 낯을 문지르더니 마침내 뻣뻣한 동작으로 일어나서 불가로 왔다. 그가 졸린 음성으로 말했다.

"내 생각에……."

"알아요. 하지만 여기서 불 없이 밤을 지낼 수는 없어요. 추위가 지독해질 거예요."

잠시 후 그녀는 덧붙였다.

"당신에게 우리 몸을 따뜻하게 해 줄 마법이 있다면 모르지만……. 아니면 불을 숨겨 주는 마법이라도 좋죠……."

그는 발이 불 속에 들어갈 정도로 바짝 다가앉아 팔로 무릎을 감싸안았다.

"으으으, 불이 마법보다 훨씬 나아요. 우리 주위로 이 근처에 살짝 환영을 걸어 두었소. 가까이 오는 사람이 있다면 우리 모습이 나뭇가지와 돌로 보일 거요. 어떻게 생각해요? 그들이 우릴 쫓아올까?"

"그럴까 봐 무서워요. 하지만 그럴 것 같진 않아요. 당신이 거기 있었다는 건 코실밖에 몰라요. 코실하고 마난뿐이었죠. 그리고 둘은 죽었어요. 옥좌관이 무너질 때 코실은 분명 그 안에 있었어요. 그녀는 뚜껑문에서 기다리고 있었어요. 그리고 다른 사람들, 나머지 사람들은 내가 옥좌관에 있었든가 무덤 안에 있었다고 생각할 거예요. 그러니 지진이 나서 깔려 버렸다고 생각하겠죠."

그녀 역시 무릎에 팔을 둘러 껴안으며 부르르 떨었다.

"다른 건물들이 무너지지 않았으면 좋겠군요. 그 언덕 위에 서는 잘 보이지 않았어요. 먼지가 너무 심해서…… 분명히 사원들이랑 집들이 전부 내려앉지는 않았겠죠, 여자 애들은 모두 대관에서 자는데."

"안 무너졌을 거요. 무덤이 제 자신을 집어삼킨 거였소. 그곳을 등질 때 난 어떤 사원인가의 금빛 지붕을 보았소. 무너지지 않고 서 있었죠. 그리고 언덕 아래로 사람들 모습이 보였더랬지. 도망치고 있는 사람들이었소."

"뭐라고들 말할까요, 어떻게 생각할지…… 딱한 펜드! 이제 그 애가 신왕의 최고 무녀가 되겠군요. 늘 달아나고 싶어했던 건 그 애예요. 내가 아니었죠. 어쩌면 이센 그 애도 달아날지 모르겠네요."

게나는 빙그레 웃었다. 어띤 생각도 공포도 가슴속의 기쁨을 어둡게 할 수 없었다. 황금빛 햇살 속에 깨어났을 때 느꼈던 바로 그 확고한 기쁨이었다. 그녀는 가방을 열고 작고 납작한 빵 덩어리를 두 개 꺼냈다. 그러고는 모닥불 너머로 하나를 건네고 나머지를 깨물었다. 빵은 딱딱하고 시큼했으나 아주 근사한 식사가 되었다.

그들은 둘 다 한동안 아무 말 없이 빵을 씹어 삼켰다.

"여기가 바다에서 얼마나 멀죠?"

"오는 데 두 밤 두 낮이 걸렸소. 가는 데는 더 걸릴 거요."

"난 튼튼해요."

"그래요. 그리고 용감하고. 하지만 당신 동료는 지쳤다오."

그는 빙그레 웃었다.

"게다가 우리에겐 빵이 남아돌 만큼까진 못 되는군요."

"물을 찾을 수 있을까요?"

"내일, 산지에 들어가면."

그녀는 좀 어정쩡하게 머뭇거리면서 물었다.

"먹을것은 마련할 수 있겠어요?"

"사냥을 하려면 시간이 걸리고 무기도 있어야 하오."

"내 얘긴, 음, 그거 말예요, 마법 주문."

"토끼를 부를 수는 있소."

뒤틀어진 노간주나무 가지로 불을 쿡쿡 쑤시면서 그가 말했다.

"토끼들이 굴에서 나와 근처 사방에 있어요, 지금 말이오. 저녁때면 녀석들 세상이니까. 이름으로 한 녀석 부를 수 있겠지요. 그러면 그놈은 올 거요. 하지만 그렇게 불러낸 토끼를 붙잡아서 가죽을 벗기고 구울 수 있겠소? 굶어죽을 지경이라면 그렇게 할지도……. 하지만 내 생각에 그건 신뢰를 깨는 일이 될 거요."

"그래요. 내가 생각한 것은, 혹시 당신이 그냥 주문을 외워서……."

"저녁 식사를 소환해 낸다는 거겠지요. 아, 할 수 있소. 원한
다면 금접시에 담아낼 수도 있지요. 하지만 그건 환상이고 환상
을 먹어 봤자 결국엔 더 배가 고파질 뿐이라오. 자기가 한 말을
주워삼키는 것만큼이나 도움이 될는지."

그의 이가 한순간 불빛에 반짝 드러났다.

"당신의 마법은 까다롭기도 하군요. 큰일에만 쓸모 있는가
봐요."

격이 같은 사람끼리 가질 법한, 무녀가 현자에게 말할 때 보
일 법한 약간의 위엄을 가지고 그녀가 말했다. 그는 불에 나무
를 좀 더 올려놓았다. 그러자 불길이 솟아오르며 노간주나무 냄
새를 풍겼고 탁탁거리며 불똥이 튀었다.

그녀가 갑자기 진지하게 물었다.

"정말로 토끼를 부를 수 있어요?"

"해 봤으면 좋겠소?"

그녀는 끄덕였다.

그가 불에서 멀찍이 돌아서선 별빛 어린 광대한 어둠을 향하
여 부드럽게 말했다.

"켑보……, 오 켑보……."

침묵. 아무 소리도 없었다. 움직임도 없었다. 단지 얼마 안 가
팔락거리는 모닥불 빛의 가장자리께에서 흑옥 구슬처럼 동그란
눈이 땅바닥에 착 붙어 반짝였을 뿐이다. 털이 보송보송한 굽은

등허리가 보였다. 기다란 귀 한쪽이 주위를 경계하듯 발딱 일어서 있었다.

게드가 다시 말했다. 보이는 귀가 쫑긋하더니 나머지 한쪽도 어둠 속에서 마저 불쑥 튀어나왔다. 다음 순간 작은 짐승은 몸을 돌려 테나의 눈에 한순간 그 전신을 보여 주곤, 작고 보드랍고 유연한 뜀뛰기 한 번으로 도로 무심히 밤 일과를 보러 가 버렸다.

"아! 귀엽네요."

그녀가 참았던 숨을 내뱉으며 말했다. 그리고 조금 후에 물었다.

"나도 할 수 있을까요?"

"그건……."

"비밀이겠죠."

그녀는 곧바로 그렇게 말하며 다시 위엄을 차렸다.

"토끼의 이름은 비밀이오. 적어도 그 이름을 소홀하게, 아무 이유도 없이 사용해선 안 되지요. 하지만 비밀이라기보다 차라리 재능이나 비결이라고 할 만한 것이 있어요. 알겠소? 그건 부르는 능력이라오."

"아아. 당신이 가진 힘 말이군요. 알아요!"

그녀의 음성에는 열의가 담겨 있었고 짐짓 놀리는 척 말해도 그것을 숨길 수는 없었다. 그는 그녀를 쳐다보았고, 대답을 아졌다.

　이름 없는 존재들에 대항해 싸우느라고 그는 사실이지 아직까지도 지쳐 있었다. 흔들리던 굴길 속에서 힘을 다 써 버린 것이다. 이기긴 했어도, 그에겐 신이 나서 으스댈 만한 기력이 거의 남아 있지 않았다. 얼마 후에 그는 도로 몸을 둥글게 웅크리고 최대한 불 가까이 다가붙어 잠에 빠졌다.

　테나는 불에 땔감을 보태 넣으며 앉은 채 지평선에서 지평선까지 휘황히 빛나는 겨울 성좌를 바라보았다. 고요와 광휘 속에 점점 머리가 아질아질해 와 그녀도 마침내 까무룩 잠이 들었다.

　둘 다 잠에서 깨었다. 불은 꺼져 있었다. 그녀가 바라보던 별들은 이제 산지 위 높은 하늘로 올라갔고 새 별들이 동편에서 솟아올라 있었다. 그들을 깨운 것은 추위였다. 황무지의 밤에 걸맞는 메마른 추위였고, 바람은 마치 얼음으로 된 칼 같았다. 너울 같은 구름 한 자락이 남서쪽에서 하늘을 덮어 오는 중이었다.

　모아 두었던 땔나무는 거의 다 쓰고 없었다.

　"걸읍시다. 새벽이 멀지 않아요."

　게드의 말은 이를 맞부딪치는 소리 때문에 거의 알아듣지 못할 지경이었다. 그들은 길을 나서서 서쪽을 향하여 길고 완만한 경사를 올라갔다. 덤불이며 바위들이 별빛 아래 검게 보였고 길 가기는 낮처럼 수월했다. 추위는 처음 한동안뿐으로 곧 가셨다. 걷는 것이 몸을 덥혀 주어 그들은 더 이상 몸을 오그리고 벌벌

떨지 않고 한결 편하게 걷기 시작했다. 그리하여 해 뜰 무렵에
는 서쪽 산지의 첫 등성이에 올라 있었다. 그 산들은 그때까지
테나의 삶을 둘러막고 있던 담이었다.

작은 나무숲에 이르러 그들은 발을 멈췄다. 나뭇가지에 아직
붙어 있는 금빛 잎새들이 파르르 떨고 있었다. 그가 미루나무라
고 가르쳐 주었다. 그녀는 물을 길어 오는 강가에 난 병든 포플
러와 노간주나무와 묘역 과수원에 심어져 있는 마흔 그루 사과
나무 이외에는 나무를 몰랐다. 미루나무 사이에서 작은 새 한
마리가 작은 소리로 '디, 디.' 하고 지저귀었다. 그 나무들 밑으
로 개울이 하나 흘렀는데, 좁지만 힘찬 물줄기가 요란한 소리를
울리며 채 얼어붙을 틈이 없도록 바쁘게 바윗돌과 비탈 위로 넘
쳐 내렸다. 테나는 겁이 날 지경이었다. 그녀는 모든 것이 적막
하고 천천히 움직이는 황무지에 길들어 있었다. 느릿하게 흐르
는 강물, 구름 그림자, 하늘을 도는 대머리수리.

그들은 빵 한 토막을 쪼개어 나누고 마지막 남은 치즈 부스
러기를 곁들여 아침을 때운 뒤 잠시 쉬었다가 계속해서 나아
갔다.

저녁에 이를 즈음 그들은 높은 지대에 올라와 있었다. 날씨는
흐리고 바람이 불며 얼어붙을 듯이 추웠다. 그들은 또 다른 산
개울 골짜기에 잘 곳을 정했다. 거기엔 나무가 넉넉히 있어서
이번에는 통나무를 가지고 제법 그럴싸한 불을 피웠다. 그 정도

면 한밤내 상당히 따뜻하게 보낼 수 있었다.

테나는 기분이 좋았다. 쓰러진 나무 구멍 속에서 다람쥐의 열매 창고를 발견했던 것이다. 실한 호두가 한 근 반쯤 되고 껍데기가 매끈한 다른 열매도 있었는데, 게드는 카르그 말로는 뭐라고 하는지 모르겠다면서 그것을 '우비르'라고 불렀다. 그녀는 열매들을 하나씩 편편한 돌 위에 놓고 돌을 망치 삼아 쳐 깨서는 속살을 나오는 대로 그에게 건네주었다.

"여기 눌러앉을 수 있었으면 좋겠군요. 난 여기가 마음에 들어요."

산언덕 사이로 바람이 부는 어슬한 골짜기를 내려다보며 그녀가 말했다.

"좋은 곳이오."

그도 맞장구를 쳤다.

"사람들이 절대 오지 않을 거예요."

"좀처럼 안 오겠지……. 나는 산지에서 태어났다오. 곤트의 산 위에서 났지요. 북쪽 항로로 간다면 해브너로 가는 길에 거길 지나가게 될 거요. 겨울에 보면 마치 커다란 파도처럼 바다 위로 새하얗게 솟아 있는 모습이 아름다워요. 우리 마을은 꼭 이 비슷한 개울 곁에 붙어 있었소. 당신은 어디서 태어났지요, 테나?"

"아투안 북부에서요. 아마 엔타트일 거라 생각해요. 기억은 못해요."

"그렇게 어릴 때 데려왔나요, 그들이?"

"다섯 살 때였어요. 화덕에 타오르던 불을 기억해요……. 그 것밖에는 모르겠어요."

그는 턱을 문질렀다. 삐죽삐죽 수염이 돋아 있었지만 최소한 깨끗하긴 했다. 두 사람 다 차가움을 무릅쓰고 산 개울에서 낯을 씻었던 것이다. 그는 턱을 문지르면서 생각에 잠긴 심각한 눈길을 하고 있었다. 그녀는 그를 바라보았고, 타오르는 불빛과 산그늘 속에 그를 바라보는 사이 가슴속에 생겨난 감정은 무어라 형언할 수 없었다.

"해브너에 가면 뭘 할 거요?"

그는 그녀가 아니라 불을 보고 질문을 던졌다.

"당신은……, 내가 생각했던 것보다 더……, 진정으로 다시 태어났소."

그녀는 약간 미소를 띠고 고개를 끄덕였다. 갓 태어난 기분이었다.

"아무래도 말은 배워야 할 거요."

"당신네 말 말예요?"

"그렇소."

"배우고 싶어요."

"글쎄요, 그렇다면. 이건 '카밧'이라오."

　그러면서 그는 그녀의 무릎을 덮은 검은 옷자락 위로 조그만 돌멩이를 튀겼다.

　"카밧. 그게 용의 언어인가요?"

　"아니, 아니오. 당신은 주문을 쓰고 싶은 게 아니라 다른 사람들과 얘기하고 싶은 거잖소!"

　"하지만 조약돌을 용의 언어로는 뭐라고 하나요?"

　"'톨크.' 하지만 난 당신을 마법의 제자로 삼으려는 게 아니라오. 군도에서, 내지에서 쓰이는 말을 가르쳐 주려는 거요. 난 여기 오기 전에 당신네 언어를 배워야 했어요."

　"당신 말은 이상해요."

　"필경 그럴 거요. 자, 아르케미 카밧."

　그렇게 말하면서 그는 조약돌을 달라고 손을 내밀었다.

　"내가 꼭 해브너에 가야 할까요?"

　"그곳 말고 어디로 가겠소, 테나?"

　그녀가 머뭇거렸다.

　"해브너는 아름다운 도시요. 그리고 당신은 거기에 평화의 상징이자 잃어버린 보물인 그 고리를 가져가는 거요. 해브너 사람들은 당신을 공주처럼 환대할 거요. 그런 엄청난 선물을 가져가는 터이니 당신을 그들의 영예로 여기고 반갑게 맞아들여 융숭하게 대접할 거예요. 그 도시엔 고귀하고 너그러운 이들이 살지요. 당신 살결이 희니까 아마 백색의 숙녀라 부를 것이고, 나이가 그렇게 적으니 더욱 흠모할 거요. 또 당신은 아름답기도 하니까요. 내가 환영으로 보여 주었던 것 같은 드레스를 백 벌이라도 갖게 될 거요. 진짜 옷으로 말이지요. 찬탄과 감사와 사랑이 당신을 맞이할 거요. 당신은 지금껏 고독과 질시와 어둠밖에는 몰랐지 않소."

"마난이 있었어요."

방어하는 어조였다. 그녀의 입이 미미하게 떨렸다.

"마난은 날 사랑해 줬고 상냥하게 대해 줬지요, 쭉 그랬어요. 자기가 아는 방법을 다해 날 보호해 주려고 했는데, 난 그 때문에 그를 죽였죠. 그는 깜깜한 구덩이로 떨어졌어요. 난 해브너에 가고 싶지 않아요. 거기 가기 싫어요. 여기에 있고 싶어요."

"여기……, 아투안에 말이오?"

"산속에요. 지금 우리가 있는 여기에요."

진지하고 차분한 음성으로 그가 말했다.

"테나, 그럼 여기 있읍시다. 내 칼은 수중에 없고, 눈이 내리면 힘들어질 거요. 하지만 먹을거리를 찾을 수 있는 한은……."

"아녜요. 여기 있을 수 없다는 건 알아요. 그냥 바보같이 굴었던 것뿐이에요."

테나는 그렇게 말하고, 불에 새 나무를 얹기 위해 자리에서 일어서며 호두 껍데기를 털어 버렸다. 먼지 끼고 나달나달 해진 검은 옷과 망토를 걸친 채 그녀는 가냘픈 몸을 아주 꼿꼿이 세웠다.

"내가 아는 건 이제 아무 소용도 없군요. 그 외의 다른 것들은 배운 적이 없죠. 배우도록 노력하겠어요."

게드는 흡사 아픔을 느끼는 것처럼 움찔하면서 먼 곳으로 눈을 돌렸다.

＊

다음 날 그들은 황갈색을 띤 산맥 정상부를 넘어 질렀다. 고갯길에서는 눈발을 품은 매서운 바람이 따갑게 부딪혀 오며 시야를 가렸다. 능선 너머 반대편 산비탈로 한참을 내려와 산꼭대기에 서린 눈구름 밑을 벗어나자 데나는 마침내 산이 담처럼 가로막고 있던 땅을 볼 수 있었다. 그곳의 대지는 온통 푸르렀다. 솔숲과 초지, 수놓은 듯 펼쳐진 경작지와 휴경지들이 모두 초록빛을 띠고 있었다. 잡목 수풀은 헐벗었고 삼림은 잿빛 나뭇가지들로 가득했으나, 겨울이 내린 죽음 한가운데에서도 그곳은 푸르렀다. 수수하고도 온화한 땅이었다. 그들은 산허리의 높은 바위투성이 비탈에서 그 땅을 내려다보았다. 게드가 말없이 서쪽을 가리켰다. 크림처럼 짙게 엉긴 구름 뒤로 해가 가라앉는 참이었다. 해는 이미 가려졌으나 지평선을 따라 찬란한 광채가 어렸다. 결정들로 장식된 지하 무덤의 벽만큼이나 눈부신 그 반짝임은 저 먼 세상 가장자리에 둘려 환희로 일렁이는 빛의 울타리였다.

"저게 뭔가요?"

소녀가 물었고, 그가 대답했다.

"바다요."

잠시 후 그녀는 그보다는 덜 놀라우나 그래도 충분히 놀랄 만한 일을 만났다. 그들은 길에 접어들었고, 그 길을 따라가 어스름 녘 한 마을에 닿았다. 열인가 열둘쯤 되는 집들이 길을 따라 늘어서 있었다. 그들이 사람들 사이로 들어서고 있다는 걸 깨닫고 그녀는 퍼뜩 놀라 동행자를 보았다. 그런데 쳐다본 곳에 그가 없었다. 그녀 곁에는 그의 옷을 입고 신발을 신은 누군가가 그와 똑같은 큰걸음으로 걷고 있었다. 살빛이 희고 수염도 없는 사람이었다. 그녀를 슬쩍 보는 눈동자가 파랬다. 그 사람이 눈을 찡긋했다.

"사람들이 속을 것 같소? 당신 옷은 어때요?"

그녀는 자기 자신을 내려다보았다. 시골 여자들이 입는 갈색 치마와 윗옷을 입고 큼지막한 붉은 숄을 두른 차림이었다.

"아."

그녀는 짤막하게 숨을 끊었다.

"아, 당신……, 당신 게드군요!"

그의 이름을 말한 순간 그녀는 자신이 아는 게드의 검고 흉터진 얼굴과 어두운 눈동자를 확실히 볼 수 있었다. 그러나 거기엔 여전히 젖빛처럼 흰 얼굴의 낯선 사람이 서 있었다.

"내 진짜 이름을 다른 사람 앞에서 말하지 마요. 나도 당신 이름을 말하지 않을 거요. 우리는 남매간이고 테낙바에서 온 거요. 친절한 사람을 만나면 저녁을 빌어 볼 생각이오."

그는 그녀의 손을 잡았고 그들은 마을로 들어섰다.

그들은 이튿날 아침 든든한 배를 안고 마을을 떠났다. 건초 더미에서 푸근히 하룻밤을 잔 뒤였다.

"현자들은 자주 구걸을 하나요?"

푸른 들판 사이로 난 길을 가며 테나가 물었다. 들판에는 염소들과 몸집 작은 점박이 소들이 풀을 뜯고 있었다.

"왜 문소?"

"전에도 해 본 것 같아서요. 사실 잘하던걸요."

"글쎄요, 그렇소. 그렇게 말한다면 난 일생 동안 구걸하고 살았다고 할 수 있겠소. 마법사는 그리 많은 것을 소유하지 않아요. 사실 떠돌아다닐 때에는 지팡이와 옷 말고는 갖지 않지요. 먹을 것과 몸 둘 곳은 베풂을 받는데, 사람들은 거의들 기쁘게 베풀어 준다오. 마법사도 어떤 식으로든 보답을 하고 말이오."

"어떤 보답요?"

"흠. 이를테면 마을의 그 여자요. 난 그 집 염소들을 고쳐 줬다오."

"염소들이 탈났던가요?"

"둘 다 젖통에 염증이 생겼더군. 난 어렸을 때 염소 떼를 치곤 했어요."

"염소를 고쳐 줬다고 얘기했어요?"

"아니오. 어떻게 말하겠소? 또 군이 말할 이유는 뭐겠소?"

잠시 입을 다물고 있다가 그녀가 말했다.

"당신 마법이 큰 일에만 소용이 닿는 건 아니라는 걸 알겠어요."

"손님 접대, 나그네에게 친절을 보여 주는 것, 그건 아주 큰일이에요. 물론 고마워하는 것으로 충분하긴 하지요. 그래도 염소가 가엾어서 말이오."

오후에 이르러 그들은 커다란 성읍에 다다랐다. 진흙 벽돌로 건축하고 카르그 식으로 성벽을 두른 마을로서 흙벽은 머리 위로 불쑥 튀어나오고 네 모퉁이에 감시탑이 솟아 있으며 문은 한 개뿐이었다. 그 문 아래 몰이꾼들이 큰 양 떼를 몰아들이고 있었다. 백 채도 넘는 집들의 붉은 기와 지붕이 노르스름한 벽돌 벽 위로 빼곡히 비집고 올라 있었다. 성문에는 붉은 깃털 투구를 쓴 신왕의 병사 둘이 보초를 서고 있었다. 테나는 그런 투구 쓴 남자들을 본 적이 있었다. 1년에 한 번쯤 신왕 사원에 희사하는 돈이나 노예를 호송해 묘역에 오곤 했던 것이다. 성벽 바깥을 지나면서 그 얘기를 해 주자 게드가 말했다.

"나도 본 적이 있소, 아이 적에 말이오. 곤트를 약탈하러 왔더랬지요. 그 사람들이 내가 살던 마을에 노략질을 하러 왔소. 하지만 물리쳤지. 나중엔 더 아래쪽 아르 하구 가까운 해안에서 전투가 벌어졌고 거기서 많이들 죽었더랬소, 들리기엔 수백 명이나 죽었다고 했지요. 글쎄, 아마도 이제 고리가 다시 합쳐지고 잃어버린 룬이 고쳐졌으니 카르그 제국과 내지 사이에 그런 침략과 살상은 더 이상 없게 될 거요."

"그런 일이 계속된다면 어리석은 일일 거예요. 그렇게 많은 노예를 신왕이 뭐에 쓰겠어요?"

동행자는 테나의 말을 한동안 새겨 보는 듯했다.

"카르그 땅들이 군도를 무너뜨린다면, 그런 뜻이오?"

그녀가 끄덕였다.

"그런 일은 있을 성싶지 않은데."

"하지만 제국이 얼마나 강한가 보세요. 저렇게 굉장한 도시가 있고 저 성벽에, 사람들에 말이에요. 그들이 공격한다면 당신네 나라가 어떻게 막아 낼 수 있겠어요?"

"이건 그렇게 큰 도시는 아니오."

그가 부드러운 말투로 조심스레 말했다.

"나도 내가 살던 산에서 갓 나왔을 때에는 모든 게 굉장해 보였소. 하지만 어스시에는 정말로 숱한 도시들이 있어요. 그중에서 이건 그저 하나의 마을에 지나지 않는다오. 세상에는 많고많은 땅들이 있소. 그 땅들을 보게 될 거요, 테나."

그녀는 입을 다문 채 얼굴을 굳히고 터벅터벅 길을 걸어갔다.

"정말 근사한 구경이라오, 배가 가까이 다가가면서 바다에서 솟아오르는 새 땅을 보는 건 말이오. 농장이며 숲, 항구랑 궁궐이 딸린 도시들, 세상의 온갖 물건을 다 팔고 있는 시장들이 있지요."

그녀는 끄덕였다. 그가 기운 나게 해 주려고 하는 줄은 잘 알았다. 하지만 그녀는 기쁨을 저 위 산속에 두고 온 것 같았다. 그곳 개울이 흐르던 어스레한 골짜기에……. 이제 마음속의 두려움은 자꾸만 커져 갔다. 앞길에 놓인 것은 온통 그녀가 알지 못하는 것들뿐이었다. 그녀는 황무지와 무덤밖에는 아무것도 몰랐다. 그게 무슨 소용이 있는가? 그녀는 파괴되어 버린 미로의 갈림길들을 알았다. 그리고 내려앉아 버린 제단 앞에서 추는 춤들을 알았다. 숲에 대해서는, 도시에 대해서는, 그리고 사람들의 마음에 대해서는 아무것도 몰랐다.

그녀가 갑자기 말했다.

"거기서 나와 함께 있어 줄 건가요?"

그녀는 그를 처다보지 않았다. 그는 환영으로 변장을 해서 흰 피부의 카르그 촌사람 모습을 하고 있었다. 그런 모습의 그를 보고 싶지 않았다. 하지만 그의 목소리는 바뀌지 않았다. 미궁의 암흑 속에서 말하던 목소리 그대로였다.

그의 대답은 늦었다.

"테나, 나는 내가 가게 되어 있는 곳으로 간다오. 부름을 따라 가지요. 그 부름은 이제껏 어느 곳에도 날 오래 머물게 내버려 두지 않소. 이해할 수 있겠소? 나는 하지 않으면 안 되는 일을 해요. 내가 가는 곳에는 혼자서 가야만 하오. 당신에게 내가 필요한 동안 나는 함께 해브너에 있을 거요. 그리고 언젠가 다시 내가 필요해지거든 나를 부르시오. 그러면 당신을 찾아가리다. 당신이 부르면 무덤에서라도 일어나 찾아갈 거요, 테나! 하지만 당신과 함께 머물 수는 없소."

그녀는 아무 말 하지 않았다. 잠시 후에 그가 말했다.

"거기에선 내가 오랫동안 필요하지 않을 거요. 당신은 행복해질 거요."

그녀는 말없이 그 말을 받아들이며 고개를 끄덕였다.

그들은 나란히 바다를 향해 걸어갔다.

항해

그는 커다란 바위 곶 옆의 동굴에 배를 숨겨 두고 있었다. 근처 마을 사람들은 그 곳을 구름곶이라고 불렀다. 마을 사람 하나는 게드와 테나에게 저녁밥으로 곧 생선국 한 사발을 베풀어 주었다. 두 사람은 잿빛으로 흐린 하루의 마지막 빛 속에 벼랑을 내려가 모래톱에 이르렀다. 동굴은 바위가 서른 자쯤 패어 들어 이루어진 좁은 틈새로, 바닥은 만조 때면 물에 잠길락 말락해 깔린 모래가 축축했다. 바다 쪽에서는 동굴 입구가 보였기 때문에 게드는 불을 피워선 안 된다고 했다. 안 그러면 쪽배를 타고 밤일을 나간 어부들이 해안선을 따라 고기를 잡고 있다가 보고서 이상하게 여길지 모르기 때문이었다. 그런 까닭에 그들은 처량하게 모래 위에 누웠다. 손가락 사이로 흘리면 그렇게 보드랍게 느껴지는 모래가 지친 몸엔 돌처럼 딱딱했다. 게다가 테나는 동굴 입구에서 고작 몇 자 아래 물결치는 바다 소리를 들었다. 파도는 우르릉거리며 부딪혀 와 바위를 삼켰다가 우렁찬 소리를 내며 빠지곤 했다. 천둥 같은 파도 소리가 동으로 몇 십 리나 뻗어 내려간 모래톱에 메아리쳤다. 몇 번이고 거듭거듭 같은 소리가 울려 퍼졌지만 결코 완전히 똑같지는 않았다. 결코 자지도 않았다. 온 세상 온 땅의 온 해변에 바다는 이런 쉼 없는 파도로 제 자신을 내던져 대며 결코 멈추지 않고 잠잠해지지도 않았다. 황무지와 산들, 그것들은 잠잠하게 서 있었다. 저토록 크고 둔중한 음성으로 영원히 울부짖지 않았다. 바다는 영원토록 말하고 있었다. 하나 그 언어는 그녀에게 생소했다. 그녀는 이해할 수 없었다.

조수가 빠진 시간, 테나는 불편한 잠자리에서 일어나 첫 이스름 빛 속에 마법사가 동굴을 나가는 모습을 보았다. 그녀는 그가 외투를 허리띠로 동이곤 바다풀이 검은 털처럼 숭숭 난 저 아래쪽 바위 위를 맨발로 걸어다니며 뭔가를 찾는 것을 지켜보았다. 그가 돌아왔다. 들어서는 몸에 가려 동굴 입구가 어두워졌다.

"자요."

축축하고 흉한 것을 손에 가득 담아 내밀며 그가 말했다. 자

줏빛 돌멩이 같은 것들로부터 주황색 입술이 비어져 나와 있
었다.

"그게 뭐예요?"

"홍합이오. 바위에서 땄소. 그리고 그 두 개는 굴이라오. 훨씬
맛있지요. 봐요……, 이렇게 하는 거요."

그는 그녀의 열쇠 고리에 걸려 있는 단도로 껍질을 벌리고
바닷물을 양념 삼아 주황색 홍합 살을 먹어 치웠다. 그 열쇠 고
리는 산지에서 그에게 빌려 주었던 물건이었다.

"익히지도 않고요? 산 채로 먹다니!"

그가 겸연쩍은 낯으로도 굴하지 않고 조개를 하나하나 까서
먹어 치우는 동안 그녀는 그쪽을 쳐다보지 않았다.

먹기를 끝내자 게드는 동굴로 돌아가 배로 갔다. 배는 뱃머리
가 바깥쪽으로 향하게 끌어올려 둔 채였다. 선체가 모래에 박히
지 않게끔 밑에는 기다란 유목 몇 개를 받쳐 두었다. 테나는 전
날 밤에 이미 배를 보았다. 그녀에겐 영 미덥지 못하고 알지 못
할 물체였다. 생각했던 것보다 훨씬 커서 길이가 그녀 키의 세
배는 되었다. 배 안에는 무엇에 쓰는 것인지 모를 물건들이 가
득 들어 있는 데다 위험스러워 보였다. 코(그녀는 뱃머리를 코라
고 불렀다.) 양쪽에는 각각 하나씩 눈이 그려져 있었다. 지난 밤
비몽사몽간에 그녀는 배가 계속해서 자기를 쳐다보고 있는 것
처럼 느꼈다.

게드는 잠깐 동안 배 안을 뒤지더니 뭔가를 들고 돌아왔다. 습기가 차지 않도록 잘 싸 둔 딱딱한 빵 덩어리였다. 그가 큼지막한 토막 하나를 건넸다.

"배고프지 않아요."

그는 풀 죽은 낯으로 그녀를 들여다보았다.

그는 빵을 원래대로 싸서 치운 뒤 동굴 입구에 주저앉았다.

"물이 올라올 때까진 두 시간쯤 남았소. 그럼 출발할 수 있어요. 밤에 잘 자지 못했지요, 지금 좀 자도록 해요."

"졸리지 않아요."

게드는 대답하지 않았다. 거무스름한 바위 아치 속에 책상다리를 하고 앉아 옆얼굴을 보이고 있을 따름이었다. 그녀가 동굴 안쪽 너 깊숙이에서 지켜보고 있는 동안 그의 모습 너머로 바다가 반짝이며 부풀어 오르고 움직였다. 그는 움직이지 않았다. 바위처럼 잠잠했다. 물에 떨어뜨린 돌멩이가 둥근 파문을 퍼뜨리듯이 고요가 그로부터 퍼져 나왔다. 그의 침묵은 말의 결여가 아니라 그저 그 자체인 것, 마치 황무지의 침묵과도 같은 것이었다.

오랜 시간이 지난 후 그녀는 일어나서 동굴 입구로 갔다. 그는 움직이지 않았다. 그녀는 그 얼굴을 굽어보았다. 구리를 부어 만든 것 같은 얼굴이었다. 엄격하게 굳은 얼굴. 검은 눈은 감겨 있는 게 아니라 아래를 내려다보고 있었다. 그 입매는 평온

했다.

그는 바다만큼이나 멀리 있었다.

이 사람은 지금 어디에 있는 것인가. 그 어떤 영혼의 길을 걷고 있는 것인가? 그녀는 결코 그를 쫓아갈 수 없었다.

그가 그녀를 쫓아오게 만들었다. 그는 이름으로 그녀를 불러냈고, 그녀는 굽실거리며 그의 손으로 쫓아 나왔다. 마치 황무지의 작은 야생 토끼가 어둠 속에서 쫓아 나왔던 것처럼. 그리고 이제 그는 고리를 손에 넣었고, 이제 무덤은 폐허로 변해 버렸으며, 그들의 무녀는 돌이킬 수 없는 배반을 저질렀다. 이제 그에겐 그녀가 필요치 않다. 그는 그녀가 따라갈 수 없는 곳으로 가 버렸다. 그는 그녀 곁에 머무르지 않을 터였다. 그는 그녀를 속였고, 이제 의지할 데 없이 버려둔 채 떠날 터였다.

그녀는 손을 뻗어서 그의 허리띠로부터 자기가 건네주었던 조그만 강철 단도를 재빠른 동작으로 단숨에 뽑아내었다. 물건을 뺏기면서도 그는 조각상인 양 꿈쩍하지 않았다.

단도의 날 길이는 고작 네 치였고 한쪽으로만 날이 서 있었다. 희생용 칼을 조그맣게 본떠 만든 것이었다. 그것은 말갈기로 짠 허리띠며 열쇠 고리, 그리고 몇몇 용도를 알 수 없는 다른 물건들과 마찬가지로 무덤의 무녀가 갖춰야 하는 제구의 일부였다. 그 칼은 아무 데도 써 본 일이 없었다. 다만 그믐에 정해진 춤 가운데 하나를 출 때 옥좌 앞에서 던져 올렸다 받는 용도로만 썼을 뿐이다. 그녀는 그 춤을 좋아했다. 퍽 거친 춤으로서 음악 없이 자신의 발 구름 소리를 장단 삼아 추는 것이었다. 매번 칼자루를 잡아 내는 솜씨를 익히기까지 연습 중에는 손도 많이 베었다. 작은 칼날은 아주 날카로워 손가락을 뼈가 보이도록 벨 수 있었다. 그것은 사람 목의 동맥도 끊어 버릴 수 있다. 비록 그들이 그녀를 배신하고 저버렸지만, 그래도 그녀는 주인님들을 섬길 것이다. 그들이 그녀의 손을 이끌어 마침내 암흑의 행위가 이루어지도록 하시리라. 그들은 희생 제물을 받아 주시리라.

그녀는 사내의 뒤로 돌아가 오른손에 숨겨 쥔 칼을 허리 뒤에 감춰 들었다. 그와 함께 그가 천천히 얼굴을 들어 그녀를 바라보았다. 떠나 있다가 아주 먼 길을 되짚어 왔으며 무시무시한 일들을 목격한 사람 같았다. 잔잔히 가라앉아 있으면서도 고통에 가득 찬 얼굴이었다. 눈길을 들어 응시함에 따라 그녀의 모습이 차츰 또렷이 보이는 듯 그의 표정이 개었다. 마침내 그가 말했다.

"테나."

게드는 마치 인사하듯이 말하면서 손을 뻗어서 그녀의 손목에 걸린, 구멍이 뚫려 있고 새김이 든 은띠를 건드렸다. 그는 스스로 재확인하듯 믿음을 가지고 그 동작을 했다. 그녀 손에 들린 단도에는 신경을 쓰지 않았다. 그는 시선을 돌려 아래쪽 바위들 위로 크게 너울대는 바다 물결을 바라보며 힘겹게 말했다.

"때가 됐군요……. 출발할 때예요."

그의 음성이 울림과 함께 분노는 떠났다. 그녀는 두려워졌다.

"당신은 그들을 두고 떠날 거요, 테나. 이제는 자유로워요."

그렇게 말하면서 게드는 갑작스러운 활기에 차 자리에서 일어섰다. 그러곤 기지개를 켜더니 망토를 다시 조여 묶었다.

"배를 밀어내게 도와주시오. 굴림대가 되게 통나무를 깔았죠. 그래, 밀어요……. 다시. 그래요, 그래, 됐소. 이제 내가 '뛰어요' 하면 뛰어들 준비를 해요. 여긴 배를 띄우기엔 애매한 장소요……, 한번 더. 됐소! 배에 올라요!"

그러곤 그녀에 뒤이어 뛰어 올라와 휘청하는 그녀를 붙잡아 뱃바닥에 주저앉혔다. 그런 다음 두 다리를 벌려 딛고 노 자리에 굳건히 서서 배를 내몰아 바위에서 빠지는 물살에 실었다. 배는 우르릉거리며 거품을 뿜는 곶 끄트머리를 쏜살같이 지나쳐 그대로 바다로 나아갔다.

얕게 여울진 수역에서 웬만큼 벗어나자 게드는 노를 거두고 돛대로 갔다. 막상 몸을 배에 싣고 바다가 배 밖에 펼쳐진 지금은 배가 아주 작아 보였다.

그가 돛을 올렸다. 흐릿한 붉은색을 띤 돛은 몹시 정성스럽게 깁고 매만져 놓은 것이었다. 배 전체가 최대한 깨끗하고 말끔하게 꾸려져 있긴 했으나 선구들 모두 오랜 기간 험난한 항해를

겪어 온 기색을 띠고 있었다. 하나같이 그 주인과 닮은 모습이었다. 양쪽 모두 까마득히 먼 곳까지 가 보았으며 얌전한 취급을 받지 못했다.

"자, 이제 떠나왔소. 이제 손을 뗐고 깨끗이 끝낸 거요, 테나. 느껴지나요?"

분명하게 느껴졌다. 일생토록 심장을 움켜쥐고 있던 암흑이 손을 거두었다. 그러나 산에서처럼 기쁨을 느낄 수는 없었다. 그녀는 팔 안에 머리를 떨구곤 소리 내어 울었다. 뺨이 소금기와 물기로 범벅이 되었다. 덧없는 악에 매여 인생을 낭비한 것 때문에 그녀는 울었다. 자유로웠기 때문에, 그녀는 고통스럽게 흐느꼈다.

이제 그녀가 깨우치기 시작한 것은 바로 해방의 무게였다. 자유란 무거운 부담이었다. 영혼이 걸머져야만 하는 낯설고도 엄청난 짐이었다. 쉬운 일이 아니었다. 그것은 선물처럼 받으면 되는 것이 아니고 내려야만 하는 선택이었으며, 선택이란 몹시도 힘든 것일 터였다. 그 길은 빛을 향해 위로 나아간다. 하지만 짐 진 여행자는 결코 그 끝에 닿지 못할 터이다.

게드는 말을 걸어 달래려고 하지 않은 채 그녀가 울게 놔두었다. 그녀가 눈물을 거두고 앉아서 나지막하고 푸른 아투안의 땅을 돌아보았을 때에도 그는 아무 말 하지 않았다. 혼자 있기라도 한 것처럼 엄숙하고 민활한 낯빛으로 돛과 돛줄에 주의를 기울이고 줄곧 앞만 내다볼 뿐이었다.

오후가 되어 게드가 태양의 오른쪽을 가리켰다. 지금 나아가고 있는 방향이었다.

"저게 카레고앗이오."

테나는 그의 손짓을 따라 멀리 구름처럼 아련한 산언덕들을 바라보았다. 신왕의 대도(大島)이다. 아투안은 뒤편으로 사라져 보이지 않았다. 그녀는 마음이 몹시 무거웠다. 태양이 황금 망치처럼 눈 속을 두드려 댔다.

저녁 식사는 마른 빵과 테나에겐 고약한 맛이었던 훈제 건어, 그리고 배의 물통에서 덜어 낸 물이었다. 그 물통은 게드가 전날 저녁 구름곶 해안의 시냇물을 길어 채워 둔 것이었다. 겨울은 밤이 빨라 추위가 바다를 덮었다. 한동안은 북녘 멀리 자그맣게 반짝이는 불빛들이 바라다보였다. 그 노란 불빛들은 멀찍이 떨어진 카레고앗 해안 마을들이었다. 하지만 그 불빛들마저 큰바다에서 솟아오른 안개 속으로 사라져 버리고, 이제 그들은 별도 없는 밤 깊은 물 위를 외로이 떠갔다.

그녀는 고물께에 몸을 웅크리고 있었다. 게드는 물통을 베개 삼아 이물께에 드러누웠다. 숨결처럼 약한 바람이 남쪽에서 불어올 뿐이었는데도 배는 착실하게 움직여, 낮은 물살이 양쪽 뱃전에 찰싹거렸다. 바위투성이 해안에서 멀리 떨어진 이곳에서는 바다 또한 고요했다. 물은 배를 건드릴 때에만 조금씩 소곤

거릴 뿐이었다.

"바람이 남쪽에서 불어오면 배가 북쪽으로 가야잖아요?"

바다가 속삭이고 있었기에 테나도 속삭이는 소리로 말했다.

"맞아요, 갈지자로 맞바람을 타고 가지 않는 한 그렇게 되겠지요. 그렇지만 내가 돛에 마법풍을 불어 넣어 서쪽으로 가도록 해 놓았다오. 내일 아침이 되면 우린 카르그 해역을 벗어날 거요. 그러면 이 녀석을 세계풍에 실어 몰아야지."

"배가 혼자서 방향을 잡아요?"

"그래요."

게드가 엄숙하게 대답했다.

"제대로 조치만 취해 놓는다면요. 많이도 필요없죠, 이 녀석은 난바다에 나와 보았거든. 동원해의 가장 먼 섬 너머까지 가보았고 먼 서녘 끝 에레삭베가 죽은 셀리더에도 갔던 배라오. 슬기롭고 요령을 아는 배요, 내 멀리보기 호는 말이오. 이 녀석을 믿어도 돼요."

심연의 바다 위를 마법으로 움직여 가는 배 안에서 소녀는 누운 채 어둠 속을 올려다보았다. 일생 동안 그녀는 어둠을 응시하며 살아왔다. 하지만 이 어둠, 큰바다 위에 내린 밤의 어둠은 더욱 광활한 어둠이었다. 거기엔 끝이 없었다. 천장도 없었다. 별들 저 너머까지 뻗어 나가 있으며 지상의 어떤 힘도 뒤흔들 수 없는 어둠이다. 그 어둠은 빛이 있기 전부터 있었고 빛이 사라진 후에도 있을 터였다. 생이 있기 전부터 있었으며 생이 사라진 후에도 있을 터였다. 그 어둠은 악함 이상의 것이었다.

그 어둠 가운데에서 그녀는 말했다.

"그 작은 섬 말이에요. 당신이 호부를 받았던 그 섬이 이 바다에 있나요?"

그의 목소리가 어둠을 뚫고 대답해 왔다.

"그래요, 여기 어딘가요. 아마도 남쪽일 거요. 다시는 그곳을 찾지 못했소."

"난 그 노파가 누군지 알 것 같아요. 당신에게 고리를 준 사람요."

"당신이 안다고?"

"이야기를 들었어요. 그건 제1무녀가 간직해야 하는 지식의 일부예요. 사르가 얘기해 주었죠. 처음에는 코실이 함께 있었지만 나중에 둘만 있는 자리에서 더 자세히 말해 줬어요. 죽기 전에 나와 마지막으로 얘기했던 때였지요. 아와바스 사제장들의 발흥에 대항해 싸웠던 후푼의 공가(公家)가 있었어요. 그 집안의 시조는 소렉 왕이고, 그가 후손에게 남긴 보물 가운데 에레삭베가 주었던 고리의 반쪽이 들어 있었죠."

"과연「에레삭베의 위업」에서는 그렇게 말하고 있소. 거기 보면……, 당신네 말로 하면 이렇게 나와 있어요. '고리가 쪼개졌을 때 반쪽은 사제장 인타신의 손에, 반쪽은 영웅의 손에 남았더라. 사제장은 동강 난 반쪽 고리를 이름 없는 존재들, 즉 아투 안에 있는 해묵은 대지의 영들에게 넘겼으니 그것은 암흑 속으로, 잃어버린 영역 속으로 사라졌도다. 하지만 에레삭베는 나머지 반 조각을 그 현명한 왕의 여식인 티아라스 아가씨의 손에 남기며 이렇게 말했도다. '이것이 아가씨의 혼수가 되어 빛 속에 남아 있도록 하시오. 이 땅에서 다시 합쳐질 그날까지 남아 있도록.' 서녘으로 배를 몰아가기 전에 영웅은 그렇게 말하였도다.'"

"그렇게 해서 그건 온 세월에 걸쳐 그 집안의 어머니에게서 딸에게로 전해 온 게 분명해요. 당신들이 생각한 것처럼 사라진 게 아니었죠. 하지만 사제장들이 자신들을 사제왕으로 칭하게 되고 또 사제왕들이 제국을 만들어 신왕을 자칭하게 될 동안 소렉의 가문은 점점 더 힘을 잃고 쇠해 갔어요. 그래서 끝내, 사르가 그렇게 말했죠, 소렉의 혈통에는 단 두 명의 후손만 남게 되었던 거예요. 나어린 두 아이만요. 사내아이 하나와 계집아이 하나였죠. 그 당시 아와바스의 신왕은 지금 다스리는 신왕의 아버지예요. 그가 후푼의 궁전에서 아이들을 빼앗아냈어요. 예언에 나오기를 후푼의 소렉 후손 중 한 명이 결국에는 제국의 멸망을 가져올 것이라고 했기에 겁이 났던 거예요. 그는 아이들을 빼내어 바다 한가운데의 외딴 섬으로 데려갔어요. 아이들을 거기 버리곤 입고 있는 단벌 옷과 식량 조금뿐 아무것도 남겨 주지 않았죠. 칼로나 목을 졸라서나 독을 써서 죽이기는 꺼렸던 거예요. 그 아이들은 왕의 피를 받았고, 왕을 살해하는 자에겐 그가 신이라 할지라도 저주가 내리는 법이거든요. 아이들의 이름은 엔사르와 안실이라고 했어요. 당신에게 깨어진 고리를 준 사람은 안실이에요."

그는 한참 동안 침묵했다.

"그렇게 이야기가 온전해지는군요."

마침내 그가 말했다.

"고리가 완전한 모습을 갖춘 것과 꼭 마찬가지요. 하지만 잔혹한 이야기요, 테나. 그 어린아이들, 그 섬, 내가 보았던 늙은이와 노파……, 그이들은 사람의 말을 거의 알지 못했다오."

"부탁할 일이 있어요."

"해요."

"난 내지나 해브너에 가고 싶지 않아요. 난 거기 속해 있지 않아요. 낯선 사람들이 가득한 대단한 도시들은 나와 상관없어요. 난 어떤 땅의 사람도 아니에요. 난 내 동족을 배반했어요. 내겐 동족이 없어요. 그리고 난 지독하게 악한 짓을 했어요. 섬을 찾아서 나를 내려 주세요. 왕의 아이들이 버려졌던 것 같은, 어느 나라 사람도 없고 아무도 살지 않는 그런 외딴 섬에다가요. 나를 버려두고 고리는 해브너로 가져가세요. 그건 당신 것이지 내 것이 아니에요. 나하곤 아무 상관도 없어요. 당신네 사람들도 나와는 상관없고요. 날 혼자 내버려 두세요!"

서서히, 조금씩, 하지만 그녀에겐 놀라움을 일으키면서 눈앞의 새까만 어둠 속에서 빛 하나가 돋아 올랐다. 흡사 작은 달이 솟아나는 듯했다. 그것은 그의 명령으로 생겨난 마법의 불빛이었다. 빛은 똑바로 세워 든 지팡이 끝에 걸려 있었고, 그는 뱃머리에 앉아 그녀와 마주보고 있었다. 불빛은 돛 아랫부분과 뱃전의 윗부분, 바닥 판자와 그의 얼굴을 환히 밝혔다. 그의 얼굴이 은빛으로 타올랐다. 그는 똑바로 그녀를 바라보고 있었다.

"무슨 악한 일을 했나요, 테나?"

"옥좌 밑 지하굴 방에 세 사람을 가둬 놓고 굶겨 죽이도록 명령했어요. 그들은 굶주림과 목마름으로 죽어 갔죠. 죽어서 지하무덤 안에 묻혔어요. 무덤돌들이 쓰러져 그 사람들의 무덤을 덮쳤어요."

그녀가 말을 그쳤다.

"더 있소?"

"마난요."

"그의 죽음은 내 짐이오."

"아뇨. 마난은 나를 사랑해 주었던 탓에, 그리고 충실했기 때문에 죽은 거예요. 나를 지킨다고 생각했던 거죠. 마난은 내 목 위로 검을 쳐들고 있었는데. 내가 어렸을 때 상냥하게 해 주었는데……. 내가 울 때면……."

그녀는 다시금 말을 끊었다. 가슴속에서 눈물이 치밀어 올랐던 것이다. 그러나 더 이상 울 수가 없었다. 그녀의 두 손이 검은 치마의 옷 주름을 꽉 움켜쥐었다.

"난 한번도 마난에게 상냥하게 대해 준 적이 없어요. 난 해브너로 가지 않겠어요. 당신과 함께 가지 않을 거예요. 아무도 오지 않는 섬을 찾아 줘요, 그리고 날 내려 주고 떠나 버려요. 악은 보응을 받아야 해요. 난 자유롭지 못해요."

바다 안개로 흐릿해진 부드러운 불빛이 그들 사이에서 일렁이며 빛났다.

"들어요, 테나. 내 말에 귀를 기울여 봐요. 당신은 악을 담은 그릇이었소. 그 악은 쏟아 버렸어요. 이제 된 거요. 그건 제 무덤에 파묻힌 거요. 당신은 결코 잔인함과 암흑을 위해 만들어지지 않았어요. 당신은 빛을 품게끔 만들어진 그릇이오. 등잔이 그 안에 빛을 품고 또 그 빛을 나누어 주는 것처럼 말이오. 난 불이 당겨지지 않은 등잔을 발견했소. 그걸 어느 무인도에다 두고 가는 짓은 하지 않을 거요. 그렇게 한다면 뭔가를 찾아냈다가 그냥 내던져 버리는 꼴이오. 난 당신을 해브너로 데리고 가서 어스시의 공경들에게 말할 거요. '보십시오! 암흑 속에서 빛을 발견했습니다. 그녀의 영혼이 그 빛입니다. 그녀로 인하여 해묵은 악령이 무로 돌아갔지요. 그녀 덕분에 나는 무덤에서 벗어났습니다. 그녀로 인하여 깨어졌던 것이 온전해지고, 증오가 있던 곳에 평화가 있게 되었습니다.' 하고 말이오."

그녀는 괴롭게 말했다.

"그렇지 않을 거예요. 그럴 순 없어요. 그건 사실이 아니에요!"

그가 차분히 말을 이었다.

"그런 다음에, 그 공경들과 부유한 귀인들로부터 떠나게 해 주리다. 거기에 당신 자리가 없다는 말은 옳은 말이니까요. 당신은 너무도 젊고 또 너무나 현명하오. 난 당신을 내 고향, 내가 태어난 곤트 땅으로 데려갈 거요. 나의 옛 스승 오지언께로 말이오. 그분은 이제 아주 나이가 드셨소. 진정 위대한 현자이시며 잔잔한 마음을 가진 분이지요. 사람들은 그분을 '조용한 사람'이라 부르오. 그분은 르 알비의 '큰벼랑' 위에 있는 작은 집에 사시오. 바다 위로 높이 솟은 닝띠러지지요. 그분온 염소 몇 마리와 텃밭을 돌보고 있소. 그리고 가을이 되면 혼자서 섬 이곳저곳을 거닐며 숲 속과 산비탈과 강물 흐르는 골짜기를 다니신다오. 나도 한때 거기서 그분과 살았더랬소. 내가 지금 당신보다 더 어렸을 때의 일이오. 오래 살진 않았지요. 그만 한 분별이 없었던 거요. 난 악을 찾아 나섰고 결국 충분할 만큼 찾아냈소⋯⋯. 하지만 당신은 악에서 벗어나 자유를 찾는 중이고, 당신만의 길을 발견할 때까지 한동안 조용히 있기를 원할 참이오. 그곳에서 친절과 고요를 찾게 될 거요, 테나. 그곳에서 등잔은 한동안 바람을 피해 타오르게 될 거요. 그렇게 하겠소?"

바다 안개가 그들의 얼굴 사이로 흐릿하게 흘렀다. 배는 긴 물결 위를 가볍게 떠갔다. 주위에는 밤이, 아래에는 바다가 있었다.

"그러겠어요."

그녀가 긴 한숨과 함께 말했다. 그러고는 한참 있다가 다시 말했다.

"아아, 더 일찍이라면 좋을걸……. 지금 그리로 갈 수 있다면……."

"오래 걸리지 않을 거예요, 꼬마 아가씨."

"당신도 그리로 올 건가요, 언젠가는?"

"갈 수 있는 날이 오면 갈 거요."

빛이 꺼져 갔다. 주위는 온통 어둠이었다.

＊

여러 차례 일출과 일몰을 지나, 정적에 잠긴 날들과 겨울 항해의 얼음 같은 바람을 뚫고서 그들은 이윽고 내해에 이르렀다. 멀리보기 호는 큰 배들 사이에 끼여 북적거리는 항로를 나아갔다. 에바브너 해협 위를 지나 해브너의 심장부에 갇혀 있는 만으로, 그리고 그 만을 가로질러 해브너 대항을 향해서 배는 나아갔다. 흰 탑들이 보이고 눈에 잠겨 온통 하얗게 빛나는 도시가 보였다. 다리의 지붕도 집들의 붉은 지붕도 눈으로 덮여 있었다. 항구에 정박한 수많은 배들의 삭구마다 얼음이 맺혀 겨울 햇살에 반짝였다.

그들이 온다는 소식이 그들보다 한발 앞서 달렸다. 기운 자국이 있는 멀리보기 호의 붉은 돛은 이 근방의 바다에 잘 알려져 있었던 것이다. 엄청난 군중이 눈 쌓인 부둣가에 모여들었다. 그들의 머리 위로는 색색가지 깃발들이 차고 환한 바람에 파닥파닥 소리를 내며 펄럭였다.

테나는 누덕진 검은 옷을 입은 채 몸을 꼿꼿이 펴고 선미에 앉아 있었다. 그녀는 손목에 둘린 고리를 보고, 이어서 몰려든 사람들과 온갖 색깔이 가득한 해안과 궁전과 높은 탑들을 보았다. 그녀가 오른손을 쳐들자 햇살이 은고리 위에 눈부시게 반짝였다. 환호성이 올랐다. 어렴풋하지만 기쁨에 넘친 환성이 바람에 실려 쉴 새 없이 출렁이는 물을 건너왔다. 게드가 배를 몰고 들어갔다. 수백 개의 손이 정박장을 향해 던진 밧줄을 잡으려고 내뻗어 왔다. 게드는 부둣가에 뛰어올라 돌아서서 손을 뻗었다.

"올라와요!"

그가 웃으며 말했고, 그녀는 일어서서 부두로 올라갔다. 하얗게 빛나는 해브너의 거리를 그녀는 그와 나란히 손을 잡고 진지하게 걸어갔다. 집으로 돌아오는 어린아이의 모습이었다.

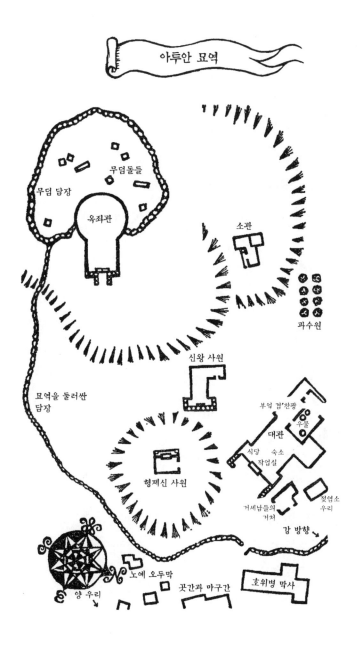

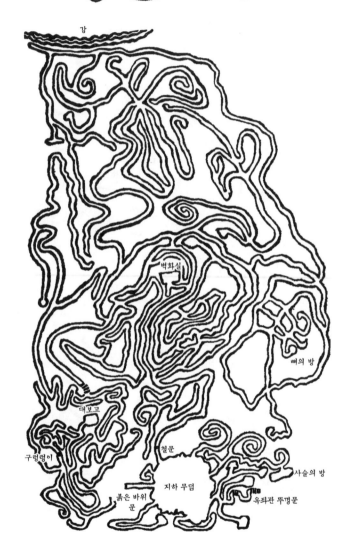

아루안 무덤의 미궁

어슐러 르 귄 Ursula K. Le Guin

어슐러 르 귄은 1929년 미국 캘리포니아 주 버클리에서 태어났다. 아버지 알프레드 크뢰버는 북미 인디언 연구에 헌신한 저명한 인류학자였으며 어머니 테오도라 크뢰버는 아동 문학가로『마지막 인디언Ishi in Two Worlds』등의 작품을 남겼다. 르 귄은 래드클리프 대학을 졸업하고 컬럼비아 대학원에서 중세 불문학 석사 학위를 받은 후 풀브라이트 장학생으로 파리에서 체류하는 동안 역사학자 찰스 르 귄을 만나 결혼했으며, 현재 미국 오리건 주의 포틀랜드에 살고 있다. 세계3대 판타지 소설로 손꼽히는 대표작 어스시 시리즈는 전 세계 수백만 독자들의 사랑을 받으며 전미 도서상 등 유수의 문학상들을 수상하였고, 과학 소설『빼앗긴 자들』,『어둠의 왼손』등은 발표 당시 네뷸러 상과 휴고 상을 동시에 휩쓸었다.

최준영

연세대학교 사회복지학과를 졸업하고 다년간 전문 편집자로 일했다. 옮긴 책으로『어스시』전집 외에 론 허버드『투 더 스타』가 있다.

이지연

서울여자대학교 식품과학과를 졸업했다. 로즈마리 서트클리프의『태양의 전사』를 비롯하여『복제 인간 사냥꾼』,『손바닥 동화』등을 우리말로 옮겼다.

어스시 전집 제2권

아투안의 무덤

1판 1쇄 펴냄 2001년 11월 25일
1판 3쇄 펴냄 2005년 12월 30일
2판 1쇄 펴냄 2006년 7월 24일
2판 17쇄 펴냄 2022년 8월 8일

지은이 | 어슐러 르 귄
옮긴이 | 최준영 · 이지연
발행인 | 박근섭
편집인 | 김준혁
펴낸곳 | 황금가지

출판등록 | 2009. 10. 8 (제2009-000273호)
주소 | 06027 서울 강남구 도산대로 1길 62 강남출판문화센터 5층
전화 | 영업부 515-2000 편집부 3446-8774 **팩시밀리** 515-2007
홈페이지 | www.goldenbough.co.kr

도서 파본 등의 이유로 반송이 필요할 경우에는 구매처에서 교환하시고
출판사 교환이 필요할 경우에는 아래 주소로 반송 사유를 적어 도서와 함께 보내주세요.
06027 서울 강남구 도산대로 1길 62 강남출판문화센터 6층 민음인 마케팅부

ISBN 978-89-8273-192-1 04840 (2권)
ISBN 978-89-8273-197-0 (set)

㈜민음인은 민음사 출판 그룹의 자회사입니다.
황금가지는 ㈜민음인의 픽션 전문 출간 브랜드입니다.